古典詩歌研究彙刊

第三輯

龔鵬程 主編

第 2 冊

六朝遊仙詩研究

張鈞莉 著

國家圖書館出版品預行編目資料

六朝遊仙詩研究／張鈞莉 著 ― 初版 ― 台北縣永和市：花木
蘭文化出版社，2007〔民 96〕

目 4+184 面；17×24 公分
（古典詩歌研究彙刊 第三輯；第 2 冊）

ISBN 978-986-6831-79-9（精裝）
1. 遊仙詩 2. 詩評 3. 魏晉南北朝

820.91027　　　　　　　　　　　　　　　　97000247

ISBN - 978-986-6831-79-9

9 789866 831799

古典詩歌研究彙刊
第三輯　第 二 冊　　　　ISBN：978-986-6831-79-9

六朝遊仙詩研究

作　　者　張鈞莉
主　　編　龔鵬程
出　　版　花木蘭文化出版社
發 行 所　花木蘭文化出版社
發 行 人　高小娟
聯絡地址　台北縣永和市中正路五九五號七樓之三
　　　　　電話：02-2923-1455／傳眞：02-2923-1452
電子信箱　sut81518@ms59.hinet.net
初　　版　2008 年 3 月
定　　價　第三輯 20 冊（精裝）新台幣 28,000 元

六朝遊仙詩研究

張鈞莉 著

作者簡介

張鈞莉，國立台灣師範大學國文系、台灣大學中文研究所碩士班、師範大學國文研究所博士班畢業，早期研究重心在六朝的文學與美學思想，近年全力參與籌備台灣第一個專司培育對外華語教學師資的大學專業科系——中原大學應用華語文學系（Department of Teaching Chinese as a Second Language），曾擔任其創系系主任兩年。現仍任教於該系，主授文學與文化類課程。

提　　要

　　六朝時期在中國文學史上是至為特殊的一個階段，此不獨因為文學觀念的發展，如魯迅先生在〈魏晉風度及文章與藥及酒的關係〉中所謂的是一個「文學的自覺時代」；不獨因為詩人才子的眾多，及其在身分、好尚與言行舉止各方面的迥然有別於其他朝代，如後世盛稱的所謂「六朝風流」「魏晉風度」等；同時也因為此時期詩歌體類與風格上的繽紛多樣——政治社會、飲讌遊賞、詠懷抒憤、玄言哲語、山水田園、詠物宮體……寫實性與幻設語竟可無所不包；華靡性與枯淡質竟可同時並存！

　　而其中最為特殊，可謂前無古人後無來者的，應當就是遊仙詩了。

　　本書針對漢末六朝時期異軍突起的遊仙詩體，縱向探討其緣起、流變、發展；並向內析理其形式與內容特質。認為遊仙詩醞釀於漢末樂府民歌中的神仙描繪與長生渴望，經由曹氏父子、嵇康阮籍等詩人一路加深其述志詠懷功能，至郭璞發展至成熟頂點，卻也因為仙境的人間化、仙人的凡人化交相作用，而開始轉型為山水詠懷之作，終至沈寂無蹤。此一發展路線和《文心雕龍‧明詩》中所謂「宋初文詠，體有因革，莊老告退，而山水方滋」，是相符的。至於其肇基於長生渴求的功利本質，和立足於玄虛冥想的幻想本質等等內部特質，則是使得遊仙詩乖離於整個中國文學的關注現實、言志抒懷的主流體系，而始終難免有著「浮淺之弊」的原因。

目次

緒　論 ……………………………………………… 1

第一章　遊仙詩的醞釀與產生──兩漢詩歌 ……… 5

　一、遊仙詩的醞釀 ………………………………… 5

　　1. 祭祀臨饗，客觀述仙，與仰賴祈福 ……… 5

　　2. 遠舉登仙，主觀詠懷，與駕御眾仙 ……… 13

　二、遊仙詩的產生 ………………………………… 17

第二章　遊仙詩的建立──曹氏父子 …………… 23

　第一節　曹　操 …………………………………… 24

　　一、曹操遊仙詩的特徵 ………………………… 24

　　　1. 迂迴性 ……………………………………… 24

　　　2. 矛盾性 ……………………………………… 31

　　　　（1）信仙與疑仙的矛盾 …………………… 31

　　　　（2）入世與出世的矛盾 …………………… 33

　　二、曹操遊仙詩的價值 ………………………… 35

　　　1. 內省價值 …………………………………… 35

　　　2. 文學價值 …………………………………… 37

　第二節　曹　丕 …………………………………… 38

　　一、曹丕反遊仙詩的因素 ……………………… 38

　　　1. 冷靜的性格 ………………………………… 39

　　　2. 享樂的思想 ………………………………… 41

（1）曹丕的及時行樂觀 …………… 41
（2）兩漢傳統及時行樂觀 …………… 43
3. 政治的雄心 …………… 45
（1）兩漢傳統榮名富貴觀 …………… 45
（2）曹丕的政治雄心 …………… 46
二、曹丕反遊仙詩的意義 …………… 47
第三節　曹　植 …………… 49
一、曹植遊仙詩的寫作動機 …………… 50
1. 懷才不遇的苦悶 …………… 50
2. 生命憂苦的感慨 …………… 53
3. 情緒化的反遊仙態度 …………… 55
二、曹植遊仙詩的形式結構 …………… 56
三、曹植遊仙詩的文學價值 …………… 62
第三章　遊仙詩的拓展──嵇康、阮籍及西晉
詩人 …………… 65
第一節　嵇　康 …………… 66
一、嵇康遊仙詩的特色 …………… 66
1. 畏患避禍的遊仙動機 …………… 66
2. 養生怡志的遊仙目的 …………… 70
3. 玄言隱逸的合流 …………… 71
4. 修鍊思想的加入 …………… 76
二、嵇康遊仙詩的價值 …………… 78
第二節　阮　籍 …………… 79
一、阮籍嚮往遊仙的因素 …………… 79
1. 畏患意識 …………… 79
2. 憂生之嗟 …………… 81
3. 仕宦之感 …………… 85
二、阮籍反對遊仙的體認 …………… 90
1. 從懷疑神仙的存在而反對神仙 …………… 91
2. 從否定遊仙的動機而反對遊仙 …………… 92
3. 從肯定生命的價值而反對遊仙 …………… 93
三、阮籍詠懷詩的矛盾特色及其原因 …………… 98
四、阮籍遊仙詩的特色 …………… 102
1. 形式結構之破壞 …………… 102

2. 敘事觀點之轉移 ················ 104

第三節 西晉遊仙詩的特色 ·············· 109

第四章 遊仙詩的成熟與轉化──郭璞與東晉
詩人 ······························ 119

第一節 郭 璞 ······················ 120

一、郭璞遊仙詩的成就 ·············· 120

二、郭璞遊仙詩的特色及其轉化現象 ······· 124

（一）敘事觀點轉變 ·············· 124

（二）人神距離縮短 ·············· 131

1. 神仙凡人化 ············ 132

2. 仙境人間化 ············ 133

第二節 東晉遊仙詩的特色 ·············· 136

一、轉化現象的加深 ················ 136

二、「輕遊重仙」筆法的延續 ··········· 142

三、反遊仙觀念的融合 ·············· 145

第五章 遊仙詩的沿襲與衰落──南北朝時期
與隋代 ·························· 149

一、南北朝遊仙詩的沿襲情形及其影響 ······ 149

二、遊仙詩的衰落 ················· 156

第六章 六朝遊仙詩的綜合討論 ············ 161

第一節 遊仙詩的特質 ················ 161

一、形式特質 ··················· 161

1. 仙 境 ··············· 161

2. 仙 人 ··············· 166

二、精神特質 ··················· 170

1. 逃避性質 ············· 170

2. 功利性質 ············· 171

3. 幻想性質 ············· 171

第二節 遊仙詩的影響與價值 ············· 172

結 論 ························· 175

參考書目 ························· 179

緒　論

　　遊仙詩，顧名思義即表現遠遊精神、洋溢仙心仙趣的詩作。遠遊，是精神上超脫現實，遊心於萬化的想像經歷；仙心仙趣，則是神仙思想下的產物。

　　神仙，今皆連用，然《說文》曰：「神，天神，引出萬物者也。」徐灝箋：「天地生萬物，物有主之者曰神。祭法曰：山林川谷丘陵，能出雲，爲風雨，見怪物，皆曰神。《說苑‧修文篇》曰：神者，天地之本，而爲萬物之始也，故曰天神引出萬物。」另《說文》仙字作「僊」，其下云：「僊，長生僊去。」《釋名‧釋長幼》亦曰：「老而不死曰仙，仙，遷也，遷入山也，故其制字人旁作山也。」《論衡‧雷虛》更謂：「無翼而飛，謂仙人。」故知神與仙本意不同，神爲天地之本源，創造宇宙萬物者；仙則指人的長生不死，輕舉飛昇諸境界。神在中國人的思想中，又與「天」、與「道」相溶，發展爲形上意識〔註1〕；而長生不死的仙的觀念，則始終潛存於人們信念之中，成爲我國民族心態的表徵之一。神仙一詞之連用，其義偏重在長生不死的「仙」上。

　　今日所見的春秋載籍，未見有言神仙之事者，《左傳‧昭公二十

〔註1〕參勞思光《中國哲學史》第一、二章。

年》，齊景公歎：「古而無死，其樂若何？」日人竹添光鴻《左傳會箋》曰：「春秋未有仙人之說，齊侯只歎人無不死者耳，非志於不死也。」是爲明證。而戰國以後的文獻，則盛言鑿鑿，《莊子》、《列子》、《山海經》等，是其中犖犖大者。《史記·封禪書》：「自威宣、燕昭使人入海求蓬萊、方丈、瀛州，此三神山者，其傳在勃海中，去人不遠。患且至，則船風引而去，蓋嘗有至者，諸仙人及不死之藥皆在焉。」是神仙之說首次見於史冊。而言神山（仙境）、言仙人、言不死之藥，後世神仙家所論均不出此三者範圍，是知齊威宣王、燕昭王之世，神仙思想已臻成熟完備。〈封禪書〉又曰：「自齊威宣時，騶子之徒，論著終始五德之運。及秦帝而齊人奏之，故始皇采用之。而宋毋忌、正伯僑、充尚、羨門子高、最後〔註2〕皆燕人，爲方仙道、形解銷化、依于鬼神之事，騶衍以陰陽主運，顯於諸侯，而燕齊海上之方士傳其術不能通，然則怪迂阿諛苟合之徒自此興，不可勝數也。」秦始皇之篤好方術，是神仙思想大盛的原因。入漢之後，文帝、武帝皆信鬼好祠，武帝尤其虔心求仙，影響漢世思想甚劇。《後漢書·方術傳·敘》：「漢自武帝頗好方術，天下懷挾道藝之士，莫不負策抵掌，順風而屆焉。後王莽矯用符命，光武尤信讖言，自是習爲內學。尚奇文，貴異數，不乏於時也。」這些方伎黃白之術，雖然「不乏於時」，然在兩漢經學盛世，還只是君主貴族們所熱衷。及至漢季，天下喪亂，舊有的儒家思想體系崩潰，價值觀念完全混亂，人們必須在一片分崩離析的社會現狀中尋求自處之道，他們重新摸索，嘗試建立新的價值體系。在這段摸索嘗試、反省觀照的過程中，神仙思想產生了重大作用：在宗教上，建立了道教的理論與

〔註2〕《史記索隱》據服虔說，曰：「最後」猶言「甚後」也。則此處所列僅四人，與小顏（師古）、劉伯莊所言五人有異。王念孫謂：「最」，疑「冣」字之誤，〈高唐賦〉：「有方之士：羨門高谿、上成鬱林、公樂聚穀。」，「聚」與「冣」古字通；「穀」有「穀」音，疑《史記》之「最後」，〈高唐賦〉之「聚穀」也。如此則此列方士五人。詳參瀧川龜太郎《史記會注考證》。

制度；在文學上，則產生了遊仙詩。

　　然而神仙思想表現於文學中，並不始於漢末。中國文學史上與《詩經》並美的《楚辭》，是戰國乃至西漢時期之作品，而其中多有神仙之思，《離騷》後半段三度遠遊的神話，更爲遊仙文學之典型，故黃節逕曰：「遊仙之作，始自屈原。」〔註3〕屈原確實是遊仙詩的遠祖。而《莊子・逍遙遊》：「藐姑射之山，有神人居焉，肌膚若冰雪，綽約若處子，不食五穀，吸風飲露，乘雲氣，御飛龍，而遊乎四海之外。」〈天地〉：「千歲厭世，去而上僊，乘彼白雲，至于帝鄉。」及《列子・黃帝》：「列姑射山在海河洲中，山上有神人焉，吸風飲露，不食五穀，心如淵泉，形如處女，不偎不愛，仙聖爲之臣。」也都對後世文學作品中仙人形象的塑造啓迪甚大。《楚辭》是辭賦體；《莊子》、《列子》是先秦散文，它們的神仙思想和文學技巧，無疑都對後來的遊仙詩人產生極大影響。六朝時代的文人們便是在這些基礎上，將自己對現世的憤懣不平、對人生的疑惑憂懼，結合著人類與生俱來的長生不死之憧憬，總發之於文詞聲韻之間，使遊仙詩成爲六朝最具代表性的文學作品。

　　本論文針對六朝遊仙詩而作，論其發展、演變、及特色。文中所引詩作，皆採逯欽立先生編著之《先秦漢魏晉南北朝詩》。

〔註3〕見《曹子建詩注》卷二〈遊僊〉下注。

第一章　遊仙詩的醞釀與產生——
　　　　兩漢詩歌

一、遊仙詩的醞釀

1. 祭祀臨饗，客觀述仙，與仰賴祈福

　　遊仙思想表現於文學作品，可上溯至屈原辭賦與莊子散文等戰國時期作品，已如前述。而呈現於詩歌體裁中者，則自秦漢郊廟歌辭、樂府民歌以降，遊仙詩的產生與發展，有著極為明顯的軌跡與理路，不遑他求。

　　先民尊祖敬天，祭祀頌禱的宗教行動不只是流行於民間的普遍現象，也是君主安邦定國的社稷大事，這一點從〈洪範〉八政中「祀」居其三，僅次於生民賴以養生的「食」與「貨」即可明知〔註1〕。既為邦國盛典，自當佐以歌樂舞容等場面，以壯聲勢，因此與祭祀有關的歌謠可說便是文學的創始〔註2〕。《詩經》中年代較早的三頌，便是上古祭祀詩的遺留。鄭樵《通志・樂略》說：「陳三頌之音，所以侑祭色。」

〔註1〕《尚書・洪範》：「八政：一曰食、二曰貨、三曰祀、四曰司空、五曰司徒、六曰司寇、七曰賓、八曰師」蔡傳：「食者民之所急，貨者民之所資，故食為首，而貨次之。食貨，所以養生也；祭祀，所以報本也……」

〔註2〕參劉大杰《中國文學發展史》第一、二章。

《詩・大序》也說「頌者，美盛德之形容，以其成功告於神明者也。」

秦漢以降，屢行封禪大典，「令祠官所常奉天地名山大川鬼神可得而序也」〔註3〕，祭祀的範圍更廣，次數更頻繁。武帝即位，「尤敬鬼神之祀」〔註4〕，除「三歲一郊」外〔註5〕，又「定郊祀之禮，祠太一於甘泉，就乾位也；祭后土於汾陰，澤中方丘也。乃立樂府，采詩夜誦，有趙、代、秦、楚之謳。以李延年為協律都尉，多舉司馬相如等數十人造為詩賦，略論律呂，以合八音之調，作十九章之歌。」〔註6〕

今觀此十九章〈郊祀歌〉，於描述祭祀的程序、敬神的虔誠，及祭品的豐厚之外，亦多有神明降臨享用祭品，並與侑祭者交遊往還的描寫。今舉其一〈練時日〉及其二〈帝臨〉二首以見一般：

> 練時日，侯有望，熚膋蕭，延四方。九重開，靈之斿，
> 垂惠恩，鴻祜休。靈之車，結玄雲，駕飛龍，羽旄紛。
> 靈之下，若風馬，左蒼龍，右白虎。靈之來，神哉沛，
> 先以雨，般裔裔。靈之至，慶陰陰，相放𢞉，震澹心。
> 靈已坐，五音飭，虞至旦，承靈億。牲繭栗，粢盛香，
> 尊桂酒，賓八鄉。靈安留，吟青黃，徧觀此，眺瑤堂。
> 眾嫭並，綽奇麗，顏如荼，兆逐靡。被華文，倛霧縠，
> 曳阿錫，佩珠玉。俠嘉夜，茝蘭芳，澹容與，獻嘉觴。

> 帝臨中壇，四方承宇，繩繩意變，備得其所，清和六合，
> 制數以五，海內安寧，興文匽武，后土富媼，昭明三光，
> 穆穆優游，嘉服上黃。

或稱靈，或稱帝，都是描寫所祭祀之神親臨饗祚的情形。〈練時日〉

〔註3〕見《史記・封禪書》，世界本，1271頁。

〔註4〕同上，1384頁。

〔註5〕同上。《索隱》引《漢舊儀》曰：「元年祭天，二年祭地，三年祭五時（按，時，音出ㄟ，指祭五帝的祭壇。秦時有密時祭青帝，上時祭黃帝，下時祭炎帝，畦時祭白帝，漢高祖又作北時以祠黑帝，合曰五時），三歲一遍，皇帝自行也。」

〔註6〕見《漢書・禮樂志》，世界本，1045頁。

四句一節，自神靈浮游空中，寫至沛然隨雨而降，再至端坐安留，觀眺樂舞瑤堂，循序漸進，想像華麗。其間對神靈的車駕衛仗、迎神的犧牲粢稯、及眾女樂的音容服飾，都有細膩的描寫。〈帝臨〉一首則簡樸無華，四平八穩，帶有濃厚的崇拜祈福的宗教情緒，作法與內涵都更接近《周頌》。

　　《郊祀歌》中敘述天神臨饗的，還有其十一〈天門〉，及十五〈華爗爗〉。〈華爗爗〉結構似〈練時日〉；〈天門〉則以長短句的形式反覆吟詠，更形輕靈華美。首二節謂：

　　　　天門開，詄蕩蕩，穆並騁，以臨饗。光夜燭，德信著，靈
　　　　寖平而鴻，長生豫。

則對天神的祈求，已不只是〈帝臨〉中的「海內安寧」，而是個人生命的延長。這份對長生的渴求，正是促使後世文人寫作遊仙詩的最大動力之一，此處已略見端倪。

　　〈練時日〉、〈華爗爗〉中對臨饗之神靈的描寫，到了民間，即擺脫了宗廟郊祀的用途所帶來的束縛，變得更為生動自然。如《鐃歌十八曲》中的〈上陵〉：

　　　　上陵何美美，下津風以寒，問客從何來，言從水中央。桂
　　　　樹為君船，青絲為君笮，木蘭為君櫂，黃金錯其間。滄海
　　　　之崔赤翅鴻，白鴈隨，山林乍開乍合，曾不知日月明，醴
　　　　泉之水，光澤何蔚蔚。芝為車，龍為馬，覽遨游，四海外。
　　　　甘露初二年，芝生銅池中，仙人下來飲，延壽千萬歲。

從「仙人下來飲，延壽千萬歲」二句，〈上陵〉與《郊祀歌》有著相同的基調，即都是記載天神下臨人間，而人對神也都有著一份功利性的企求——延壽。但很顯然的，詩中直接描寫仙人的部份增加了，以大量的形容詞、明艷亮麗的色彩，細細地勾勒仙人乘坐的舟船車駕，以及圍繞身邊的扈從禽鳥。值得注意的，這裡以「客」、以「君」這些平等的稱謂來指稱仙人，取代了《郊祀歌》中的「帝」與「靈」，提昇了仙人的親和力，若非還有「覽遨游，四海外」這種遊仙的辭句

參差其間,以及末四句解釋成詩原由的類似附記的結尾,本詩的前半段幾乎令人誤以爲所寫的是位人間的貴客。至此,神仙給人的印象,不再是在祭祀盛典中率眾降臨,專司鑑察禍福的那位可敬又可怖的神主,而是一位可以親近往還的翩翩公子。這種將神仙凡人化的手法,後來在郭璞等遊仙詩人手中有長足的發揮。

〈上陵〉乃「大略言神仙事」〔註7〕,《雜歌謠辭》中則錄有全篇歌詠神仙之事的〈茅山父老歌〉:

> 茅山連金陵,江湖據下流,三神乘白鶴,各在一山頭,佳雨灌畦稻,陸地亦復周,妻子保堂室,使我無百憂,白鶴翔青天,何時復來遊。

此歌謠的產生年代,逯氏定爲後漢末年,所持論據爲《後漢書・郭太傳》附有〈茅季偉傳〉,而《道藏・茅君志》載:茅固字季偉,因而推斷《茅君內傳》中得道、治丹陽句曲山的茅固,與《後漢書》所載實爲一人。說見逯著《先秦漢魏晉南北朝詩》頁229。今檢〈茅季偉傳〉,季偉名容,陳留(按,漢陳留郡,在今河南陳留縣)人,年四十餘,耕於野,遇郭太(按,當作泰,范曄避父諱改作太)勸使向學,卒以成德。此與《茅君內傳》所載曾爲執金吾,後棄官渡江,與兄隱於句曲山,後俱得仙道的咸陽人茅固相較,不獨名號相異,里籍、職業、經歷亦皆迥然有別,當是另一人。而三茅君得道之年,《內傳》明言爲漢平帝元壽二年,元壽爲哀帝年號,元壽二年九月平帝即位,逾年正月改元,《內傳》所言當即此時。則此首〈茅山父老歌〉當是西漢末年流行的民間歌謠,這段時期也正是遊仙詩在仙道思想與巫術崇拜等迷信觀念盛行的影響下,逐漸萌芽、醞釀的形成時期。

這段時期的詩歌特色,就形式言,多是神降臨,而非人往遊;就精神內涵言,則祈福祝禱的功利色彩濃厚。至於拓展之跡,很顯然的,隨著神仙思想的普遍深入人心,仙人描述在詩歌中所佔的比例也日益加重,從原來祭典中附帶一提的配角,發展爲全篇歌詠的神仙傳說,

〔註7〕本《古今樂錄》語,逯本節引,見158頁。

這是在神降形式上的演變情形；而在內在的功利氣氛上，同樣也有著與日俱增的膨脹現象：從〈帝臨〉中代表帝王雄心的「海內安寧，興文匡武」，到〈天門〉中的「長生豫」、〈上陵〉中的「延壽千萬歲」等人類內心深處共通的渴望，再到〈茅山父老歌〉中對生活細節的逐項尋求——「佳雨灌畦稻」的富裕、「妻子保堂室」的安順、「使我無百憂」的樂康——隨著詩體的成熟、社會的進步，人對於其所膜拜的仙人們，顯露了更大的野心、更多的要求。

　　除了現世生活上的要求之外，長生不老或永生不死，才是人類最終的期盼和目標，因此除了獻祭祈求神仙降臨賜福之外，當然更希望自己也能超脫肉身的限制，直接參與神仙世界，這無疑是解決人世間種種生之疑問的最直接有效的方式。於是，遊仙詩從神降臨發展為人往遊，也成為必然的趨勢了。最能代表這個演進過程的，是相傳為淮南王劉安所作的〈八公操〉：

　　　　煌煌上天照下土兮，知我好道公來下兮，公將與予生毛羽兮，超騰青雲蹈梁甫兮，觀見瑤光過北斗兮，馳乘風雲使玉女兮，含精吐氣嚼芝草兮，悠悠將將天相保兮。

　　本詩的來源，陳‧釋智匠《古今樂錄》曰：「淮南好道，正月上辛，八公來降，王作此歌」，逯欽立則以為出自《八公傳》〔註8〕。實則八公之名，最早見於王逸〈招隱士〉序：「昔淮南王安博雅好古，招懷天下俊偉之士，自八公之徒，咸慕其德而歸其仁，各竭才智，著作篇章，分造辭賦。」推求其義，八公乃八位文學之士，證諸高誘的《淮南鴻烈解‧敘》：「安……天下方術之士多往歸焉，於是遂與蘇飛、李尚、左吳、田由、雷被、毛披、伍被、晉昌等八人，及諸儒大山小山之徒，共講論道德，總統仁義，而著此書。」此八人當即王逸所謂八公，故宋‧王應麟《小學紺珠‧名臣類》即曰：「淮南八公：左吳、李尚、蘇飛、田由、毛披、雷被、晉昌、伍被。」可見八公實有其人，乃淮南王門下賓客，伍被並於《漢書》有傳，其餘諸人事蹟也斑斑可

考。劉安日後謀反自殺，所與謀者皆收夷，八公自亦在其列。但這些事到了神仙家筆下，卻改頭換面，成了神秘奇幻的靈異故事，如葛洪《神仙傳·劉安傳》：「安好儒術方技，八公詣之，化爲十五童子，露髻著鬢，色如桃花」；崔豹《古今注》：「漢淮南王安服食求仙，遍禮方士，遂與八公相攜俱去，莫知所適。」硬將一個野心勃勃陰謀篡位，後又事敗自殺的淮南王劉安寫成得道遁世的高人；而八公的地位，也從輔弼的臣宰升格爲精通法術，能返老還童的仙人。小說家的想像委實對於平凡的，甚至醜陋的現實事件有著不可思議的美化能力。八公既非傳說中的仙人，這首〈八公操〉自然也不會是「八公來降，王作此歌」的產品，應係出於後人僞託。和前述幾首比較起來，本詩很顯然的已不是客觀的仙人描述，或單面的成仙企慕，而有著具體的、主觀的遠遊行動。遊仙詩的幾個構成要素：仙界、仙景、乘風駕雲、服食長生，在這裡都已粗具規模。有趣的是詩中所透露的與仙人交往的方式，「知我好道公來下兮」是原始祭典中的神降意識，但緊接著，「公將與予生毛羽兮」，仙人來降的目的不在臨饗，而是引導，藉著祂，作者自身也能身輕如燕，展開遊仙活動。本詩不論內容形式都是明顯的楚辭體，完成時間應不太晚；而其中所反映的線索，也正好爲遊仙詩的發展過程中如何自神降臨銜接至人往遊，提供了寶貴的資料。

另外，《樂府·吟歎曲》的〈王子喬〉，爲我們展現了這個蛻變過程的另一種型態：

> 王子喬，參駕白鹿雲中遨，下遊來，王子喬，參駕白鹿上至雲戲遊遨，上建逋陰廣里踐近高，結仙宮過謁三台，東遊四海五嶽上，過蓬萊紫雲臺，三王五帝不足令，令我聖朝應太平，養民若子事父明，當究天祿永康寧，玉女羅坐吹笛簫，嗟行聖人遊八極，鳴吐銜福翔殿側，聖主享萬年，悲今皇帝延壽命。

本詩自起首「王子喬，參駕白鹿雲中遨」，即已開宗明義地在從事種種遠遊活動，下文「上建逋陰廣里踐近高，結仙宮過謁三台，東遊四

海五嶽上，過蓬萊紫雲臺」，及「玉女羅坐吹笛簫，嗟行聖人遊八極，鳴吐銜福翔殿側」等句又將所經歷的仙境，及與仙人的遊樂描寫得生動逼眞，儼然已是一首典型的遊仙詩。但同時詩中也夾雜了許多政治性的歌功頌德、祈福延祚之句，「三王五帝不足令，令我聖朝應太平，養民若子事父明，當究天祿永康寧」及「聖主享萬年，悲今皇帝延壽命」等等，所佔篇幅亦復不少。這些「官樣文章」雖然明顯地破壞了詩歌的文學性，但也提醒了我們遊仙詩的神仙意象與原始宗教情緒下的祭祀祝禱之間的淵源關係。更重要的是，本詩自始至終說的都是「王子喬參駕白鹿雲中遨」的經過，作者自己並沒有實際參與此遠遊歷程，只是站在旁觀者的立場，對王子喬這位古今盛傳的仙人的遨遊情形做了一番想像和描繪，因此基本上本詩和〈茅山父老歌〉一樣，通篇只作了仙人描述，表達了對神仙以及太平盛世的企慕之情，卻缺少了主觀經歷，嚴格說來不是以「遊」爲主的「遊仙詩」。劉漢初認爲本詩「主旨在歌頌太平，並祝聖主延年益壽，前面用了一半篇幅寫遊仙，只是爲下文太平長壽的氣氛預作經營」〔註9〕想必也是爲此原故。但若將本詩與〈茅山父老歌〉並列同觀，則篇中遊仙成份的增加、想像與技巧的進步，又是不容忽略的事實。因此這首《樂府吟歎曲·王子喬》說明了遊仙詩自單純的、客觀的神仙素描發展爲意象繁複的主觀遊歷的演變趨勢，和〈八公操〉一樣，都是遊仙詩體日趨成熟的過渡期產品。

　　順著這樣的發展路線，有兩首相和歌辭足以引起注意：

　　仙人騎白鹿，髮短耳何長，導我上太華，攬芝獲赤幢，來
　　到主人門，奉藥一玉箱，主人服此藥，身體日康彊，髮白
　　復更黑，延年壽命長（《平調曲·長歌行》）〔註10〕

　　吾欲上謁從高山，山頭危險道路難，遙望五嶽端，黃金爲

─────────────

〔註 9〕見《六朝詩發展述論》，頁12～13。
〔註10〕逯本從《樂府詩集》，合本詩與〈迢迢山上亭〉爲一首，但以二首義不相類，歷來爭議頗多，今以次首與遊仙主旨無涉，去之。

闕，班璘，但見芝草，葉落紛紛。一解

百鳥集來如煙，山獸紛綸麟辟邪，其端鵾雞聲鳴，但見山
獸援戲相拘攀。二解

小復前行，玉堂未心懷流還，傳教出門來，門外人何求？
所言：欲從聖道，求一得命延。三解

教敕凡吏受言，採取神藥若木端，玉兔長跪搗藥蝦蟆丸，
奉上陛下一玉柈，服此藥可得神仙。四解

服爾神藥，莫不歡喜，陛下長生老壽，四面肅肅稽首，天
神擁護左右，陛下長與天相保守。五解　（《清調曲‧董逃行》）

二首內容相近，都是寫入仙山求仙藥。〈長歌行〉中，仙人有著極爲鮮
明的形貌：「髮短耳何長」，所負的使命也極清晰：「導我上太華」。在
這裡，人的幻遊仙界仍有賴仙人引導才能成行，使人憶起〈八公操〉
中八公來降的作用，也在於「與予生毛羽兮」。〈董逃行〉以質樸無華
的語言鋪敘仙山的建築、鳥獸紛陳的場面、仙人凡吏的對答、及玉兔
搗藥等細節，將求藥的環境與過程描寫得栩栩如生。值得深思的是，
一解與二解的仙境是否是同一處所？似乎那「黃金爲闕班璘，芝草葉
落紛紛」的仙界只是「遙望五嶽端」目睹的景象，而詩人自己，由於
「山頭危險道路難」，只能停在百鳥群集山獸紛綸的中途，守候於玉堂
之前，等待仙人教敕，好「求一得命延」。在後來曹操的作品中也常有
這種遊仙的迂迴現象，似乎人憑己力無法直闖仙境，必須先至中途某
一定點，會合某仙人後，經由仙人的導引，才能再度飛昇，到達極樂
逍遙之境。〔註11〕而這裡，詩人至終並未到達頂峰，只在「遙望」的
階段，一來可能因爲詩人長途跋涉的主要目的只在求藥，目的已達不
必再求昇；二來也可能缺少導引的仙人，不若〈長歌行〉中「仙人……
導我上太華」，因此一步便「來到主人門」。這是二詩有趣的相異之處。

總之此時期的詩作中，仙人是高高在上的，祂們導引人、教敕人、
賜與人；而人力是如此渺小，只能求，只能受。所受於仙人的，受言、

<hr>

〔註11〕說見本文第二章第一節。

受藥、受引導；而所求於衪們的單單一項——延壽長生！因此遠不遠遊飛不飛昇絲毫不關緊要，就連遨遊之樂、金闕之美也都可以不必追求，只要「服爾神藥」，便「莫不歡喜」。這樣急切的功利思想容易使詩作的精神內涵流於膚淺，境界不高，這一點向來是遊仙作品最大的缺失，因此魏晉以後的遊仙詩人多藉遊仙以詠懷，來增加作品的深度與張力，此是後話。但在這裡，服食長生是詩作的主旨，這樣一種功利性質的實用色彩，或許恰可反映出文字的原始功用特色，例如在甲骨文中最常見的就是類似的求神問卜，後來文字才逐漸用來表達個人情志，而有了藝術性。另外，這些詩中，仙凡之間的地位懸殊，距離遙遠，這似乎也都是原始宗教中敬天畏鬼、祝禱祈福諸情緒的遺留。

2. 遠舉登仙，主觀詠懷，與駕御眾仙

　　而另外一首同屬相和歌辭的〈善哉行〉，所表現的神人關係，卻有著嶄新的風貌：

> 來日大難，口燥脣乾，今日相樂，皆當喜歡。一解
> 經歷名山，芝草翩翩，仙人王喬，奉藥一丸。二解
> 自惜袖短，內手知寒，慚無靈輒，以報趙宣。三解
> 月沒參橫，北斗闌干，親交在門，飢不及餐。四解
> 歡日尚少，戚日苦多，何以忘憂，彈箏酒歌。五解
> 淮南八公，要道不煩，參駕六龍，遊戲雲端。六解
>
> （《瑟調曲‧善哉行》）

這首〈善哉行〉由於各解之間語意不甚連貫，容易引起各種揣測，余冠英先生便以為是宴會時主客贈答的詩，一、二解是主人之辭，一解勸客暫歡，二解頌客長壽；三解是客人答辭，自慚寒傖，無以為報；四解又是主人致歡迎之意；末二解又是客人答主人開場之語，以淮南王比喻主人，也是祝壽之意。余氏並引曹植詩「主稱千金壽，賓奉萬年酬」為佐證。〔註12〕據此則詩中屬於遊仙的部份全是比喻。本文則寧可視之為一般的遊仙詩作，一解敘遠遊動機；二解遊歷仙

〔註12〕見余冠英《樂府詩選》，頁22，華正書局影印本。

境，並有仙人奉上仙藥以供服食；三解是受藥後的心理反應，慚愧自己不能投桃報李，全詩到這裡都是一氣呵成，四解以後，似乎受藥者又返回了現實世界，環顧周遭仍在大難中「飢不及餐」的親友們，一份人溺己溺的憂患意識使他不願獨享仙丹妙藥，寧可立足於戚多歡少的現實人生，偶以彈箏酒歌來排憂解愁，那些遊戲雲端的仙人生涯可以當作酒後茶餘的旁敘資料，卻不再為此逃秦遁世。「親交在門，飢不及餐」一句，《御覽》作「親友在門，忘寢與餐」，更能顯示作者背負人間苦難的熱忱。這樣的心路歷程，與《離騷》中的「忽臨睨夫舊鄉」，有異曲同工之處，作者都懷著一顆敏感、眷戀的情思正視人生的缺憾與不完滿，而不忍以一舉飛昇的壯舉斬絕一切牽絆，來換取推卸責任的快感。這種承擔令作品呈現迂迴曲折、一唱三歎的深刻內涵。

當然，這樣將六解說為一整體的解釋法，可能犯了根本的錯誤，因為古樂府重聲不重辭，樂工們取聲合樂時往往隨意併合裁剪，不問文義，因此複出、錯簡之例不勝枚舉。〔註13〕本詩各解之間，尤其四解以後可能僅僅以聲相繫，彼此沒有意義上的絕對關聯，那麼前文所作的意識分析就沒有必要了，這是文學批評者經常面臨的困境。但是，即或如此，仍不影響這首詩在遊仙詩的演變歷史中所佔的分量。第一解與第五解的詠懷成份，開魏晉以後遊仙之作的先聲。特別是第三解，作者在喜獲仙丹後竟然沒有〈董逃行〉中歡天喜地、長生老壽的情緒，反而為著自身寒縮無能回報而由衷抱愧，這表示人們對於希望所託的神仙已不再是一味要求滿足，而能夠以一種成熟的態度來處理內心的仙人渴望與宗教情緒，於是，仙凡間的關係也不再對立，從單向的付出與獲得、賜恩與享福，進展為雙向的回饋。而透過這一層人文的省思，卑微渺小的人類在仙道氣氛瀰漫的時代環境中，終於取得了一絲當有的尊嚴。

〔註13〕參余冠英〈樂府歌辭的拼湊和分割〉，《漢魏六朝詩論叢》，頁 26～38。

　　與〈善哉行〉同樣用一個詠懷式的興起交待自己遠游求仙的動機的作品，還有一首又題〈隴西行〉的〈步出夏門行〉：〔註14〕

　　　邪徑過空盧，好人常獨居。辛得神仙道，上與天相扶。
　　　過謁王父母，乃在太山隅。離天四五里，道逢赤松俱。
　　　攬轡爲我御，將吾天上遊。天上何所有，歷歷種白榆。
　　　桂樹夾道生，青龍對扶跌。鳳凰鳴啾啾，一母將九雛。
　　　顧視世間人，爲樂甚獨殊。（《瑟調曲・步出夏門行》）

這是一首形式完整的遊仙詩，歷敘遊仙的原因、經過、相逢的仙人、天上的景物，並以欣喜於自己能獨享此遠遊之樂爲結。若要深究其所經路途，則訪謁東王公與西王母，卻又是在太山之隅；穹蒼廣漠何可以道里計，卻只言四五里。劉漢初評之爲「略嫌浮泛」，陳祚明則曰：「最荒唐語，寫若最眞確，故佳。」欣賞遊仙詩本須訴諸感性的陶醉，所謂妄言妄聽斯爲得之，這在下文探索遊仙詩的特質時將再作說明。最吸引人的是篇中對天上景物的描述，白榆、桂樹、青龍、鳳凰都是星名〔註15〕，作者雙關用之，不但深得文字之妙，並且意象鮮明、色彩生動，表現最爲精彩。結尾顧視世間人而洋洋自得，雖與屈原臨睨舊鄉的清醒沈痛截然不同，卻也充滿了單純快樂的遊仙特質，而且由於其遠遊的原因是對好人獨居的現狀感到不平，未見有何祈福求長生等媚神的功利成份存在〔註16〕，因此遊後的獨殊之樂應是一種內在的自得；一種解脫後的輕鬆裕如，不似神仙家所追求的快樂，倒像莊子心目中的逍遙自得。

〔註14〕舊本〈步出夏門行〉十四句文義不完，〈隴西行〉則前後不屬，且首四句與〈步出夏門行〉同，逯本遂以二者同屬一篇，當併爲一，見該書頁267。今以「好婦出迎客」以下義不相屬，當是另一首，如此則〈步出夏門行〉與〈隴西行〉都是獨立而完整的篇章。此說本之余冠英，見《漢魏六朝詩論叢》，頁35～36。

〔註15〕黃節《樂府風箋》，頁27。

〔註16〕本書所謂「媚神」、「宗教情緒」、「宗教頌歌」等辭彙，乃沿襲劉大杰先生之用法，詳見《中國文學發展史》第二章〈周詩的發展趨勢及其藝術特徵〉。

除此之外，我還要特別強調這首詩中仙凡關係的進展。在這裡，人之所以能夠飛昇遠舉、拜謁王父母，絕無仙人導引，乃因「卒得神仙道」。不論這道是得自體悟也好，或是經過一番修煉，總之要自己去「得」，其間沒有一蹴可及的導引之法供人去坐享其成。因此人不再居於被動的受道地位。更甚於此的是，道路相逢的仙人赤松子，竟也一反高高在上的施捨形態，轉變為「攬轡為我御」的執役者！主僕地位的瞬間倒置，象徵著繼〈善哉行〉之後，人本思想在神仙崇拜的迷信情緒下再度獲勝。樂府雜曲歌辭中還有一首〈艷歌〉：

> 今日樂上樂，相從步雲衢。天公出美酒，河伯出鯉魚。
> 青龍前鋪席，白虎持榼壺。南斗工鼓瑟，北斗吹笙竽。
> 姮娥垂明璫，織女奉瑛琚。蒼霞揚東謳，清風流西歈。
> 垂露成帷幄，奔星扶輪輿。

更是除了開頭兩句之外，通篇都在描述傳說中的仙人仙物如何服役於己，內容雖遠比〈步出夏門行〉貧弱，卻也是「仙人攬轡」之意識的高度發揮。〔註17〕

回頭來談〈步出夏門行〉。通篇看來，這首〈步出夏門行〉從個人處身於是非不彰的現實世界中所產生的主觀情緒下筆，交待了遠遊的原因；至於遊的能力，非由外鑠，乃來自本身的「得道」；而得道的結果除了使自己輕舉遠揚，「上與天相扶」之外，還擁有凌駕仙人，使之甘心為我執御的能力。一步一步地，這首詩將人類從仙力仙法的籠罩下提拔出來，賦予獨立自主的地位。就人文的角度來說，這當然是一種可喜的現象。

合觀〈善哉行〉與〈步出夏門行〉兩首，詩中詠懷的部份較諸前述幾首，明顯地增加了許多。對人生「歡日尚少，戚日苦多」的體會；對社會中「好人常獨居」的不平現象，詩人都在作品中寄予無限感慨，

〔註17〕〈艷歌〉一首通篇偶句，且唐人類書不載；樂府詩集不收，劉漢初疑為後人偽託，非漢人之作，見《六朝詩發展述論》附註，頁101。此說尚無定論，且非本文討論重點，姑列一說以資參考。

此舉無異為遊仙詩注入了新的生命，使遊仙詩一洗過去的膚淺、頹廢傾向，而有著發抒憤懣、伸展懷抱的積極功效。雖然詩人在提出這些狀況後所採取的處理方式仍是「彈箏酒歌」、或「與天相扶」的消極逃避，似乎只求「為樂甚獨殊」的獨善其身，無意於針砭時事、兼善天下。但是無論如何，這詠懷之門一開，遊仙詩總算擺脫了狹小的格局，以及臣服於祭祀崇拜和仙道思想下的附庸地位，從此步上一條光明坦途，只等著魏晉以後的文人才士來馳騁其間了。

二、遊仙詩的產生

以上這些小小的成就，明眼人一望即知，其實早在戰國時代，屈原的《離騷》中就早已達到了，並且有過之而無不及——提到遊仙動機，《離騷》中長篇大論地述說著自己好修而見嫉的委屈，將舒渫憤懣的詠懷主旨發揮得淋漓盡致，豈僅是「邪徑過空廬，好人常獨居」兩句輕描淡寫而已；提到役使諸神，《離騷》中羲和弭節，扶桑總轡，望舒為先驅，飛廉後奔屬，鳳凰、雷師、飄風、雲霓也都自然聽其差遣，仙凡間的主從關係從未發生疑問；提到仙境之描述，《離騷》中發蒼梧，過懸圃，經流沙，涉赤水，想像之瑰麗，又何亞於青龍白榆？既然早在屈原的時代就已有了這般登峰造極的遊仙之作，何以兩漢的樂府作者還要經過這樣長期的摸索？首先，文體的不同當是因素之一，《離騷》是辭賦體，直接的流裔是漢賦，因此遊仙文學以辭賦型態表現的，如〈遠遊〉〔註18〕、〈大人賦〉等，雖和《離騷》蹊徑不同，總是上有所承，故能發展順利。論到詩歌，所繼承的是《詩經》的寫實傳統，受《楚辭》的衣被較少，因此遊仙詩是伴隨著詩體本身、以及仙道思想在社會大眾間普遍流行的程度一起逐漸成長的。而且樂府詩是民歌，在民智未開的時代，民間的人文省思自然較為落後，遠趕不上貴族出身、學識淵博、又才華橫溢的屈原了，再加上君王統治者自身的迷信長生，或有意強調神

〔註18〕遠遊非屈原所作，前人已屢辯明之。

權以便於統治，因此當屈原彷徨於山澤之間，嗟號昊旻，呵而問天之時（語本王逸〈天問序〉），一般老百姓還在殷殷祭祀，戰兢事天。遊仙詩能夠從事神、媚神的宗教頌歌中獨立發展，蔚爲大宗，還是人本主義逐漸抬頭之後的事。另外，不能忽略的是，屈原筆下的遊仙過程其實都是他個人現實經歷的投射，所以會有帝閽閉門而不納、三度求女而不得等大小挫折，顯見仙界也並不是個有求必應的理想國，因此他的遊仙絕不是逃避現實的療傷行爲，遊仙過程中四處碰壁，其實可視爲現實生活中懷才不遇的象徵表現。而且他雖然縱心馳神，在精神上遨遊四方，但內心深處仍是眷顧現實、積極入世的，因此他絕不可能耽溺於遠遊之樂，必定會臨睨舊鄉，蜷局不行，而寧可背負著滿心的創痛逕赴彭咸之所居，向這個他至終熱愛的混濁世界做一次最後的死諫。因此他雖然寫作遊仙文學，其實只是以高度的想像驅使著神話素材，使之爲自己的執履忠貞做一番強烈的表白，也對昏庸的國君做一番比喻性的諷諫勸戒。《離騷》的寫作目的，王逸的《楚辭章句‧敘》說得最好：「上以諷諫，下以自慰。」一則作爲個人最沈痛的苦悶象徵；一則又是冀君悔悟的針砭良策，這和遊仙詩人唯長生是圖、消極避世的意識型態，有著何等根本上的差異！

於是，屈原的《離騷》雖然毫無疑問是遊仙文學的巔峰之作，但由於文體不同、創作者背景與意識上的差距，使得遊仙詩未能直接受其沾漑，而必須經歷兩漢詩壇長期的孕育和發展，才漸具規模，至於風格的建立、型式的成熟，則不得不留待魏晉以後。許多魏晉文人如曹植、嵇康、阮籍之流，由於本身遭遇與屈原有相似之處，因此在詩歌表現上或出於模仿，或發諸自然地，也有著和《離騷》相等的深度和廣度，但這也是遊仙詩本身發展成熟之後才有的現象，並非一蹴可及。至於〈遠遊〉和〈大人賦〉這些漢代作品，和遊仙詩同是兩漢神仙思想下的產品，雖然因爲出於文人手筆，並且承繼了《楚辭》以來的辭賦遊仙傳統，在想像的發揮、形式的整齊上，成就或許高過同時

期的遊仙詩，但在精神內涵方面，仍停留在飄飄凌雲的膚淺層面上，反不若遊仙詩經由不斷的人文反省，呈現了精神層次上節節提升的現象。因此若要將遊仙詩的淵源歸之〈遠遊〉與〈大人賦〉，似乎也有欠公允。遊仙詩的產生，源自人類與生俱來的長生渴望、以及秦漢以來的神仙傳說，定要追溯其文學上的傳承，則《莊子》、《列子》中的真人形像，本身即為神話傳說的一部份，應當具有相當的啟發性。但遊仙詩終於能在魏晉時期發展至高峰，成為當時文學主流之一；並且和《楚辭‧離騷》先後輝映，成為我國文學史上超現實色彩的兩大代表，這其中的一大段空白，要由漢代的樂府詩來填補。

　　以上本文即從漢代樂府詩說明了遊仙詩的成長：從郊廟歌辭的〈練時日〉、〈帝臨〉諸首，到相和歌辭的〈善哉行〉與〈步出夏門行〉，詩歌的內容逐漸由祭祀的神仙崇拜，發展為人本的苦悶象徵。這樣的發展路線也彷彿由《詩經》的《周頌》，逐步走向《楚辭》的《離騷》。可見不論在先秦、在漢代；不論是文學主流上演變的大方向，或是一個創作題材上進展的小趨勢，文學發展的理路是相通的。今再將現存的漢樂府中遊仙詩由醞釀到開展，其間的理路以表列之：

一、遊仙的方式：

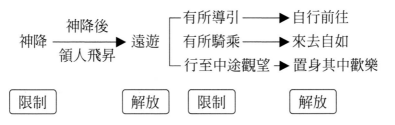

二、表現功能：

三、仙凡的關係：

功利主義的仰賴祈福 —————渴求回饋————→ 自我中心的駕御眾仙
　　　　　　　　　　　　的省思

　　[神本]　　　　　　　　　　　　　　　　　　　　[人本]

　　從飽受束縛限制中日趨自由解放，這是想像力的提升；從神本主義的籠罩下掙脫成以人為中心，這是人文精神的發達；從客觀的描摹渴望蛻變為主觀的體悟與詠懷，這是敘事觀點及文學效能的轉移。這些內在的理念配合上詩體本身的外在發展，如形式日趨繁複、文辭日趨華美等等，交互作用之下，終於使遊仙詩巍然獨立，自創局面，在文學史中佔有一席之地。但值得注意的是，雖有這些崇高的理念可循，但在基本心態上，遊仙詩人是存著避世傾向的，他們寫作遊仙詩時，或是情緒低落，消極頹喪；或是轉移目標，貪圖長壽，這些動機上的雜質，間接地限制了遊仙詩的發展。於是魏晉之間遊仙詩最盛行的時代，除了在遊仙方式上的想像確實日益自由無礙之外，在仙凡的關係上卻仍然經常存在著功利的需求；在功能表現上，甚至發展成詠懷詩獨樹一幟，與遊仙詩分道揚鑣的現象；以及主觀的抒溌憤懣又回歸到客觀的敘述這種開倒車行為。這些支持遊仙詩存在發展、並使之具有文學價值的內在理念，因為人為的或者社會文化的因素影響而隱晦，甚或扭曲，是遊仙詩在魏晉之際乍放光芒，隨後消沈沒落，被後來的山水、詠物體；以及整個文學的詠懷主流所取代的主要原因。這是非常可惜的一點。

　　　　除了上述由祭祀歌進展為仙人描繪、長生渴慕，再到自我精神層面的遠遊飛昇這條遊仙詩的正統源流之外，逯本《漢詩卷一》還有兩首題名四皓所作的〈歌〉和〈采芝操〉，是描述秦世隱居商山的四皓——用里先生、綺里季夏、黃公、東園公——的隱居生活，但其中「曄曄紫芝，可以療飢」和神仙家服食養生的說法有些神似；對於高山、幽谷、樹木、巖穴等隱居環境的描寫，也令人想起遊仙詩中仙境的情

景。證諸《楚辭》淮南小山〈招隱士〉王逸序所言：「小山之徒閔傷屈原，又怪其文昇天乘雲，役使百神，似若仙者，雖身沈沒，名德顯聞，與隱處山澤無異，故作〈招隱士〉之賦以彰其志也。」似乎在漢人心目中，「仙者」「與隱處山澤無異」。確實，隱士人格清高，容易提供世人將之升格爲仙人的想像；而隱居的處所多在深山大澤之中，也具有仙界之神秘色彩，因此從隱逸詩發展爲遊仙之作應當是可行之途徑，可惜現存漢代隱逸詩太少，無從窺其堂奧。倒是郭璞以後的遊仙詩，有日趨人間化的傾向，仙境與山水風景相似；仙人和隱居的處士無異，遊仙詩又回歸到與隱逸詩合流的情況。

　　在此附帶一提，遊仙詩形成的最大原因是生命短促，人們渴望與仙人等期，長存於天地之間，已如上述，但是同樣一個人生苦短的感慨，在漢詩中也經常發展爲帶有享樂色彩的及時行樂之詩，或者追求富貴的入世之作，這種現象在古詩十九首中尤其表露無遺。前者只顧眼前之樂，容易引出「服食求神仙，多爲藥所誤，不如飲美酒，被服紈與素」（古詩十九首〈驅車上東門〉）的反遊仙情緒；後者則感於「盛衰各有時，立身苦不早」，而必須「奄忽隨物化，榮名以爲寶」（同上〈迴車駕言邁〉）自然也無暇棄人世而遊仙。這也是漢詩中重要的一環，留待下文述及曹丕的反遊仙詩時再一併討論。

　　總之，正如李豐楙先生在所著論文〈魏晉南北朝文士與道教之關係〉的 482 頁中所說：「神仙思想表現於漢樂府歌辭，爲魏晉遊仙詩之直接淵源。」其說從形式的承接上立論，本文則從精神面貌上著眼。然則不論外在內在各方面，漢代詩歌對遊仙詩的醞釀之功，是不可抹滅的事實。

第二章　遊仙詩的建立──曹氏父子

　　遊仙詩經過兩漢以來長期的醞釀，形式漸趨成熟，意境更是大爲提升，從充滿畏怖之情的鬼神崇拜，進展成以人爲本位的詠懷憑藉，這樣濃厚的文學性自然容易引起文人的注意。再加上遊仙題材純屬虛構，並不架設於現實的觀點上，因此也不受現實世界中各種理性與時空的限制，作者可以天馬行空地去盡情發揮自己的想像力，最適合文人逞志使氣，施展才華。於是，正如詩體本身，或者詞曲小說的發展路線一樣，遊仙詩在兩漢之後也由草莽民間步入了殿堂案頭，成爲流行於文人學士之間的常用題材。〔註1〕而由於文人的參與和提倡，也賦予遊仙詩更廣泛的觸角、更深刻的內涵，藝術價值自是不可同日而語。這種交互作用的雙向關係，最明顯的例子，就是曹操、曹丕、曹植三父子。他們身當漢末遊仙詩胚胎初成之際，一方面這個特殊的題材提供了最好的想像空間，使這三位「咸蓄盛藻」〔註2〕的父子縱橫其中，獲得了逞才競勝，或者宣洩情緒的最佳途徑；而另一方面，經

〔註1〕其實兩漢之間極可能也有文人寫作遊仙詩，《文心雕龍・明詩》：「張衡怨篇，清典可味；仙詩緩歌，雅有新聲。」可見起碼東漢的張衡已有遊仙作品。可惜這些仙詩緩歌今已失傳，無從考究。就現存的兩漢詩歌資料看來，文人並沒有普遍寫作遊仙詩的跡象。
〔註2〕沈約《宋書・謝靈運傳論》：「至於建安，曹氏基命，二祖陳王，咸蓄盛藻。」見鼎文版《宋書》，頁1778。注云：「二祖謂操、丕」。

過他們的一番揮灑，遊仙詩形式完備了、氣度擴大了、意旨也深淳了，成為一個獨特文類的各項條件才算完備，甚至連以「遊仙」作為詩題，從而使「遊仙詩」成為後來寫作神仙素材的詩歌時的專用標題，也都是從曹植開始的。可以說真正確定了遊仙詩的意界，建立了它的形式和風格的，就是曹氏父子。但他們父子三人在文學上向來各擅勝場，作風迴然有別，成就也各自不同，於遊仙詩也有類似的現象。今分別討論如下：

第一節　曹　操

現存曹操詩作共二十三首，遊仙之作佔了七篇，比例不可謂不高，他是第一個著力寫作遊仙詩的詩人。操詩全屬樂府，四言居多，五言次之，形式上已顯明正居於樂府詩的轉變時期，這一點前人多已論之。〔註3〕他的遊仙詩也同樣地有著承襲樂府，開創新局的銜接作用。

一、曹操遊仙詩的特徵

1. 迂迴性

首先，曹操的遊仙詩中非常明顯的一個共同特徵，就是遊仙過程

〔註3〕 游國恩《新編中國文學史》，頁236論曹操寫作樂府：「樂府在漢時還不大被文人們注意，建安詩人才發現樂府的價值。曹操則是最早著力寫樂府詩的人。他有一些摹擬的作品，但另外一些就離開了樂府的本題和音律，完全表現自己的真情實感。」劉大杰則論曹操四言詩曰：「四言詩自三百篇以後，有式微之歎，但到了仲長統、曹操很有幾篇好的四言詩，頗有復興之象，畢竟大勢已去，雖當代作者頗多，已無法與五言詩的主潮對抗，到了嵇康、陶潛以後，四言詩就算是中絕了。」（《中國文學發展史》，頁253～254）沈德潛也推譽曹操的四言詩「三百篇外自開奇響」（《古詩源》卷五）這些都說明了曹操詩作正居於由樂府古辭轉變為近體詩、由四言詩轉變為五言詩的交替階段。林文月師在〈論曹操之為人及其作品〉中說得最好：「雖然曹操的詩復古氣氛極濃，但他的四言詩與《詩經》究竟有不同之點；而以樂府敘時事及詠懷，亦為前所鮮見的現象。因此，曹操的詩可謂『體復古而用開新』。」（《澄輝集》，頁17，洪範書店）

的迂迴性。在他的詩中，從來沒有一舉飛昇，直赴仙界的現象發生，人不論如何神通廣大，能夠「駕六龍乘風而行，行四海外路」（〈氣出倡〉〔此據遼本，餘各本作唱〕三首之一）或者「駕虹蜺，乘赤雲」（〈陌上桑〉），但也只能先暫時抵達一處人間的名山勝地，然後或是仙人下來導引；或是自覺「礔硍砳硲爾自為神」（〈氣出倡〉第三），乃得遠遊飛昇，遨遊仙境。這個作為中途站的名山勝地，在〈氣出倡〉中是泰山、華陰山、君山，在〈陌上桑〉是九疑山，而在〈秋胡行〉二首中則是散關山和泰華山。或謂這些名山由於風景優美、道路險阻等原因，在神話傳說中早已成了人間仙境，與崑崙、蓬萊並無二致。確實，許多遊仙詩人也就是在這些名山大澤中與仙人交遊，寫下遊仙之作，這一點在下文探討仙境時會有分析。但曹操不同，他並不永遠停留在這些人間的山水之中，在這裡賞玩遊樂的同時，他心中還有著更高遠的遠遊目標，是那些存在於遙遠傳說中的極樂仙境，如崑崙蓬萊；如天庭之門、王母之旁。在曹操的觀念裡，似乎這些「人間仙境」雖已是仙境，總是尚在「人間」，比較容易到達，而崑崙、蓬萊、天之門、王母台等仙界則遠在天邊，飄渺難渡，因此終隔一層。而這些人間的名山大川，就成了登臨仙境的必經之地。這種情形最明顯的有下列二首：

> 駕六龍乘風而行，行四海外路，下之八邦，歷登高山，臨
> 谿谷，乘雲而行，行四海外路，東到泰山，仙人玉女下來
> 遨遊，驂駕六龍飲玉漿，河水盡不東流，解愁腹飲玉漿，
> 奉持行，東到蓬萊山，上之天之門，玉闕下引見得入，赤
> 松相對，四面顧望，視正焜煌，開玉心正興其氣，百道至，
> 傳告無窮，閉其口但當愛氣，壽萬年，東到海與天連，神
> 仙之道，出窈入冥，常當專之，心恬憺無所愒欲，閉門坐
> 自守，天與期氣，願得神之人，乘駕雲車，驂駕白鹿，上
> 到天之門，來賜神之藥，跪受之敬神齊，當如此道自來。
> （〈氣出倡〉之一）
> 華陰山自以為大，高百丈，浮雲為之蓋，仙人欲來，出隨
> 風列之雨，吹我洞簫，鼓瑟琴，何闇闇，酒與歌戲，今日

> 相樂誠爲樂，玉女起，起儛移數時，鼓吹一何嘈嘈，從西
> 北來時，仙道多駕煙，乘雲駕龍，鬱何荟荟，遨遊八極，
> 乃到崑崙之山，西王母側，神仙金止玉亭，來者爲誰，赤
> 松王喬，乃德旋之門，樂共飲食到黃昏，多駕合坐，萬歲
> 長，宜子孫。(〈氣出倡〉之二)

這裡的泰山、華陰山、都不是詩人遊仙的最終目的地，詩人雖經過高
山谿谷，遠行四海外路，長途跋涉才到達這些人間仙境，並且在其中
飲玉漿鼓瑟琴，飽享酒與歌戲，深感「今日相樂誠爲樂」，但是盤旋
一陣之後，仍要「奉持行」，上到「天之門」，或者「崑崙之山西王母
側」。那些「下來遨遊」的「仙人玉女」們，不只提供了一段歌舞昇
平的和悅場面(《說文》：闇，和悅也。)也成了導引詩人再度昇舉，
到達天庭仙界的媒介。前文討論漢樂府清調曲〈董逃行〉時已經指出，
詩人在「上謁從高山」時，由於「山頭危險道路難」，並未登臨巔峰，
只在中途「遙望五嶽端」，然後「小復前行」，來到「玉堂」，求得神
藥，便「莫不歡喜」地結束了整個遊仙過程。現存漢樂府遊仙詩數量
太少，到底這種「遙望」的現象是凡人能力不足的普遍限制，或者僅
是〈董逃行〉中偶發的想像，不得而知，但在曹操的作品中，這種迂
迴轉折是遊仙過程中必有的經歷，除了上述兩首外，〈氣出倡〉第三
首的起首數句是：「遊君山甚爲眞，礔碨砟硈爾自爲神，乃到王母
臺……」雖沒有仙人引導的跡象，但作者也是在遊歷了君山勝地後，
目睹山勢的高大崎嶇，彷如鬼斧神工，歡賞之餘「乃到王母臺」，才
展開一段富貴濃艷的遊宴場面；而〈秋胡行〉第二首的第一解：「願
登泰華山，神人共遠遊，願登泰華山，神人共遠遊，經歷崑崙山，到
蓬萊，飄颻八極，與神人俱，思得神藥，萬歲爲期，歌以言志，願登
泰華山。」更是明言須待登上泰華山邀得神人後，才能同赴崑崙至蓬
萊。這就不能說是巧合了。原來曹操這位叱吒風雲的英雄人物，內心
深處竟也對於人力的貧乏有限、人在宇宙間地位的渺小卑微，有著如
此深刻的感慨和體悟，以至於就連在想像的世界中，他也飽受拘限，

不能放手遠揚，只好延長行程，迂迴前往。鍾嶸《詩品》評曹操：「曹公古直，甚有悲涼之句。」曹操的詩之所以充滿蒼莽悲涼的韻味，這一份對於人力有限、人生無奈的深刻瞭解，應當也是原因之一。

　　人力的渺小除了表現在不能巡趨天庭仙界之外，更明顯的還是人神地位的不平等。導引是其中之一。在前引〈氣出倡〉第一首之中，詩人不但登臨仙界需要仙人玉女下來導引，面謁仙人時也需要引介，「王閶（《詩紀》作玉關）下引見得入」透露了重要線索，顯示仙凡間階級的差異，仙人是深居簡出，高高在上的，卑微的人類長途跋涉而來，小心翼翼地拜謁祂瞻仰祂，這令人想起後來唐朝的白居易在〈長恨歌〉中也有類似的場面：「金闕西廂叩玉扃，轉教小玉報雙成」。就想像的發揮而言，這無疑是很好的人間經驗的投射，以平常晉見帝王貴要的心情和禮節來反映仙人地位的尊崇；但就人文思想的發展來說，卻是對人性尊嚴的一種貶抑。更甚於此的，是上到天之門後，「來賜神之藥，跪受之敬神齊。」這簡直是又回到早期樂府的敬拜儀式去了。但是若將曹操這些詩和漢代民歌中的遊仙詩比較起來，在技巧上又很明顯地有著多方面的提昇——首先，所駕御的神獸仙物增多了，短短一首詩中，既駕六龍又駕白鹿；既乘風又乘雲，並且這雲彩還以「雲車」的狀態出現，令人想起《離騷》中的飄風雲霓。其次，由於行程迂迴轉折，詩中總有兩處以上的仙境，景色各不相同，這也是單純往返現實世界與想像空間的漢詩中所沒有的現象，倒和《離騷》篇中後段的三度遠遊類似。另外，詩人與仙人的活動都明顯增多了，仙人不但會「下來遨遊」、會「引見」詩人、甚至還「起儛移數時」、「樂共飲食到黃昏」，舉止生動活潑；而詩人的活動除了駕御仙物、遠行遨遊、服食玉漿等漢詩中常見者之外，在上到天之門與赤松相對時，還「四面顧望，視正焜煌」，儼然洋洋自得之貌；在仙人賜藥時又「跪受之」，以示恭謹；更能吹洞簫、鼓瑟琴，以嘈嘈樂音的伴奏來烘托出「酒與歌戲」的和悅場面。總括而言，詩的想像功能擴增了，因此不論靜態的景物或動態的交遊，和漢詩比較起來，都益趨繁複。

綜上所言，曹操遊仙詩最大的特徵，是遊仙過程的曲折迂迴。這個共通現象顯示作者縱然在冥想的假象中，也始終對己身能力的分際持守著清醒的態度，他不敢妄想僅憑一己凡軀便可直叩天門，總是先行登臨一些人間的山水仙境，然後才再度超騰飛昇，抵達天庭之門、崑崙蓬萊之境。他的仙境是有層次的。於是仙人和凡人之間也有了等級差異，距離被拉遠了，人之地位的卑微渺小，較之前引漢代樂府民歌平調曲〈長歌行〉、清調曲〈董逃行〉等首，有過之而無不及。但反過來說，正由於這些轉折，作者的想像力得到更大的發揮，而使得遊仙詩展現了更豐富的內容、更多樣性的面貌。因此曹操的遊仙詩承襲了漢代樂府中的敬畏本質，又開啓了魏晉以後華麗的想像技能，他是遊仙詩從兩漢到魏晉這個蛻變過程中的銜接人物。

提到遊仙過程的曲折、想像的繁複，最具代表性的是〈秋胡行〉：

晨上散關山，此道當何難，晨上散關山，此道當何難。牛頓不起，車墮谷間，坐盤石之上，彈五弦之琴，作清角韻，意中迷煩。歌以言志，晨上散關山。一解

有何三老公，卒來在我旁，有何三老公，卒來在我旁。負揜被裘，似非恆人，謂卿云何，困苦以自怨，徨徨所欲，來到此間。歌以言志，有何三老公。二解

我居崑崙山，所謂者眞人，我居崑崙山，所謂者眞人。道深有可得，名山歷觀，遨遊八極，枕石漱流飲泉，沈吟不決，遂上升天。歌以言志，我居崑崙山。三解

去去不可追，長恨相牽攀，去去不可追，長恨相牽攀。夜夜安得寐，惆悵以自憐，正而不譎，辭賦依因，經傳所過，西來所傳。歌以言志，去去不可追。四解

（〈秋胡行〉二首之一）

黃節在「魏武帝詩注」中說此詩「蓋以寧戚比三老，而自比齊桓也。去去不可追，歎三老之不爲用也。」並引曹操在建安十九年所下的〈求賢令〉爲佐證，證明此詩「蓋有求賢之意」〔註4〕。大概因爲曹操是

〔註4〕見藝文印書館出版之《魏文武明帝詩註》，頁77。

個政治人物，作品中又有〈度關山〉、〈善哉行〉、〈對酒〉等多首描述政治理想之詩，容易令人興起求賢等政治意圖的聯想。其實這是一首遊仙詩。曹操在這裡幾乎是以敘事詩的手法，來敘述和仙人相遇的經過，充滿戲劇性的趣味。第一解從晨上散關山下筆，起初心中尙忖此道有何難行，忽然間牛頓不起，車墮谷間，氣餒之餘只好坐在磐石上彈琴作韻，卻仍無補於心煩意亂。心理上的數度轉折，經作者娓娓道來，讀之如在眼前。二解三老公突然現身於荒山野嶺之間，如眞如幻，作者也深覺他「似非恆人」。謂卿云何四句，黃節注曰：「皆問三老公之言也。」但就語法看來，似乎應該是三老公相問之言，方才合理。這裡很明顯又是一個登山至中途，仙人下來相會的例子，是曹操遊仙詩慣有的模式。三解從黃節之說，乃三老公之言。有趣的是，連這位「眞人」自言的得道經過，也都是「名山歷觀」之後，才「遂上升天」，居於崑崙山，更驗證了前文所言的曲折遊仙模式。四解則是詩人事後的追慕之辭。這是一首結構嚴謹的遊仙詩，手法非常特殊。黃節先生據《三國志》作了考證：建安二十年三月，曹操西征張魯，至陳倉，夏四月，則自陳倉以出散關。〔註5〕可見「晨上散關山」是記實之筆，這段路程曹操是親身經歷過的。令人驚訝的是，原本是一段單調而艱苦的軍旅，在曹操筆下卻憑添許多枝葉，成了如夢似幻詭譎不定的美麗神話，詩人的想像功能，至此算是發揮到極點。而這種平鋪直敘的描述方式，使得詩中的仙人不再是位披著重重面紗的神祕人物，祂穿著樸素，侃侃而談，又能一語道中作者心事——「謂卿云何，困苦以自怨，徨徨所欲，來到此間」——祂既非可怖的神主，也不是飄渺難捉令人徒然稱羨的飛仙，而是位殷殷垂詢的長者、是位消解寂寞排除

〔註5〕同上書，頁76。又據《讀史方輿記要》云：「散關在鳳翔府寶雞縣西南五十二里，漢中府鳳縣東北二十五里，有大散嶺，置關嶺上，亦曰大散關，爲秦蜀之咽喉。南山自藍田而西，至此方盡，又西則隴首突起，汧渭縈流。關當山川之會，扼南北之交，北不得此無以啓梁益，南不得此無以圖關中，蓋自禹跡以來，散關恆爲孔道矣。」其道難行，殆可以想見。

困苦的良友，他們在荒郊野外的這段邂逅，成了作者日後懷念不已的美好回憶，因此屢歎「去去不可追，長恨相牽攀」。超現實的奇幻經歷，在這裡縮小範圍，成了親切可感的現實事件，這種特殊手法兩漢以來未見先例，是曹操「開新」的神來之筆。後來郭璞筆下的仙人也常有這種亦虛亦實，真假莫辨的情形，似乎是此詩衣被，但論及遊仙經過，遍檢六朝詩也未有如此曲折而被動的邂逅方式、如此親近而溫暖的仙凡關係，這首〈秋胡行〉幾乎可說是完全脫離了求長生、羨虛無的遊仙傳統，不論在曹操自己的作品中，或是在整個魏晉南北朝的遊仙詩中，都是相當特殊的。

前引〈氣出倡〉三首及〈陌上桑〉等篇，並沒有明顯地交代作者之所以要超離現實，遠赴仙界的原因，而在這首〈秋胡行〉裡，卻有著耐人尋味的線索。表面看來，最直接的遊仙原因自然就是「牛頓不起，車墮谷間」，客觀環境上的蹇阨不順使作者意外地羈留山嶺，才展開下文的一番奇遇。如此則一切遊仙經過都建立在未可預測的偶發事件上，是一種不由自主的被動經驗。但進一步推敲，其實最能洞知一切的還是號稱「真人」的三老公，「困苦以自怨，徨徨所欲，來到此間」句，道出了作者潛藏的心態，原來這也是一顆飽受創傷的憂苦心靈，在現實世界中徬徨不安，才來到此荒山野嶺之間，因此他在彈琴作韻時「意中迷煩」，其原因不只在於車毀牛傷、郊野迷途這些外在的困厄顛躓，更重要的是梗塞於心的「惆悵自憐」、「困苦自怨」等情緒，在這些心理因素的折射下，這段遊仙經驗就不能視為冥冥之中隨緣發生的偶然現象了，作者晨上散關，是基於「徨徨所欲」的濃厚主觀動機。至於「所欲」為何，詩中既未明言，可知並非一般求壽求仙者所可比擬，而有著另一層形而上的象徵意義。如果說牛頓車毀的挫折代表著人們在突破現狀，攀越高峰時心理上所面臨的困境，那麼三老公的出現，就成了柳暗花明又一村的轉機了。將這些象徵人生中各種境界的探索和尋覓的心路歷程，不露痕跡地包裝在一個平凡的故事之中，是作者頗具深意的安

排。更令人深思的是，仙人三老公所扮演的角色，也並不是一個指點迷津、解答疑難的萬事通，祂沒有道貌岸然地出面說教，在一針見血地道出作者心事之後，話題一轉，在第三解中閒談起自身經歷來。《文選》第二十九卷何敬祖〈雜詩〉，注文中引用魏武帝這首〈秋胡行〉，作「道深未可得，名山歷觀行。」更能顯示這位眞人同樣未能超脫的尋道者身份。尤其在祂「遨遊八極」的生涯中，於枕石、漱流、飲泉之際，祂的內心也並不是清靜寡欲，逍遙自適的，反而充滿了「沈吟不決」的矛盾情緒。在曹操有名的〈短歌行〉中，也有「但爲君故，沈吟至今。」的句子，充紛表達了作者徘徊於現實和理想之間的一種賞玩到底的決心和魄力，現在這位居於崑崙山的眞人內心也同樣有著這種屬於人性的掙扎之跡，這是曹操不自覺地將自己對生命的矛盾情緒投射到筆下的仙人形象上去了，還是根本上曹操對於仙人的超脫能力，已不似前引〈氣出倡〉等篇那般地深信不疑？

2. 矛盾性

（1）信仙與疑仙的矛盾

　　事實上曹操不只對於仙人的能力表示懷疑，基於一個知識份子和政治家的立場，他連仙人的存在與否，都抱持質疑的態度，對於當時社會大眾迷信神仙的風氣，更是大表反感，《文選》卷二十四曹植的〈贈白馬王彪〉詩「虛無求列仙，松子久吾欺」句下，李善注引了曹操兩句〈善哉行〉佚文：「痛哉世人，見欺神仙。」將曹操這種疑仙、反仙的觀點表露無遺。這樣一個反對神仙思想的人，卻又大量地寫作者「駕六龍乘風而行」的遊仙之作，並且在詩中刻意地加重神仙的威嚴、拉遠仙凡間的距離，曹操內心的矛盾可想而知。

　　曹操之所以寫作遊仙詩，朱乾說得好：「嗚呼！魏武之心，漢武之心也，漢武求之外而失，魏武求之內而亦失……分香奏技，瞻望西

陵，孰爲哀哉！」〔註6〕生命短暫，時光難再，本千古人類共有的悲哀，曹操生就一副詩人的敏感纖細性格，又身當亂世，屢涉戰場，對於生死存亡，感慨特深，試觀〈精列〉一首可知：

> 厥初生，造化之陶物，莫不有終期。聖賢不能免，何爲懷此憂？願螭龍之駕，思想崑崙居。思想崑崙居，見期（按，遂本期作欺，疑誤，《宋書・樂志》及各選本皆作期。）於迂怪，志意在蓬萊。周孔聖徂落，會稽以墳丘，陶陶誰能度？君子以弗憂。年之暮奈何，時過時來微。

這首詩道盡了人類在時間的洪流中被沖刷、被淘汰，卻又毫無還手餘地的無奈，也交待了曹操自己心態上的幾度轉變：首先，他認清了死亡是自從造化初生以來，宇宙間必然的定律，連聖賢都不能避免，於是他便「見期於迂怪，志意在蓬萊」，以「思想崑崙居」作爲自處之道。所謂漢武求之外而魏武求之內，漢武帝以求方術煉丹藥這些外在的方法，來企圖達成延長生命的目的；曹操則訴諸內在的玄想，以曲折多變、富麗堂皇的遊仙想像，來滿足規避死亡的渴望，他們的用意相同。從此我們便不難明瞭曹操在遊仙詩中如此自視卑微，執禮謙恭的原因，他確實態度敬虔，因爲他試圖藉神仙之說爲自己，以及全人類共同的悲劇命運尋求出路。這樣的遊仙目的自然和屈原等失意文人別有寄託的悲憤象徵迥然有別，因此他不可能寫出像《離騷》那樣人文思想高漲的作品，他的遊仙詩風格是客觀的、清醒的，表達企求長生的誠意，而少有個人身世之感。但是，不論他如何虔誠恭敬，人生仍然「莫不有終期」，他的想像世界不論多麼瑰麗玄奇，仍是註定要落空的，曹操自己非常清楚這一點，「周孔聖徂落，會稽以墳丘，陶陶誰能度？」勳功偉業如大禹，智慧睿哲如周、孔，都難逃墳塋召喚，難道唯獨他曹操能夠例外？因此他又不能容許自己永遠逃遁於神仙之說的假象中，當他恢復理性思考時，他懷著「痛哉世人，見欺神仙」的沈痛心情，發出「年之暮奈何，時過時來微」的感嘆。然而，感嘆

〔註6〕 見黃節《魏文武明帝詩註》，頁48。

歸感嘆，他仍然以高度的文學想像寫作著遊仙詩，繼續假設仙人仙境和長生不老的存在性，因爲除此之外，他也沒有更好的方法面對生死之謎。正如容肇祖先生在《讀抱朴子下篇・說魏晉方士》一文中說的：「明知其神秘，而希萬一之或然；明知其無驗，而欲得萬一之有效。」對於神仙之說，曹操始終懷抱著這樣一種無可奈何的矛盾情緒。

（2）入世與出世的矛盾

曹操生命中還存在著另一種恆久的矛盾，是他徘徊於入世與出世的抉擇之間，也始終在「沈吟不決」。在〈秋胡行〉第二首中，他將這份內心的衝突表達得淋漓盡致：

> 願登泰華山，神人共遠遊，願登泰華山，神人共遠遊。經歷崑崙山，到蓬萊，飄颻八極，與神人俱。思得神藥，萬歲爲期。歌以言志，願登泰華山。一解
>
> 天地何長久，人道居之短，天地何長久，人道居之短。世言伯陽，殊不知老。赤松王喬，亦云得道。得之未聞，庶以壽考。歌以言志，天地何長久。二解
>
> 明明日月光，何所不光昭，明明日月光，何所不光昭。二儀合聖化，貴者獨人不？萬國率土，莫非王臣。仁義爲名，禮樂爲榮。歌以言志，明明日月光。三解
>
> 四時更逝去，晝夜以成歲，四時更逝去，晝夜以成歲。大人先天，而天弗違。不戚年往，憂世不治。存亡有命，慮之爲蚩。歌以言志，四時更逝去。四解
>
> 戚戚欲何念，歡笑意所之，戚戚欲何念，歡笑意所之。壯盛智惠，殊不再來，愛時進趣，將以惠誰？汎汎放逸，亦同何爲。歌以言志，戚戚欲何念。五解

一般的遊仙詩都是先述動機，然後才開始遠遊飛昇，曹操在這裡卻反其道而行，從一段突發奇想的遊仙願望下筆，二解以後再歷敘慕仙的原因，詠懷說理，反覆其間，反而使得首段的遊仙描寫居於配角地位，這是較特殊的結構方式。更有趣的是第一解的遊仙過程也全部囿制於開頭一「願」字之下，表明所有的描寫都只是一個旁觀者設擬的願望，

而非主觀的經歷或玄想。因此嚴格說來，這並非一首普通的遊仙詩，作者是在藉此一遊仙願望對自己的紛雜思維作一番全面的省視。他坦承遊仙的目的在「思得神藥，萬歲爲期」，正是前文言及的秦皇、漢武一類的居心，因爲曹操心目中最大的困擾就是生命短暫，在永恆的天地之間，人的一生如白駒過隙，瞬間即逝，他嚮往伯陽，或者赤松王喬這些不受歲月拘限的傳說人物，並非關心他們是否參悟得道，只是爲了他們長生壽考。這些情緒交織成曹操對神仙之說將信將疑、夾纏不清的情感，是橫梗心頭不能釋懷的第一重矛盾，這在前所引〈精列〉一首中已申言明白。但自第三解以後，忽然態度丕變，口氣一轉而爲豪氣干雲的政治抱負，所謂「二儀合聖化，貴者獨人不？」正是他在另一首〈度關山〉中所說的「天地間，人爲貴」，而他曹操於人群中適居統帥的地位，萬國率土，莫不臣服於他，他必須推行仁義禮樂，使德被天下，彷彿日月之明，無所不照，大丈夫處於更迭不已的四時歲月中，應當掌握機先，立功立業，所憂唯世之治亂，何暇感於年往。至此曹操似乎已完全擺脫了文人的多感和傷懷，儼然君臨天下的政治家口吻，「存亡有命，慮之爲蚩」正是對前面一、二解中的長壽渴望作全面否定，此時的曹操意氣風發，積極入世。《魏武帝集》中許多政治詩，如〈對酒〉、〈度關山〉等，正代表他的這種心態。但到了第五解，他又忽然轉而否定了這一切入世的雄心壯志，而對著個人「殊不再來」的壯盛與智慧、面對著大體不可抗拒的時光潮流，他再次發現自己的渺小，一切的努力與投入置諸無限的時空中，都顯得如此無足輕重，缺乏價值，而發出了「愛時進趣，將以惠誰？」的疑問，而寧可採取「汎汎放逸」的出世態度，隨意念之所之，盡情歡笑，享用此短暫不再來的壯盛智慧。這樣一種自我放逐的消極人生觀，竟然浮現在曹操這位「固一世之雄也」的人物心中，無疑將使他陷入更大的矛盾。全詩在「戚戚欲何念」的茫然中結束，沒有肯定的答案，說明曹操的一生也始終在旋轉乾坤、和飄然遠引的兩極間徘徊游移，沒有落腳之處。陳祚明說：「……進趣誰惠，於己何歡，再世膺圖，

忽焉已往，孟德非不慨然，而位居騎虎，勢近黏天，入世出世不能自割，累形歌詠，並出至情。〈秋胡行〉一首；戚然興感，生此彷徨意……會味其旨，總歸『沈吟不決』四言而已。」〔註7〕確實，曹操畢生的心性行為，恰如這首〈秋胡行〉之二各解之間似斷似續的矛盾關係一樣，他總是錯綜不定，沈吟不決。

二、曹操遊仙詩的價值

1. 內省價值

　　從〈精列〉到〈秋胡行〉二首，很明顯的，作者的口吻已不只是敘述描寫，而加入了大量的議論、批判性語氣，顯示曹操正逐步從他自己在〈氣出倡〉、〈陌上桑〉等篇中所架構的華麗而虛幻的假想世界中走出來，以一種比較理性的眼光正視自己內心的一切渴望、掙扎、與困惑。因此這些作品「與一般遊仙詩人之藉以逃避現實者不同」〔註8〕他非但沒有逃避，而且是深入地、赤裸地在剖析自己。這種對於自我的安身立命之道的正視和剖析，又和一般遊仙詩人藉遊仙以詠懷的情況不同〔註9〕。曹操所關注的是宇宙人生的大層面，很少計較個人榮辱得失的小際遇。他並非落魄失意的文人，但這位心懷天下志在千古的英雄卻有個最根本的疑問，那就是相對於永恆的時間與空間，人的一生為什麼這般短促？究竟有什麼方法能挽留前進不止的時光、延長人的壽命？有時他在民間流行的神仙

〔註7〕同上，頁79～80。

〔註8〕語見葉慶炳《中國文學史》，頁105。

〔註9〕劉漢初認為：「三曹的遊仙詩，意旨與漢樂府大致相同，多以客觀態度描述仙境之美，少有個人身世之感，曹操〈秋胡行〉二首可能是唯一的例外，尤其是第二首……這首詩只是借神仙的素材，遂行其詠懷之實……特見作者個性。」見《六朝詩發展述論》，頁22～24。我基本上同意〈秋胡行〉第二首並非「以客觀態度描述仙境之美」，但進一步說明，這首詩也不是表現「個人身世之感」的「詠懷」作品，這些形容詞用在下文曹植身上更恰當。因此這首詩也不是「唯一的例外」。

之說中去找尋答案，寫作著想像與技巧都高人一等的遊仙詩，表達
虔誠的長生渴望，正如陳祚明所說：「孟德天分甚高，因緣所至，成
此功業，疑畏之念既阻於中懷，性命之理未達於究竟，遊仙遠想實
繫思心。」〔註10〕。但是理智上他又不相信這樣的尋求能產生結果，
「痛哉世人，見欺神仙」的背後，說明他比起篤信神仙的秦皇、漢
武之流，又多承擔了一份清醒的痛苦。也罷，既然長生無望，那麼
便以政治上的建樹來反抗時光的無情，期望自己鴻圖大展，建立不
世之業，德被天下，留名後世，也算是在必毀的肉身之外，尋得了
精神上的不朽，這種立德立功的人生目標，本也是中國知識份子腦
海中普遍存在的冀望，曹操不同於一般人的，是他確實擁有道濟天
下的才能和機會，當他說著「不戚年往，憂世不治」之時，不是佌
言空談，他是認眞要收其放心，以仁義爲名，以禮樂爲榮，來安定
天下蒼生，這樣的功業足夠他在歷史的潮流中佔得一席之地，又何
在乎生命的長短？「存亡有命，慮之爲蚩」，此時曹操完全肯定自我
存在的價值，否定了以長壽爲依歸的價值觀。但是話說回來，死後
的榮名，於己何益？若單就自己的一生著眼，死亡的大限明擺在眼
前，無可推諉，那麼一切的奮鬥進取豈不是徒勞無功？如果能汎汎
放逸地逍遙一生，豈不是更有實際效用？於是他又轉而推翻了一切
功業的尋求。貫串起這幾首遊仙的詩作，我們窺見這一位挾天子以
令諸侯的一代梟雄，其實不斷地在向內省視著生命的意義、不斷地
在浩瀚宇宙中追求自我價值的肯定，唯恐自己寂然消滅，無影無蹤；
但是追求的同時，他又不斷地在否定這份追尋的意義。肯定了又否
定；追尋了又放棄，曹操這位英雄人物一生就活在這積極入世，與
消極汎逸的矛盾中；徘徊於感性的求仙求壽，與理性的疑仙反仙之
間。發諸詩歌，便既有寫實的反映社會亂離現象之詩如〈薤露〉、〈蒿
里行〉，也有浪漫的高歌自己理想之作如〈短歌行〉、〈步出夏門行〉；

〔註10〕見《魏文武明帝詩註》，頁79。

既有理性的政治詩如〈對酒〉、〈度關山〉，也有高蹈的遊仙詩如〈氣出倡〉、〈陌上桑〉。他的文學風貌和他的心思性格一樣，複雜多變。比較起來，他的遊仙詩也許不是最好的作品，但也絕非「是他詩歌中的糟粕」〔註11〕。如果沒有〈精列〉、〈秋胡行〉這些作品，我們後人將從何探索曹操這繁複多元的心靈世界？

　　曹操的心靈無疑是孤獨、矛盾的，但他畢竟是個果決明快的英雄人物，不是優柔寡斷的衰運文人，內心縱然飽受衝突煎熬；生活中縱然「憂從中來，不可斷絕」（〈短歌行〉），他卻從不耽溺於痛苦，總能夠強打起精神來「歡笑意所之」，以「何為懷此憂」、「君子以弗憂」的態度來淡化那些尖銳的衝突。他明瞭自己的責任，總是適時收斂起無益於現實的哲思；他也懂得如何在矛盾悲苦的人生中自處，以一種無可無不可的歡顏來排憂適性。因此他筆下不像屈原那班多情文人充滿濃郁不化的鬱結，只是洋溢一股淡淡的哀愁，所表現的是一個追求者難達企慕的憂悶惆悵，而不是一個被棄者沒落絕望的哀怨傷痛。正如同他的霸主生涯、英雄事業是一般同樣具有文學修養的才智之士所無法企及的一樣，他的文字風格也獨樹一幟，旁人無從模仿，政治詩如此；抒情詩如此，遊仙詩也不例外。鍾嶸《詩品》曰：「曹公古直，甚有悲涼之句。」於〈精列〉、〈秋胡行〉這些遊仙之作也同樣是為至評，這些作品正如他的名詩〈短歌行〉「對酒當歌」等詩一樣，深刻地探討人世的悲歡、生命的無奈，卻又從不喪失承當的勇氣，和自解的能力，充滿蒼涼悲壯的氣魄。曹操一生都在嘗試各樣方法追求長生不死，豈料到真正使他成為不朽的，卻竟是這些他表達生之疑惑的詩篇呢？

2. 文學價值

　　曹操對於遊仙詩發展的貢獻，以及他自己的遊仙詩作品，可以分成兩部分來說：〈氣出倡〉三首和〈陌上桑〉，是登遐遠舉之作，這些

〔註11〕語見游國恩著《新編中國文學史》，頁236。

詩完全承襲、甚至更爲擴大了兩漢以來的遊仙傳統——功利的長生思想瀰漫、人與神的距離遙遠——在這些原始的思想型態中，曹操的貢獻是形式上的，詩中出現的仙境、仙人（註12）及所駕御的仙物都明顯增多，並且呈現出一種金碧輝煌的富貴氣質。第二部份的遊仙詩是〈秋胡行〉二首及〈精列〉，在這三首中曹操或以議論性的直陳；或用暗喻性的想像，呈現他個人思索生命奧秘的心路歷程，他勇於解剖自己的困惑和軟弱，坦然正視人生的缺陷和矛盾，其中心理上的層層轉折，甚至可作爲研究曹操爲人及作品的依據。這樣的詩作拓展了遊仙詩的內涵上的深度與張力，使遊仙詩的藝術價值獲得最高肯定。可惜這種恢宏的氣度，後來的遊仙詩人卻無以爲繼，他們學不來這種探索生命疑問的興致與智慧，也缺少這種關懷整個人世苦痛的悲憫之心。雖然如此，他們循著這個議論抒懷的途徑，或悲憤於己身遭遇的困頓；或感慼於時代環境的險惡，不論如何總是使遊仙詩於玄虛想像之外，另闢一項詠懷的功用。總之，由於曹操的文人稟賦和政治領導地位，他的遊仙詩，不但使得此一題材普遍受到文人重視，紛紛加入創作行列，從而建立了遊仙詩的意界和價值；並且不論在形式或內涵上，對於遊仙詩的發展，都大有促進之功。

第二節　曹　丕

一、曹丕反遊仙詩的因素

曹丕的遊仙詩只有一首〈折楊柳行〉：

> 西山一何高，高高殊無極。上有兩仙僮，不飲亦不食。與
> 我一九藥，光耀有五色。一解
> 服藥四五日，身體生羽翼。輕舉乘浮雲，倏忽行萬億。流
> 覽觀四海，茫茫非所識。二解
> 彭祖稱七百，悠悠安可原，老聃適西戎，于今竟不還。王

〔註12〕曹操的二重仙境、及多變的仙人面貌，本書第六章有專題探討。

喬假虛辭，赤松垂空言。三解

達人識眞僞，愚夫好妄傳。追念往古事，憒憒千萬端。百

家多迂怪，聖道我所觀。四解

　　曹操一生「遊仙遠想實縈思心」，始終在想像與現實世界二者之間沈吟不決，但身爲其繼承者的曹丕，今存詩集中卻只有這一首遊仙詩，而此詩前半段描述仙境仙人，服食神藥，以及服食後「輕舉乘浮雲，倏忽行萬億」的遠遊情況，想像雖十分傳神，只是在流覽觀望時，一句「茫茫非所識」卻引來三解以後的大轉變，認爲神仙之說全係道聽塗說愚夫妄傳的謬論，達人應當識其眞僞，駁其虛實，結尾更判定「百家多迂怪」，而宣稱自己要觀於聖道，摒斥異端。這樣一種相反的論調看似近於強烈而突兀，其實有曹丕的性格和思想體系爲背景，也受著秦漢以來一股反神仙的現世思想之一貫影響，今試述如下：

1. 冷靜的性格

　　曹丕在曹氏一門中最具有詩人敏感而多情的特質，正如沈德潛《古詩源》卷五所謂：「子桓詩有名士氣，一變乃父悲壯之習矣。要其便娟婉約，能移人情。」他的多愁善感，於〈善哉行〉可見：

朝遊高臺觀，夕宴華池陰，大酋奉甘醪，狩人獻嘉禽。一解

齊唱發東舞，秦箏奏西音，有客從南來，爲我彈清琴。二解

五音紛繁會，拊者激微吟，淫魚乘波聽，踴躍自浮沈。三解

飛鳥翻翔舞，悲鳴集北林，樂極哀情來，寥亮摧肝心。四解

清角豈不妙，德薄所不任，大哉子野言，弭弦且自禁。五解

本來是個熱鬧繁華的遊宴場面，嘉賓醇酒、奇禽美食，無一不具，極盡鋪張華麗。三解寫樂音紛繁，人魚共賞，皆爲陶醉，尤其細膩傳神。但在這樣的歡宴之中，曹丕卻感慨叢生，不能自已。「樂極哀情來，寥亮摧肝心」並非這一首詩的獨特感觸，他的其他作品也經常這樣先喜後悲，餘哀不盡，如〈善哉行〉「朝日樂相樂」一首，也在笙歌弦樂、酒酣耳熟之際轉發「君子多苦心，所愁不但一」；七言的抒情詩〈燕歌行〉中更是屢歎「樂往哀來摧肺肝」。這些「鬱鬱多悲思」（〈雜

詩〉二首之一）的作品和曹操的雄渾沈鬱截然不同，正顯示曹丕性格
上的纖細多感，心思深密。

　　但是有趣的是，在這些纖密敏銳的人生感慨之中，曹丕經常採取
的態度卻是避重就輕，以放棄深思來換取暫時的歡樂。他冷靜自持，
不過度激動。下面這兩首詩作最能代表他的這種心態：

> 丹霞蔽日，采虹垂天，谷水潺潺，木落翩翩。孤禽失群，
> 悲鳴雲間。月盈則沖，華不再繁。古來有之，嗟我何言。
>
> （〈丹霞蔽日行〉）
>
> 上山採薇，薄暮苦飢。谿谷多風，霜露沾衣。一解
> 野雉群雛，猿猴相追。還望故鄉，鬱何壘壘。二解
> 高山有崖，林木有枝。憂來無方，人莫之知。三解
> 人生如寄，多憂何爲。今我不樂，歲月如馳。四解
> 湯湯川流，中有行舟。隨波轉薄，有似客遊。五解
> 策我良馬，被我輕裘。載馳載驅，聊以忘憂。六解
>
> （〈善哉行〉二首之一）

第一首〈丹霞蔽日行〉，前人註解評論時皆因聯想到浮雲蔽日之意，而
認爲此詩旨在刺主鑒失，遠避小人。〔註13〕但若暫置這些微言大義不
論，單就詩面來看，這是詩人目睹大自然間代謝更替的現象，而興起
的滄桑之感。曹丕在這裡用丹霞遮掩日光、彩虹懸掛天邊這些短暫的
景象，對照不斷流動的溪水和飄零不止的落葉，充分顯示時間的推移
變換，乃人力無法抗拒。細膩的運筆，頗收意在言外、融情於景之功
效。從樹林落葉，而忽又轉寫林梢哀鳴的孤禽，一股悲意便自然地充
塞全篇。從此再想到月圓月缺、花開花謝，人的一生又禁得起幾回寒
暑？走筆至此，已將感時歎物的情懷堆積至高峰，不料下文兩句卻忽
然大轉，將這一切代謝現象歸之於「古來有之」的必然之理，而以一

〔註13〕如黃節曰：「此詩取古辭『讒邪害公正，浮雲蔽白日』而作，意亦效
　　　　之。」並引曹丕《典論‧姦讒》之言爲輔證。朱嘉徵亦曰：「丹霞蔽
　　　　日，刺主鑒失也，盈虛盛衰之感，可以絃歌鵠座。」俱見《魏文武
　　　　明帝詩註》頁16～17。

句「嗟我何言」輕描淡寫地結束所有感慨。這種「古往今來只如此，牛山何必獨沾衣」的冷靜自持的態度，和曹操的深入思索、勇於剖析，而後獲致各層面各階段的領悟，二者有著基本性格的差異。曹氏父子三人，曹操較豪宕，勇於面對悲苦，而有著探索真相的魄力和勇氣；曹丕則性格雖纖細，卻冷靜，雖也對人力渺小、歲月難留等人生共有之悲哀體會甚深，卻儘量避開問題核心，而轉移目標去關心其他事物，藉此沖淡心中的愁結；至於曹植，由於受苦最深，其心態也最執著，緊握著生命中的悲苦特質、以及自身遭遇的坎坷不順，不能稍有片刻舒解，因此輾轉反側，抑鬱以終。這一點下節討論曹植時會再說明。總之曹丕的性格迥異於乃翁與乃弟，三人中只有他可以始終以其他事物轉移注意力，不至於陷入愁苦的深淵，因此也可以始終保持理性，排斥神仙之說。

2. 享樂的思想

（1）曹丕的及時行樂觀

至於曹丕轉移目標至何處呢？究竟他用什麼方法來排除那多愁善感的性格所帶給他的重重憂思？上面所引的〈善哉行〉二首之一便是一個答案。從這首詩看來，作者或因懷念故鄉；或因外界環境淒苦蕭瑟而興起悲愴感觸，已屆「憂來無方，人莫之知」的景況。但是同樣的，他在這低潮中態度又突然轉變，想到人生如寄，乃是本來共有的狀況，多憂多慮又有何益處？就算今天愀然不樂，想斷了愁腸，也於事無補，歲月依然如馳而過，不能稍停片刻。五解申言此如馳的歲月，有如湍急的河流，急速而下，人類浮沈其間，隨波上下，停泊無時，一生的時光也不過是一段客遊生涯，流水年華的意象在這裡比〈丹霞蔽日行〉中表現得更為深刻。但是既然多憂無益，第六解中他便以策良馬、披輕裘，載馳載驅，陶醉在物質的享受中，藉以忘卻憂愁。這並不是找出了解決問題的方法，只是以一些外在的手段使自己暫時遺忘問題的存在而已。因此這些問題不久之後仍會出現，這就是為什

麼他的詩中老是重複出現一樣的悲愁，不似曹操具有各層面的嘗試和了悟。曹操當然也有藉酒消愁，暫時逃避的時候，但到底他問的是「何以解憂？唯有杜康。」並且在這逃避之中，他還是「但爲君故，沈吟至今」，還是始終堅持著一顆追尋的熱心；而曹丕卻但求「聊以忘憂」，不思解決疑問。這樣的心態無疑更容易走上現世的享樂主義，因此會有〈大牆上蒿行〉這類長詩出現：

> 陽春無不長成。草木群類隨大風起，零落若何翩翩，中心獨立一何煢。四時舍我驅馳，今我隱約欲何爲？人生居天壤間，忽如飛鳥棲枯枝，我今隱約欲何爲？適君身體所服，何不恣君口腹所嘗？冬被貂鼲溫暖，夏當服綺羅輕涼。行力自苦，我將欲何爲？不及君少壯之時，乘堅車，策肥馬良。上有滄浪之天，今我難得久來視；下有蠕蠕之地，今我難得久來履。何不恣意遨遊，從君所喜？帶我寶劍，今爾何爲自低卬？悲麗平壯觀，白如積雪，利若秋霜。駮犀標首，玉琢中央。帝王所服，避除凶殃。御左右，奈何致福祥。吳之辟閭，越之步光，楚之龍泉，韓有墨陽，苗山之鋌，羊頭之鋼，知名前代，咸自謂麗且美，曾不如君劍良。綺難忘，冠青雲之崔嵬，纖羅爲纓，飾以翠翰，既美且輕。表容儀，俯仰垂光榮。宋之章甫，齊之高冠，亦自謂美，蓋何足觀？排金鋪，坐玉堂。風塵不起，天氣清涼。奏桓瑟，舞趙倡。女娥長歌，聲協宮商，感心動耳，蕩氣回腸。酌桂酒，膾鯉魴。與佳人期爲樂康。前奉玉卮，爲我行觴。今日樂，不可忘，樂未央。爲樂常苦遲，歲月逝，忽若飛，何爲自苦？使我心悲。(〈大牆上蒿行〉)

這首詩長達三百數十字，爲漢代樂府所罕見，而其寫作心態，仍和前述二首有相通之處，即是眼見草木零落，四時回轉急馳而去，人居天地之間，倉促如同飛鳥，縱然上有滄浪之美景，可惜無暇盡數觀覽；即使下有廣袤之大地，又怎可能在今生一一踏遍？而既然人生短暫，則隱約自苦，所爲何來？於是接著鋪陳排此，極盡鋪張人間車馬美服、寶劍佳人、聲韻樂舞之快樂。他深感「爲樂常苦遲」，不願自

苦使心悲，但求「今日樂」、「樂未央」。這正是一種現世的快樂思想，和魏晉文人飲酒縱慾，及時求歡的狂放生活，情調一致。

　　因為注重現世的、當下的快樂忘憂，難怪他不能同意神仙家將希望寄託於飄渺不可知的未來，〈芙蓉池作〉詩：

> 乘輦夜行遊，逍遙步西園。雙渠相漑灌，嘉木繞通川。卑枝拂羽蓋，脩條摩倉天。驚風扶輪轂，飛鳥翔我前。丹霞夾明月，華星出雲間。上天垂光彩，五色一何鮮。壽命非松喬，誰能得神仙？遨遊快心意，保己終百年。

這首文字工整錘鍊的五言詩亟述夜遊之樂，結尾處躊躇志滿，認為此番遨遊已是足夠暢快心意，保享餘年，又何必寄望修得神仙，延壽長生？從此我們瞭解了曹丕反對遊仙思想的原因，他是個講求實際的人，寧可經由物質享受來獲得快樂滿足，以忘卻人生中必然存在的共同悲哀，而不願藉著虛無的想像事件來寄託心中的渴望。且不論這種享樂思想是否真能排憂適性，這確實是他處理生之疑問的方法之一。

（2）兩漢傳統及時行樂觀

　　這種處理方式並非曹丕獨創，自西漢末年以來，由於社會動盪，兵連禍結，人命形同草芥，朝不保夕。過去的所有舊道德舊倫理已不能維繫人心，信仰完全幻滅，人心極度空虛苦悶，爆發成一股否定一切價值標準、停止一切追求探索，只求抓住眼前短暫歡樂的偏激思想。既然停止一切追求，自然也包括長生服食在內。神仙之事終係傳聞，能否實現誰也沒有把握，自然遠遠不及飲酒宴樂、秉燭夜遊等賞心樂事具有直接效用。〈古詩十九首〉中一些表現「死生新故」之感的詩〔註14〕，就因為追求及時行樂而帶有濃厚的疑仙反仙色彩，如：

> 青青陵上柏，磊磊澗中石。人生天地間，忽如遠行客。斗酒相娛樂，聊厚不為薄。驅車策駑馬，游戲宛與洛。洛中

〔註14〕沈德潛《說詩晬語》：「古詩十九首，不必一人之辭，一時之作，大率逐臣棄婦，朋友闊絕，遊子他鄉，死生新故之感。」

何鬱鬱，冠帶自相索。長衢羅夾巷，王侯多第宅。兩宮遙
相望，雙闕百餘尺。極宴娛心意，戚戚何所迫。

驅車上東門，遙望郭北墓。白楊何蕭蕭，松柏夾廣路。下
有凍死人，杳杳即長暮。潛寐黃泉下，千載永不寤。浩浩
陰陽移，年命如朝露。人生忽如寄，壽無金石固。萬歲更
相送，聖賢莫能度。服食求神仙，多為藥所誤。不如飲美
酒，被服紈與素。

生年不滿百，常懷千歲憂。畫短苦夜長，何不秉燭遊。為
樂當及時，何能待來茲。愚者愛惜費，但為後世嗤。仙人
王子喬，難可與等期。

上述第一首〈青青陵上柏〉尚只言人生匆促，不如斗酒極宴，何必戚
戚無歡，充滿唯圖目前的情緒。至〈驅車上東門〉則極言亂世人命如
朝露之可悲，憤慨之餘既感聖賢之道無補於殘酷的現實，又覺服食求
仙更是誤己誤人，唯有掌握現在，盡情圖歡。這已經從享樂主義進而
反對神仙之說了。而第三首〈生年不滿百〉更是以冷靜的語氣表達及
時行樂的理念，仙人難期二句，道出了普遍存在於人心的懷疑。但是
總括說來，這些疑仙反仙的情緒基本上和信仙求仙之人同樣是有感於
人世無常、浮生若夢，而發展出來的觀念，它們的本色都是虛幻的，
也都同樣地否定人間一切道德理念和價值標準，差別只在於著眼的角
度：神仙家以延壽長生來突破時間加諸於人類的限制；享樂派則以肉
體的快樂滿足來充實空虛的心靈，一個注重生活的質；一個要延長生
命的量，而立足點都是將人生看作一個虛無的客體，孤懸於社會現實
之外，他們分從兩端，來嘗試為此虛無客體謀求自處之道。也就是說，
它們都是消極的、頹放的，對世所公認的理念和價值都採取否定態
度，而享樂派之所以又進一步否定神仙家的精神寄託，他們是站在實
際效用上立論的，因此不能對一個沒有確切把握的目標產生信念，只
願訴諸可以立竿見影達到忘憂目的的快樂方法。嚴格說來，他們比神
仙家的長生思想更具備功利色彩。

3. 政治的雄心

（1）兩漢傳統榮名富貴觀

　　在〈古詩十九首〉中尚有另外一種處理悲苦人生的方式，是藉富貴功名來肯定自我的價值。如下面這兩首：

　　　今日良宴會，歡樂難具陳，彈箏奮逸響，新聲妙入神。令德唱高言，識曲聽其眞。齊心同所願，含意俱未伸。人生寄一世，奄忽若飆塵。何不策高足，先據要路津。無爲守貧賤，轗軻長苦辛。

　　　迴車駕言邁，悠悠涉長道。四顧何茫茫，東風搖百草。所遇無故物，焉得不速老。盛衰各有時，立身苦不早。人生非金石，豈能常壽考。奄忽隨物化，榮名以爲實。

第一首〈今日良宴會〉從敘歡宴下筆，也和一般遊宴詩一樣，力言笙歌場面，一片繁華安樂的氣氛。但一句「含意俱未伸」令人憑添許多感慨，原來外面的熱鬧歡樂並不能塡補人內心的空虛，這是一般享樂主義者不肯承認的事實，本詩的作者卻勇敢提出了，面對「奄忽若飆塵」的短暫人生，他的處置方式是鞭策自己去策高足，據要津，盡力爭取富貴功名，免得貧賤以終，枉過一生。在這裡一顆積極進取之心否定了貪圖一晌之歡的享樂思想。而在第二首〈迴車駕言邁〉之中，作者卻是明言盛衰有時，大自然隨時都在淘汰萬物，現時所遇無一故物，人也同樣年華易老，然則應面對現實，不必妄求壽考，而須矢志以榮名爲實，及早立身揚名。這是以榮名富貴的追求推翻了企求長生嚮往虛無的遊仙思想，也形成了反遊仙的一股力量。

　　曹丕的〈折楊柳行〉是一篇有力的反遊仙之作，曹氏父子中也只有他始終堅持理性，反對神仙之說〔註15〕，但是這種反遊仙的理念並非至曹丕才異軍突起，如上述早在漢朝，道教和神仙思想最發達的時

〔註15〕除詩歌外，曹丕的《典論》也常有反神仙之論，對於郗儉、甘始等術士的修練服食之說，更是痛斥爲愚謬，見《全三國文》卷八，及《三國志・魏志》卷廿九。曹丕對神仙之說的反對立場是始終一致的，不似曹操和曹植不斷沈吟反覆。

代，〈古詩十九首〉中就有了清楚的反遊仙之說。這在上章討論漢代詩歌時已約略提及，但因該章旨在探討遊仙詩成型和發展的經過，故將反遊仙的暗潮留至此處和曹丕一併討論。其實正如世事常有正反兩面一樣，漢代雖因政治、宗教、社會等因素，造成神仙思想的普遍流行，遊仙詩因緣際會，得以萌芽茁壯，但是同一個死生新故、生命短促的感慨，卻除了發展成冀求長生的遊仙玄想之外，也同時產生了追求當下快感的享樂思想，以及要求在浮世中表現自我、爭取富貴的名利思想，前者雖和神仙思想同樣頹放消極，卻著眼於現世，講求實際功效，自然不能贊同神仙家將希望寄託於不能確定的遐想；後者則積極熱切，唯恐不能在時光的嬗遞中留下自己的足跡，當然更排斥其他放棄角逐的消極言論，二者組成了反遊仙詩的兩大主流。

（2）曹丕的政治雄心

曹丕能夠如此堅定地反對求仙求壽，因為他的思想性格也包括追求享樂和榮名這兩方面。他經常暫時擱下悲愁傷感，將注意力轉移到外在的歡樂享受去，藉以忘記憂思，此點已如上述。此外他也和積極入世的兩漢詩人一樣，對政治有著高度興趣，這份雄心自然也使他無暇高蹈離世。從〈善哉行〉可見：

> 朝日樂相樂，酣飲不知醉。悲弦激新聲，長笛吐清氣。一解
> 弦歌感人腸，四座皆歡悅。寥寥高堂上，涼風入我室。二解
> 持滿如不盈，有德者能卒。君子多苦心，所愁不但一。三解
> 慊慊下白屋，吐握不可失。眾賓飽滿歸，主人苦不悉。四解
> 比翼翔雲漢，羅者安所羈。沖靜得自然，榮華何足為。五解

這首詩思緒多端，論點較不一致，正是「所愁不但一」之作。但其中「慊慊下白屋，吐握不可失」、及「持滿如不盈，有德者能卒」兩句，口氣一如曹操〈短歌行〉「山不厭高，海不厭深，周公吐哺，天下歸心」，有著四海歸一，安定天下的壯闊胸襟。曹丕便以此雄心壯志來平撫心中的萬般感觸。這份帝王抱負雖然不是那些「榮名以為實」的追逐名利之士所可比擬，但同樣是積極進取的入世態度，秉持這份入

世的人生觀，曹丕會寫作如〈折楊柳行〉一類反遊仙的詩歌，就是可以理解的了。

二、曹丕反遊仙詩的意義

綜合上述，曹操的一系列遊仙詩，承接了兩漢醞釀成型的遊仙傳統，而在形式內容各方面作了大幅度的提昇，使遊仙詩成爲時人注目的寫作題材；而曹丕的一首〈折楊柳行〉，卻囊括了漢代以來的反神仙思潮，條理更加分明、立場更爲堅定地對神仙之說提出質疑，使反對遊仙詩的理論更爲確定而充實。他的這份理智的宣言，應當也有呼籲時人勿對神仙思想過份沈迷的作用，在整個文學的發展上，是對於遊仙詩逃避、幻想之特質的一股制衡力量。幸而在六朝各時期的遊仙風氣中，都有這一股清醒的思潮存在（說詳下），中國文學才不致於走上脫離現實、虛誕不經的岔路上去。

對於當時流行的思想和文體，操、丕父子二人各採一端，各有貢獻，這當和他們的性格、以及處理哀樂人生的方式不同有關。曹操魄力過人，爽快勇敢，對於人生的無奈始終保有一探究竟的熱情，不斷深思生命中各種層面的真相，因此對於神仙之說雖然理智上也感懷疑，但總願意嘗試追尋，列之爲「解憂」的一種途徑。而曹丕則較爲冷靜，憂愁雖然經常縈繞心頭，卻總在緊要處避開不談，故作輕鬆，有意淡化了問題的癥結，將注意力轉移至外在的物質享受、或政治的權利慾望上去，藉此達到暫且「忘憂」的目的。他既著眼於現世，不必直接面對生命本身的形上問題，也不冀望尋繹出解決之道，便比較能夠保持理性，態度一致地「言神仙則妄言也，疑神仙則但疑也，不似孟德實有沈吟之心。」〔註16〕二人性絡、思路都不同，宜乎其對神仙之說看法歧異若此。

說到曹丕的思路，在此附帶提一點，關於他的另外一首樂府詩〈上留田行〉：

〔註16〕陳祚明語，見《魏文武明帝詩註》，頁26。

居世一何不同，上留田。富人食稻與粱，上留田。貧子食
糟與糠，上留田。貧賤亦何傷？上留田。祿命懸在蒼天，
上留田。今爾歎息將欲誰怨？上留田。

這首詩意旨何在，自來眾說紛紜，或曰「必是因當時離亂的社會、貧
富懸殊的情況所發抒的慨歎。」〔註17〕或曰乃「魏文視諸弟衰薄，作
此弔謗。」〔註18〕若果如前者所言，則「祿命懸在蒼天」等語乃替窮
人發言，深刻表達他們無能掌握自己命運的痛苦，並不代表曹丕自己
的想法；但假設後一說法屬實，則曹丕有一種宿命的論調，認為祿命
決定於蒼天，有人生而豪富，有人終久不離糟糠；有人可貴為帝王如
我，有人須屈為臣子如爾等，此說雖顯得曹丕在諸弟面前盛氣凌人，
不近情理，而且以他殺任城、貶東阿等作為來看，他何曾擔心過須要
「弔謗」？但是平心而論，以一個曹丕這樣錦衣玉食的貴公子，發出
這種高高在上的宿命論也並非不可能，雖然對象不一定是其諸弟。現
在且不論本詩是一首反應窮人心聲的社會寫實詩，或是一篇強調階級
以平息怨恨的宿命理論，單就字面來看，「貧賤亦何傷？」「今爾歎息
將欲誰怨？」等語，至少顯示作者對人間各種不平現象，有一種認命
的態度，這和他面臨生命中盈虛盛衰的悲苦本質時，將之歸因於「古
來有之，嗟我何言？」的論調，有相通之處。他接受一切的不平和無
奈，認為那是理所當然的現象，多憂無益，深究也只有自苦。「貧賤
亦何傷？」的背後蘊含著同樣的心理：盛衰亦何傷？壽夭亦何傷？對
於這些人力無法掌握之事，就算歎息憤慨，又能埋怨何人？不如任憑
它們自然發展，反而心安理得。這種淡然處之的聽任態度，和下文將
要分析的曹植的激昂悲憤截然不同，也是曹植常有遊仙玄想，並常徘
徊於疑仙求仙之間，苦悶異常；而曹丕卻始終保持客觀冷靜、細緻婉
約之詩風的原因。

　　總之，曹氏父子之中，曹操是英雄型的文人，對人生各種況味賞

〔註17〕林文月老師語，見《澄輝集》，頁39。
〔註18〕朱嘉徵語，見《魏文武明帝詩註》，頁35。

玩到底，對各種解決途徑一再嘗試，他提得起放得下，遊仙詩是他思考範圍中重要的一環；曹丕則是政治家型的文人，對心中各種愁緒淺嘗即止，從不做無的放矢的追尋和嘗試，他理智平靜，掌握現實，不須要倚仗遊仙來建立價值體系。

第三節　曹　植

　　曹植的情況又和其父其兄完全不同；他貴爲公子，不像曹操起於草莽，親歷人生百態而始終不忘追尋理想；他又宦場失意，不似曹丕順遂雍容，而能對人世的苦難保持從容不迫的理性態度〔註19〕。因此曹植的詩，對於壽命短促這些人生基本的疑問，只有一般的感慨，不像曹操必要探尋明白；但是對於現實生活中飽受限制，不得施展才華，甚至還有生命危險這些困阨抑鬱，卻再也不能保持理性淡然處之，勢必一吐爲快。換言之，他的詩較略於生命共通的無奈，而著重個人特殊的感懷；少見廣闊的關懷，而充滿尖銳的痛苦。他是文士的詩人。

　　平常討論曹植之詩，多根據其生平遭遇，將他的作品分爲前後兩期，前期多爲遊宴贈答之作，自曹丕繼位魏王之後，則感慨日深。然則他的十多首遊仙詩，應歸於前期或後期？黃節等近代學者便認爲是作於「才高見忌，遭遇艱厄」的後期〔註20〕，而劉漢初則認爲曹植「沒有充分利用遊仙題材，表現他晚年憂懼徬徨的經驗」〔註21〕二說各有見地，可惜終有無據之難。我在此嘗試避免硬性劃分，單純就詩論詩，

〔註19〕曹丕也有一些反映人世苦難的社會實寫詩，除前引頗有爭議的〈上留田行〉之外，另如〈於清河見挽船士新婚與妻別詩〉、〈見挽船士兄弟辭別詩〉、〈寡婦詩〉等，都明言是代擬之作，雖也饒富同情，但畢竟不是主觀經歷，因此情感上只是淡淡的哀愁，不是激昂的憤慨。

〔註20〕見黃節《曹子建詩註》〈五遊詠〉、〈遠遊篇〉各詩所引陳祚明、朱乾等人語，頁135、145等。

〔註21〕見《六朝詩發展述論》頁26。自24頁起，該文即反覆論證曹植遊仙詩意在描寫遊仙樂趣，不含感嘆成份。

探尋曹植的思想面貌，從而分析出這位知識份子寫作遊仙詩的動機。並且由於他的遊仙詩數量居三曹之冠，對於後繼者影響最大，因此也將詩歌的形式列爲討論重點。

一、曹植遊仙詩的寫作動機

1. 懷才不遇的苦悶

曹植思想中對於人生共有的生死盛衰等現象，並沒有再三玩味，濃郁不解的情懷，觀這首詩可知：

> 置酒高殿上，親友從我遊。中廚辦豐膳，烹羊宰肥牛。
> 秦箏何慷慨，齊瑟和且柔。陽阿奏奇舞，京洛出名謳。
> 樂飲過三爵，緩帶傾庶羞。主稱千金壽，賓奉萬年酬。
> 久要不可忘，薄終義所尤。謙謙君子德，磬折欲何求。
> 驚風飄白日，光景馳西流。盛時不可再，百年忽我遒。
> 生存華屋處，零落歸山丘。先民誰不死，知命復何憂。

（〈野田黃雀行〉，一題〈箜篌引〉）

和曹丕一樣，他也在遊宴歌舞的歡樂中興起盛衰無常、人生短促之感，身在華屋廣廈之中，預想山丘間一坏黃土，對比何等強烈，但結尾卻歸之於一句樂天知命，不憂不懼，不在這不能解的生死問題上花費太多的筆墨。他所憂慮的，與其說是「零落歸山丘」，毋寧更是「磬折欲何求」，他詢問自己何處可得一謙謙下士的賢君，供自己效力，以免枉過此生。懷才不遇、政治抱負始終不得伸展，才是他最大的心病，因此他的詩中不斷地說一些孟德所謂「山不厭高，海不厭深」的道理，期望君主能效古代明君，採納忠言，重用其長才，如〈當欲游南山行〉、〈豫章行〉等多首，用意一如〈求自試表〉。至於〈怨歌行〉舉周公輔王室而見謗爲例，明言「爲君既不易，爲臣良獨難，忠信事不顯，乃有見疑患。」是已經悲憤塡膺，直抒不得用世之怨懟了。這也就是前文所謂他常感感於自己的遭遇，反而較少關照生命整體的缺憾，這是他和曹操截然不同之處。

> 東海廣且深，由卑下百川。五嶽雖高大，不逆垢與塵。

良木不十圍，洪條無所因。長者能博愛，天下寄其身。
大匠無棄材，船車用不均。錐刀各異能，何所獨卻前，
嘉善而矜愚，大聖亦同然。仁者各壽考，四坐咸萬年。
（〈當欲游南山行〉）

窮達難豫圖，禍福信亦然。虞舜不逢堯，耕耘處中田。
太公未遭文，漁釣終渭川。不見魯孔丘，窮困陳蔡間。
周公下白屋，天下稱其賢。（〈豫章行〉）

為君既不易，為臣良獨難，忠信事不顯，乃有見疑患。
周公佐成王，金滕功不刊。推心輔王室，二叔反流言。
待罪居東國，泣涕常流連。皇靈大動變，震雷風且寒。
拔樹偃秋稼，天威不可干。素服開金滕，感悟求其端。
公旦事既顯，成王乃哀歎。吾欲竟此曲，此曲悲且長。
今日樂相樂，別後莫相忘。（〈怨歌行〉）

　　曹植之所以一再地上詩上表請求自試，反覆表明待用的心意，是
因為他面對短暫的人生，最大的願望就是得遇賢君，貢獻自己的心
力，在政治上大有建樹。他的人生觀和東漢以來流行的隱遁避世思
想，全然不同。最能代表這種積極心態的是這首〈薤露行〉：

天地無窮極，陰陽轉相因。人居一世間，忽若風吹塵。
願得展功勤，輸力於明君。懷此王佐才，慷慨獨不群。
鱗介尊神龍，走獸宗麒麟。蟲獸猶知德，何況於士人。
孔氏刪詩書，王業粲已分。騁我徑寸翰，流藻垂華芬。

這是一首概論自己人生觀的詩，是了解曹植思路的重要資料。首言時
空無窮無限，人在其間彷如塵埃一點，無足輕重，瞬間飛散。張潮曰：
「起二句說盡一部易理。」〔註22〕這正是曹植處理宇宙人生的大疑惑
時的慣常手法，他不沈溺在人世無常的感慨裡，將之囊括在短短二句
之中。其後他提出了因應之道：「願得展功勤，輸力於明君」！他是
要在政治上建功立業，以經國濟民的成就來和無情的時間空間相抗
衡，證明自己的存在。當他發出「蟲獸猶知德，何況於士人」的感喟

〔註22〕見黃節《曹子建詩註》，頁125。

時，眞是深以投閒置散爲恥的，正如他在〈雜詩〉七首之五中說的：
「閑居非吾志，甘心赴國憂。」這份從政的雄心壯志，曹操和曹丕也
都常有，但彼此的機運，和身份地位卻大不相同，他們二人都是權傾
一時、貴爲人主，可以主動地去「謙謙下白屋」，使得「天下歸心」；
曹植卻只是區區一介「士人」，縱有慷慨不群之才，也只能充當「王
佐」，必須被動地等待機會，而機會始終不來，他又偏偏身爲曹家一
份子，不可能另投他主，於是他的被壓制、被扭曲的苦悶，也就日積
月累，亟待宣洩了。同一個濟世的熱望，在曹操是解答生命疑惑的途
徑；在曹丕是掌握現世不慕玄虛的利器，而在曹植，卻成了一切痛苦
的根源。如果他不這麼執著於「展功勤」的願望，韜光養晦，明哲保
身，或許外在的逼害與內心的痛苦都可獲得減輕。但是終其一生他都
不肯放棄希望、不能稍斂鋒芒。他的性格，眞是頗具悲劇性的。

　　這份「抱利器而無所施」的痛苦，無疑是使他寫作遊仙詩的主要
因素之一。〈五遊詠〉開頭便說：「九州不足步，願得凌雲翔，逍遙八
紘外，遊目歷遐荒。」他是在現實世界中飽受排擠，無路可走的情況
下，才飄然遠舉的。〈遠遊篇〉也說：「崑崙本吾宅，中州非我家。」
不是他遺棄了人間世界，而是這世界排斥他冷落他，迫使他必須以崑
崙蓬萊這些玄虛之境作爲最後歸依。在這些仙境裡他前呼後擁，飽享
世間不可得的尊重和優越，使他發出了「四海一何局，九州安所如？」
的疑問（〈仙人篇〉），眞有些流連忘返了，但有趣的是，就算在「扶桑
之所出」的超現實世界裡，他仍然在做著「願得紆陽轡，迴日使東馳」
的努力（〈升天行〉），仍然要扭轉乾坤，迴旋天地。這樣忘不了塵世的
責任和渴望，他又怎可能安心享受遊仙之樂？很明顯的，遊仙詩只是
他苦悶的象徵而已，這和曹操想要藉遊仙達到求長生的目的，眞是不
可同日而語。三曹中從曹操到曹植，正如同漢代樂府中從祭祀歌到〈隴
西行〉〈善哉行〉，都是逐步脫離延壽長生的功利祈福性質，發展成宣
洩心中塊壘的詠懷寄託。而曹植本身的才氣和學養，自然不是寫作〈善
哉行〉〈隴西行〉的民歌作者所能比擬，再加上他一生懷才不遇，四處

碰壁的坎坷遭遇，和忠信見疑、憂讒畏譏的屈原最爲相似，因此他的遊仙詩，在創作動機和文學成就上，都比樂府民歌更接近《離騷》。

2. 生命憂苦的感慨

〈薤露行〉中曹植吐露心中抱負，除了要「輸力於明君」之外，也想「騁我徑寸翰，流藻垂華芬」。陳祚明說：「非謂以翰墨爲勳績，將緣不得建功，而託之於此也。」〔註23〕古人曰立德立功立言，都在求超越生命時限，使精神不朽，曹植自知空懷王佐之才，而不能展其功勤，立功無望，便欲承繼自孔子刪詩書以來，早已粲然分定的「王業」，馳騁寸翰，以垂芬於後世。其實嚴格說來，刪詩書定王業屬於經學，流藻垂芬則是文學之事，曹植身處建安時代，對於文章辭賦的價值略有體認，但仍和經世致用的儒學觀念混淆不分。〔註24〕然而無論如何，這裡再次顯示，曹植面對浮光掠影的人生，他的態度從不是無病呻吟，消極避世，他進則要立功立業，列土封侯；退則求詩書濟世，文名不朽。他不只思想上積極進取，師承儒道，又自己明言要服膺孔子的詩書之業，當時社會上流行的道家玄談，對他其實並沒有太大的影響，這是讀他的遊仙詩時，不可忽略的重點。後來鍾嶸在《詩品》中論曹植，曾有「嗟乎，陳思之於文章也，譬人倫之有周孔」之語，就曹植來說，他的這份文學抱負，總算在身後達到了。

但是當曹植生前，豈知身後之事？精神不朽的追尋畢竟較爲抽象，因此他有時也藉遊仙幻想來擺脫生命短暫的苦惱，例如首次以〈遊仙〉爲題的這首作品：

> 人生不滿百，戚戚少歡愉。意欲奮六翮，排霧陵紫虛。
> 蟬蛻同松喬，翻跡登鼎湖。翱翔九天上，騁轡遠行遊。
> 東觀扶桑曜，西臨弱水流。北極登玄渚，南翔陟丹邱。
>
> （〈遊仙詩〉）

〔註23〕同上註。
〔註24〕關於經學與文學的分野，以及文學觀念的發展情形，參葉慶炳《中國文學史第一講》，及其論王充、曹丕、劉勰之文學理論等處。

首句明言人生不但短促，其間又戚戚多憂，因此他渴想遠遊飛昇，這是在清楚地交待遊仙的動機。「意欲」二字，表明以下一切行程都只是願望中的幻想而已，和《離騷》等遊仙作品中假設已經發生的主觀經歷不同，也是遊仙詩中出較特殊的一種敘述方式。其下歷述行遊觀覽，東南西北，逍遙自適，至此便結束全篇，沒有一般遊仙詩習見的祈福長生之結尾，正顯現曹植心目中關懷的對象，比較偏重生命的「苦」，較少著重生命的「短」。「人生不滿百，戚戚少歡愉」只是以短來襯托其苦，重點仍是在苦悶寡歡，故而遊仙尋覓樂趣。自李豐楙言此詩「人生苦短之情緒亦可能襲古詩『生年不滿百』之意」〔註25〕之後，劉漢初也說：「人生兩句只是借古詩為張目罷了。」〔註26〕並且批評此詩「結構鬆敘，開頭兩句其實和全篇的關係不大。」然而以曹植之才，難道只為脫胎古詩而言不由衷？就我的看法，這首詩正是曹植少有的以人生之感為出發點的遊仙詩，只是他的人生之感更偏重在人生的多憂多苦上，而不像一般人常縈繞在生命的短暫易逝上。因此他遊仙的目的，是在藉幻遊之樂來針砭其苦，不在於祈求長生以對付其短。這和前文所言苦悶的象徵，是一致的。

然則可知曹植寫作遊仙詩的因素。他並不真正相信神仙，要借遊仙以長生不老，而是因為現實生活中懷才不遇，濟世利民的抱負完全無從施展，焦急苦悶至極，而暫時以幻想的世界作為棲身之所。他在遊仙詩作中，有時明白表露他自己這種不容於現實的痛苦，如上文言及的〈五遊詠〉、〈遠遊篇〉、〈仙人篇〉等；有時泛論人生的多憂多苦，如〈遊仙詩〉；有時則根本不交待原因，純粹幻遊，如〈飛龍篇〉、〈平陵東行〉、〈桂之樹行〉、〈升天行〉、〈苦思行〉等。即使不交待原因，在明瞭了他的整個思路型態之後，對於他那不僅是不滿現實，並且四處碰壁，不容於現實的苦悶；以及藉神仙世界為依託的舒洩方式，應當是可以明瞭的。他依託於神仙世界，但神仙世

〔註25〕見《魏晉南北朝文士與道教之關係》，頁491。
〔註26〕見《六朝詩發展述論》，頁25。

界是否就能成爲他苦悶心靈的慰藉呢？抑或只是更加深了他對現實世界的傷痛？

3. 情緒化的反遊仙態度

　　果然，當這份不容於現實的悲憤累積至頂點，而他又在現實世界中再受重創時，這樣虛幻的苦悶寄託方式，就絲毫不能解決問題了。黃初四年，他與兄弟任城王彰、白馬王彪同朝京師，任城王暴薨，他與白馬王同道還國時又爲有司所阻。這樣冷酷無情的打擊使得他再也按捺不住，在「意毒恨之」的情況下「憤而成篇」，他完成了那篇最有名的〈贈白馬王彪詩〉，其末章言道：

　　苦辛何慮思，天命信可疑。虛無求列仙，松子久吾欺。
　　變故在斯須，百年誰能持。離別永無會，執手將何時。
　　王其愛玉體，俱享黃髮期。收淚即長路，援筆從此辭。

這些詩句完全推翻一切遊仙玄想，是悲憤情緒到達沸點，爆發成的完全絕望、否定一切的情緒化表現。此時的曹植，深受「變故在斯須」的切膚之痛，親兄弟也可以瞬間亡故，或蓄意逼迫，自然會發出「天命信可疑」的憤慨，而醒覺到神仙之說俱屬虛無，以之作爲心靈的寄託也只是自欺欺人。人生至此，連最後的依靠也抽離了，只剩下一片悲憤的吶喊。許多人引用此詩作爲曹植理智上不信神仙的證明，曹植本來不信神仙，但此詩卻絕不理智，反而比他所有寄託苦悶情緒的遊仙詩更加情緒化。這有些像屈原從《離騷》中的三度遠遊求女，忽而到了〈天問〉嗟號昊旻，呵而問天的情況。如果要據此探求，則屈原究竟是迷信的，還是反抗天威的呢？屈原身在好鬼信祠的楚國，但是以他的學養，基本上自然不會和一般民眾的迷信畏天苟同，寫《離騷》，只是驅使神話素材作爲苦悶的象徵，以代言委曲憤懣；而作〈天問〉，則是在一切價值體系完全崩潰之際，迸發出的絕望的呵斥。這些作品，悲愴淒楚，極具藝術感染力，卻不能據此深究，論斷屈原是否迷信。同樣的，曹植身爲一個才氣橫溢的知識份子，對於一般匹夫匹婦敬畏懼怕的道教方術，和神仙家言，自然是有著批判眼光的，奈

何命運多舛,這位敏感多情,又執著於政治投入的詩人,若不借幻遊仙界的過程來發抒心中的痛楚,他又能將苦悶與憤慨寄託何處呢?寫作遊仙詩,並不代表他崇信神仙;而〈贈白馬王彪詩〉七章,也不夠說明他反遊仙,都只是心理上失去平衡的情緒化表現而已。要說明曹植對神仙家的看法,他的〈辯道論〉這些論述性質的文章是更好的材料。在那裡他明言方術之士「挾姦宄以欺眾,行妖隱以惑民」,而「自家王與太子及余兄弟,咸以為調笑,不之信矣。」這才是最理性的宣言。如果將他的地位和曹丕調換一下,或許他也不會這麼反覆不定,而能保持在〈辯道論〉中那樣冷靜評論的反神仙態度吧?

　　三曹對於神仙之說,其實都是「咸以為調笑,不之信矣」,但是只有曹丕始終堅持立場,不作遊仙之語。曹操則一直在「沈吟不決」,明知其沒有,又冀盼其真有,好求得長生之術,解決生命短暫的苦惱。至於曹植,卻是以遊仙過程作為抒發情緒的方法,以想像世界作為心靈的最後依靠。因此曹操的遊仙詩充滿矛盾──信仙與疑仙的矛盾、入世與出世的矛盾;曹植的遊仙詩則象徵苦悶──不滿現實,又無力改變現狀的苦悶、投效無門,還險遭逼害的苦悶。這矛盾與苦悶的情緒加深了遊仙詩的內涵深度,後來阮籍嵇康循此途徑,將遊仙詩的發展推至高峯。

二、曹植遊仙詩的形式結構

　　至於形式,曹植以他的文人學養創作遊仙詩,使得遊仙詩不再是民間之士率爾操觚的片段作品,而有了完整的結構。李豐楙先生將遊仙詩的構成因素析為七項,稱為「母型」,計為:「遊仙之動機」、「遊仙之心理」、「遊仙之過程」、「仙境之描述」、「成仙之經過」、「遊仙之願望」、「遊仙之否定」。〔註27〕其中「遊仙之否定」一項,屬於反遊仙範圍,上節論曹丕時已論及。而「遊仙之心理」、與「遊仙之動機」相關,乃決定其人創作遊仙詩的關鍵,故可併為一項。「成仙之經過」

〔註27〕詳見《魏晉南北朝文士與道教之關係》,頁 489～490。

一項主要指採藥服食，或神仙賜物，使之由求索階段獲致成仙。「遊
仙之願望」即上章所言的功利祝禱成份，以延壽無紀為最高願望，李
先生認為「其頌壽句式則屬附加部份，多數以遊樂仙境作結」，我則
以為頌壽句式正是詩人遊仙的目的，遊樂仙境則可歸入仙境描繪，或
遊仙過程中去。因此參考其說，重新整理後，我將一首完整的遊仙詩
的構成因素分為：

> 一、遊仙動機：或是逃避現實，或是有感於人類生命之短暫無
> 　　常，更常見的是悲時俗之迫厄、不滿現實環境之狹隘，而欲
> 　　從另一超現實世界得著滿足。

> 二、遊仙行動：上下求索，遨遊仙境的經過。常是做為遊仙動機
> 　　與仙境仙景之間的連接。正如李豐楙先生所言，「『遊』為其
> 　　主要精神，乃遠征情境之具體表現。」

> 三、仙境仙景：金殿玉房、山水景物、夸飾虛誕之言。此一部份
> 　　最能表現作者的想像力。

> 四、仙人仙物：上帝西王母乃至赤松王喬；仙鶴飛龍乃至雲彩虹
> 　　蜺，或為高高在上的賞賜主體，或為供己奔走使喚的腳力僕
> 　　婢。據此可顯示作者的人文心態。

> 五、採藥服食：靈芝仙草之描寫、求藥賜藥之經過。李豐楙名之
> 　　曰「成仙之經過」，但那一個遊仙詩人真正據此以成仙？只
> 　　能視為遊仙過程中的一種現象，想像中的一個步驟而已，因
> 　　而姑名之如此。

> 六、遊仙目的：長壽無疆，享福逍遙。後來逐漸演成一形式化的
> 　　結尾，是祭祀歌中祝禱的功利成份之殘留。

以上六項為遊仙詩的完整結構。動機是全詩之起因，多放在開頭處，
目的則多置於結尾，是全詩的「合」，中間四項是「承」與「轉」，有
時這承與轉之間互有因革偏廢，或重於仙境輕於仙人，或只有經過而
缺乏服食，份量的多寡、前後之次序都不確定，但「開」與「合」具
備，便是首尾俱全的完整型態。這些構成要素，兩晉以後各有發展，

而其完整形式的建立，則在曹植。例如他的〈五遊詠〉：

> 九州不足步，願得凌雲翔。逍遙八紘外，遊目歷遐荒。
> 披我丹霞衣，襲我素霓裳。華蓋芬晻藹，六龍仰天驤。
> 曜靈未移景，倏忽造昊蒼。閶闔啓丹扉，雙闕曜朱光。
> 徘徊文昌殿，登陟太微堂。上帝休西櫺，群后集東廂，
> 帶我瓊瑤佩，漱我沆瀣漿。踟躕玩靈芝，徙倚弄華芳。
> 王子奉仙藥，羨門進奇方。服食享遐紀，延壽保無疆。

「九州」二句是遊仙動機。「逍遙」二句開始遊仙行動，只有短短兩句，是因為下文交待的「倏忽造昊蒼」。「披我丹霞衣」四句是服輿仙物，飄逸流麗；「閶闔啓丹扉」四句，則開啓仙境之堂奧，富艷精工。上帝群后自是仙人；漱沆瀣玩靈芝以下，則明言仙藥服食。最後以享遐紀保無疆作為全篇總結。這樣結構嚴整，又兼想像繁複、色彩華麗的遊仙詩出現，使得遊仙題材不再是遊戲文章，而正式成為文學潮流中的一支。

　　但是曹植的遊仙詩也並非全都具備如此完整的結構，正如李豐楙先生所言：「曹植遊仙詩之結構形式，適為過渡時期，由模仿而自創格式。」〔註28〕唯其為過渡時期，因此格式尚未固定。最常見的是前已提及的未作遊仙動機的交待，而成為類似《楚辭・遠遊篇》的純粹幻遊之作，朱嘉徵所謂「思超世也。」〔註29〕這一類作品有〈飛龍篇〉、〈苦思行〉、〈平陵東行〉、〈桂之樹行〉等。至於像〈遠遊篇〉：

> 遠遊臨四海，俯仰觀洪波。大魚若曲陵，承浪相經過。
> 靈鼇戴方丈。神嶽儼嵯峨。仙人翔其隅，玉女戲其阿。
> 瓊蕊可療飢，仰首吸朝霞。崑崙本吾宅，中州非我家。
> 將歸謁東父，一舉超流沙。鼓翼舞時風，長嘯激清歌。
> 金石固易敝，日月同光華。齊年與天地，萬乘安足多。

則是從遊仙行動下筆，接言仙物、仙人、服食，卻將「崑崙本吾宅，中州非我家」的遊仙動機，置於全詩的中段。然後下面八句，想要一

〔註28〕同上書，頁490。
〔註29〕見黃節《曹子建詩註・飛龍篇》註，頁168。

舉成仙，鼓翼長嘯，與天地同壽，與日月同光，人間萬乘又何足羨也？遊仙目的佔如此篇幅，結構少見；而成仙的渴想，在曹植思路中也罕有。這首詩不論形式或理念，都比較特殊。

　　對於遊仙動機，或明言或不言；或置篇首或置中段，甚至有時又不把現實世界的狹隘艱難明白列為遊仙動機，而以感慨出之，如〈仙人篇〉：

> 仙人攬六著，對博太山隅。湘娥拊琴瑟，秦女吹笙竽。
> 玉樽盈桂酒，河伯獻神魚。四海一何局，九州安所如？
> 韓終與王喬，要我於天衢。萬里不足步，輕舉凌太虛。
> 飛騰踰景雲，高風吹我軀。迴駕觀紫薇，與帝合靈符。
> 閶闔正嵯峨，雙闕萬丈餘。玉樹扶道生，白虎夾門樞。
> 驅風遊四海，東過王母廬。俯觀五嶽間，人生如寄居。
> 潛光養羽翼，進趨且徐徐。不見軒轅氏，乘龍出鼎湖。
> 徘徊九天上，與爾長相須。

此詩從仙人下筆，而將「四海一何局，九州安所如」的感慨夾於其間，是為遊仙動機。「俯觀五嶽間，人生如寄居。潛光養羽翼，進趨且徐徐。」數句，則借遨遊時臨睨舊邦的口氣，乘機對實際身處的現實人生作了一番評論，「人生如寄居」言其短暫，「進趨且徐徐」言世道艱難，功業不就之時的自處之道，前者是對生命共同悲哀的感慨；後者則是個人身世之感，皆有說理自勉的成份。將這些感慨說理夾雜在整個遊仙過程之中，顯明此詩並非純粹遨遊之作，而有著意在言外的深刻含意。尤其結尾處又沒有那些諸如成仙求壽的功利目的，而是要徘徊九天之上，長久等待軒轅氏，更是饒富深意。朱乾曰：「託意仙人，志在養晦待時，意必有聖人如軒轅者，然後出而應之。所謂達可行於天下，而後行之者也，較〈五遊〉、〈遠遊〉意更遠矣。」〔註30〕實為至論。這首詩是典型的藉遊仙以詠懷的作品，只是就結構來說，不符「母型」。可惜曹植雖然提醒自己要「潛光養羽翼，進趨且徐徐」，但

〔註30〕同上書，頁112。

是他一生何嘗眞正甘心於蟄伏養晦，待時而用？他恨不得能夠急急進趨，立刻揚名立功。這就是他抑鬱苦悶的原因。

像〈仙人篇〉一樣將說理融會於詩中的，還有〈桂之樹行〉：

> 桂之樹，桂之樹，桂生一何麗佳。揚朱華而翠葉，流芳布天涯。上有棲鸞，下有盤螭。桂之樹，得道之眞人咸來會講仙。教爾服食日精，要道甚省不煩，淡泊無爲自然。乘蹻萬里之外，去留隨意所欲存。高高上際於眾外，下下乃窮極地天。

這首詩結構最紛雜，前半段詠桂樹，有些像詩經的興起之法，而其所以詠桂樹，黃節與朱乾都認爲是襲用《楚辭·招隱士》「桂樹叢生兮山之幽」的譬喻。曹植詩中常見這種承受《詩經》《楚辭》影響之處，他在文學上本是擅於溶裁舊意、開創新局的承先啓後者。下半突轉而言仙人聚集，教人服食遨遊，逍遙快意。「要道甚省不煩，淡泊無爲自然」又是一種旁觀的說理語氣。正始以後流行的玄言詩，就是此類說理成份的擴充。

〈仙人篇〉著力描寫仙人，得母型中「仙人仙物」之一體；而下引〈升天行〉則描寫仙境仙景，至「彷彿見眾仙」戛然而止，對仙人形貌不著一字，得母型中的另一體「仙境仙景」。〈平陵東行〉言駕乘飛龍探食靈芝，則專重「探藥服食」一項。這兩首是篇幅較短，在結構上有所偏重的例子：

> 乘蹻追術士，遠之蓬萊山。靈液飛素波，蘭桂上參天。玄豹遊其下，翔鷗戲其顚。乘風忽登舉，彷彿見眾仙。(〈升天行〉)

> 閶闔開，天衢通。被我羽衣乘飛龍。乘飛龍，與仙期，東上蓬萊採靈芝。靈芝採之可服食，年若王父無終極。(〈平陵東行〉)

〈升天行〉不但全力寫仙境如上，並且一句「彷彿見眾仙」，使得全詩居於遙望階段，未見與仙人仙境打成一片的融洽情境；而前引的〈遊仙詩〉言「意欲奮六翮，排霧凌紫虛」，更是將全部遊仙過程囊括於

此「意欲」二字中發展，只停留在神遊、臥遊的幻想之中，未有登遐飛昇的壯舉。這都是曹植遊仙詩中有趣的結構特例。

但曹植遊仙詩也有模仿前人之作，並非全屬自創。如〈飛龍篇〉：

晨遊泰山，雲霧窈窕。忽逢二童，顏色鮮好。乘彼白鹿，
手翳芝草。我知真人，長跪問道。西登玉臺，金樓複道。
授我仙藥，神皇所造。教我服食，還精補腦。壽同金石，
永世難老。

形式上以四言詩爲之，是和曹操一樣的復古手法。操詩四言居多，植詩則較少，遊仙詩中僅此一首。遊仙方式上，本詩先遊泰山，遇仙人後才「西登玉臺」，更是和孟德詩的迂迴遊仙過程如出一轍。而晨遊泰山，忽逢二童，遇仙僅係充滿適巧性的偶發事件，並非出於刻意追求，這樣的謀篇想像也似乎有著曹操〈秋胡行〉的影子。這首詩明顯是模仿乃翁之作，而用語之簡鍊，結構之層次并然，則更勝一籌。

關於曹植遊仙詩的創意，對後世遊仙詩影響最大的，是如李豐楙先生所言：「純粹遊仙，以遇仙、仙景爲描寫對象，並結合漢魏之際漸流行之隱逸思想……以現實世界隱逸思想爲背景，遊仙而猶有人間意味，其仙境亦漸以現實世界之名山爲主。」〔註31〕的〈苦思行〉一首：

綠蘿緣玉樹，光曜粲相暉。下有兩真人，學翅翻高飛。我
心何踴躍，思欲攀雲追。鬱鬱西岳顛，石室青蔥與天連。
中有耆年一隱士，鬢髮皆皓然。策杖從吾遊，教我要忘言。

如果依據〈飛龍篇〉仿自曹操的遊仙模式，是先遇玉女童子之輩，經其引介才得見赤松王母等仙人，此處則先逢真人，後遇隱士，將現實社會的隱士地位抬高至與仙人等觀，跡近地仙一流。而仙境則爲西岳、石室，和人間景緻無殊，也是一大特色。這對於後來郭璞的仙境人間化、神仙人格化的手法，有極大的啓迪作用。曹操的二重仙境雖然也以人間的名山大川爲神仙出沒之地，但總是僅僅以之作爲過渡階段，還要再昇往蓬萊或天界，至曹植才真正「遊仙而猶

─────────────

〔註31〕李著《魏晉南北朝文士與道教之關係》，頁491。

有人間意味」。

三、曹植遊仙詩的文學價值

所以曹植的遊仙詩，其中一部份藉遊仙以詠懷之作，承繼了屈原的創作意識，奠定嵇康、阮籍的悲憤寄託；而純粹遊仙的部份又開啓郭璞的人間情境。再加上形式上他又完成了遊仙詩的整體結構，稱他爲遊仙詩建立時期的代表人物，當不爲過。

如果將曹植的遊仙詩和曹操比較，有的模仿曹操，如〈飛龍篇〉；但絕大多數和曹操不同。除了前文言及的在意識上曹操著重求長生，而曹植以之洩愁緒之外，在形式方面，曹操有著固定的模式可尋，曹植則變化多端一如上述：或有完整的結構；或僅就其中一項發揮，或主觀經歷；或停留在意願層面，或全屬感性的描繪；或雜以理性的說理，幾乎每一首詩都有獨特的風貌，充分顯示曹植寫作遊仙詩時心態情緒上的不穩定，和富創意，不像曹操是基於同一個長生渴望、同一個二重仙境的想像。這種多樣化的表現方式，在個人風格的塑造上或許不及曹操的遊仙詩有說服力，但也提供了多樣的發展可能，對後人貢獻更多。另外，也由於曹植在表現手法上的勇於嘗試，想像層次上有更大的提昇：對於仙人的描寫，有的是「手翳芝草」（〈飛龍篇〉），有的可以「舉翅翻高飛」（〈苦思行〉），還有的正在攬棋對弈（〈仙人篇〉），都生動有趣；仙物仙獸也增多，除了飛龍白虎之外，還有鸞鳥螭獸（〈桂之樹行〉）、大魚靈鼇（〈遠遊篇〉）；而最爲人所樂道的，莫如他對於仙境的刻劃，如「西登玉臺，金樓複道」（〈飛龍篇〉）、「閶闔啓丹扉，雙闕曜朱光」（〈五遊詠〉），「玉樹扶道生，白虎夾門樞」（〈仙人篇〉）、「綠蘿緣玉樹，光曜粲相暉」（〈苦思行〉）等等，色彩濃艷，富麗精工，洋溢金碧輝煌的華貴氣象，這都是之前的遊仙詩中所未曾見到的現象。

另外要討論他的一首五言古詩，〈驅車篇〉：

驅車揮駑馬，東到奉高城。神哉彼泰山，五嶽專其名。

隆高貫雲霓，嵯峨出太清。周流二六候，間置十二亭。
上有涌醴泉，玉石揚華英。東北望吳野，西眺觀日精。
魂神所繫屬，逝者感斯征。王者以歸天，效厥元功成。
歷代無不遵，禮記有品程。探策或長短，唯德享利貞。
封者七十帝，軒皇元獨靈。餐霞漱沆瀣，毛羽被身形。
發舉蹈虛廓，徑庭升窈冥。同壽東父年，曠代永長生。

這首詩李豐楙、劉漢初二位都認爲是遊仙詩〔註32〕，但細味其驅車登泰山，所歷皆實情實景，並非幻遊之作。黃節曰：

《魏志》明帝太和中，護軍蔣濟上疏曰：「宜遵古封禪。」
詔曰：「聞濟斯言，使吾汗出流足。」事寢歷歲，後遂議修之，使高堂隆撰其禮儀。子建此篇或當時作也。李獻吉曰：
「封太山禪梁父，識者以爲好大喜功之戒，而陳思云：『探策或長短，唯德享利貞』，獨歸美軒皇，見世有軒皇，亦何妨于封禪，非勸非沮，詞理俱勝。」

然則黃節與李獻吉皆以此詩所言爲封禪之事。今觀「歷代無不遵，禮記有品程」、「封者七十帝，軒皇元獨靈」數句，黃李二人所言應是。此詩之所以容易被誤作遊仙詩，應是末尾「餐霞漱沆瀣」等六句，與遊仙之語如出一轍所致，其實這六句接在「軒皇元獨靈」之下，正是「歸美軒皇」之意，旨在說明「唯德享利貞」之理，並非仙人描述。但耐人尋味的是，以「靈」爲「美」、以「發舉蹈虛廓」等遠遊行動爲「德」之表徵，曹植這獨樹一幟的價值評判標準，也應是他能夠費心經營遊仙詩、留下這許多瑰麗神奇的作品原因之一。

　　總之三曹之中，曹操總合了人類潛意識中的長生渴望，嘗試以兩漢以來民間流行的遊仙幻想，來突破生命的限制，因此他寫下了一些藝術層次較民歌爲高的遊仙詩。但這些遊仙幻想並不能完全滿足他睿智的心靈，他仍在不斷地追尋思索，期望找出最終的解答。他的遊仙詩充滿了焦慮和矛盾，徘徊在相信和懷疑、肯定和否定之間。由於他對人類共有的生命時限問題表現了高度關心，容易引起

〔註32〕同上書491頁，及《六朝詩發展述論》15頁。

時人共鳴；加上他的詩作又具有相當的藝術水準，於是遊仙詩在六
朝時代獲得了普遍重視。曹植則繼承了屈原的象徵寄託手法，以及
樂府遊仙詩中的詠懷成份，廣藉遊仙以舒怨，使得遊仙詩不只具有
粗淺的祈求長生的功用，還可以進一步用來抒發心中的苦悶，從此
遊仙詩參與了中國文學抒情詠懷的主流。更因爲他才情縱橫，著力
經營的結果，使遊仙詩形式大備，結構完整，後代詩人寫作均不出
其範疇。曹丕則以他冷靜沈著的性格，對遊仙詩提出相反意見，他
代表了兩漢以來不斷累積的反遊仙思想，以理智來制衡遊仙詩的幻
想本質。他們父子三人對於漢代樂府詩中的遊仙部份各有所承，卻
都能踵事增華，建立遊仙詩的各種風貌。遊仙詩能夠在魏晉南北朝
數百年間廣受文人才士注目，成爲一代文學的特殊現象，其內容和
形式各方面風格的建立，曹氏父子的貢獻是不容忽視的。劉大杰先
生《中國文學發展史》論建安文學的內容與精神，特別強調其寫實
主義精神之外的另一特色：「開兩晉玄言之端」〔註33〕，所指便爲三
曹詩作中的遊仙部份。誠如劉氏所言，曹氏父子的遊仙詩，「開啓著
晉代文學的玄虛性」，而「成爲兩晉文學的先聲。」

〔註33〕《中國文學發展史》頁 253～254。

第三章　遊仙詩的拓展——嵇康、阮籍及西晉詩人

　　曹植卒於魏明帝太和六年（西元 232），又七年明帝亦崩，傳位齊王芳，改元正始。其時司馬氏專權，對文人採取高壓政策，文人生命朝不保夕，鬱悶無已，因此造成儒學衰微，道家思想躍居學術界主流，談玄說理之風盛行一時。這無疑是遊仙詩發展的大好環境。並且就遊仙詩本身言，雖經過曹氏父子的耕耘，得建立為一獨特文體，但內容形式各方面，都只粗具規模——內容上，曹操雖已將兩漢民歌中醞釀甚久的祈求長生的遊仙目的發展成熟，而曹植以自身遭遇及當下情緒為張本的苦悶動機，還只在含蓄象徵，或屈居附庸的階段，未見深入發揮。曹植仍有許多純幻遊、思超世之作。形式上，完備的結構母型雖已出現，卻只是在曹植的〈五游詠〉中曇花一現而已，尚未有穩定格式——彷彿嫩草新芽，亟待墾植拓展。內外因素交相配合，因此從正始乃至西晉一代的文人，或踐履曹植的詠懷路線，藉遊仙詩宣洩其憤懣，而有著更為淋漓盡致的發揮；或祖述曹操的長生渴望，以遊仙詩遂其飄飄凌雲之志。於是遊仙詩遂有正體變體之分。〔註1〕此時期便是遊仙詩分途發展，蔚為大國的

〔註 1〕何焯《義門讀書記・文選》卷二：「何敬祖遊仙詩，遊仙正體，宏農其變。」然而藉遊仙以詠懷之體，並非始自郭璞，嵇阮已開其端，可參李豐楙論文，頁 492～495。

拓展時期，《文心雕龍·明詩》:「正始明道，詩雜仙心。」可見其時遊仙詩盛行的情況。所謂宣洩憤懣者，以正始文人爲主，嵇康、阮籍是其代表。二人身當亂世，憂患特深，對人世的憤慨絕不僅止於曹植的懷才不遇，因此遊仙詩到了他們手上，「《離騷》借遊仙以抒憤的傳統才得到較大的發揚轉化，使遊仙詩的體製更加完備，作者的個性才得以透過遊仙的題材充份發揮。」〔註 2〕他們二人遊仙詩的成就實超過曹植，而又因本身性格的差異，在抒憤的方式上也表現出直言無隱，與委婉諷諭的不同風格，《文心雕龍》所謂「嵇志清峻，阮旨遙深」是也。至於純粹幻遊、欽羨長生的所謂正體之作，則以西晉一代之文人爲主，其時文格卑弱，遊仙詩內容率多因襲，日趨浮淺，體制也短小不足觀，正是前文所言但師曹操之長生渴望，卻難及其氣魄胸襟與追尋理想之意念者。今分述如下:

第一節　嵇　康

一、嵇康遊仙詩的特色

1. 畏患避禍的遊仙動機

　　嵇康遭逢動盪不安的政局，卻不以危疑自處，而乃「上不臣天子，下不事王侯，輕時傲世，不爲物用。」〔註 3〕他生就一副「直性狹中，多所不堪」的傲骨，不能對司馬氏稍假辭色，一方面也明知自己「以不如嗣宗之資，而有慢弛之闕，又不識人情，闇於機宜，無萬石之愼，而有好盡之累，久與事接，疵釁日興，雖欲無患，其可得乎？」（〈與山巨源絕交書〉）。他心中的矛盾痛苦，殆可以想見。在〈代秋胡歌七章〉〔註 4〕，他說明了世道之難測，以及自己在其中找尋因應之道的

〔註 2〕劉漢初語，見《六朝詩發展述論》，頁 26。
〔註 3〕《世說新語·雅量》劉孝標注引《文士傳》，載鍾會廷論嵇康語，箋註頁 344。
〔註 4〕本書詩題均從遼欽立輯校之《先秦漢魏晉南北朝詩》，與舊本略有出入。

困難和矛盾：

> 富貴尊榮，憂患諒獨多。富貴尊榮，憂患諒獨多。古人所
> 懼，豐屋蔀家。人害其上，獸惡網羅。惟有貧賤，可以無
> 他。歌以言之，富貴憂患多。

> 貧賤易居，貴盛難爲工。貧賤易居，貴盛難爲工。恥佞直
> 言，與禍相逢。變故萬端，俾吉作凶。思牽黃犬，其計莫
> 從。歌以言之，貴盛難爲工。

> 勞謙寡悔，忠信可久安。勞謙寡悔，忠信可久安。天道害
> 盈，好勝者殘。彊梁致災，多事招患。欲得安樂，獨有無
> 愆。歌以言之，忠信可久安。

> 役神者弊，極欲令人枯。役神者弊，極欲令人枯。顏回短
> 折，下及童烏。縱體淫恣，莫不早徂。酒色何物，自令不
> 辜。歌以言之，酒色令人枯。

> 絕智棄學，遊心於玄默。絕智棄學，遊心於玄默。遇過而
> 悔，當不自得。垂釣一壑，所樂一國。被髮行歌，和氣四
> 塞。歌以言之，遊心於玄默。

> 思與王喬，乘雲遊八極。思與王喬，乘雲遊八極。凌厲五
> 嶽，忽行萬億。授我神藥，自生羽翼。呼吸太和，鍊形易
> 色。歌以言之，思行遊八極。

> 徘徊鍾山，息駕於層城。徘徊鍾山，息駕於層城。上蔭華
> 蓋，下采若英。受道王母，遂升紫庭。逍遙天衢，千載長
> 生。歌以言之，徘徊於層城。

這首詩和曹操的〈秋胡行〉第二首以及曹植的〈薤露行〉一樣，將嵇
康畢生心性行事的錯綜矛盾處和盤托出，是研究嵇康的重要資料。首
二章道盡現實世界的紛亂凶惡，變故萬端，富貴徒惹憂患，直言更將
與禍相逢。禍福無定，吉凶難測至此，而欲牽黃犬隱於上蔡，卻又計
無可施，勢在不能。於是遂有第三章「勞謙寡悔，忠信可久安」的覺
悟與嘗試。他要藉儒家的忠信之道來自全於亂世。《三國志・魏志》本
傳載嵇喜所著《嵇康傳》曰：「家世儒學，少有俊才，曠邁不群，高亮

任性，不脩名譽，寬簡有大量。學不師授，博洽多聞……」可見他確實是從儒家出發的。但是對於那個昏濁的時代而言，儒家思想太激進了，他一來擔心外在的多事招禍、彊梁致災；一來又恐心靈勞役過甚，而如顏回童烏之流，有早夭之患。因此他反對名教，甚至有〈難張遼叔自然好學論〉中種種激烈的非儒言論。在他的想法中，「欲得安樂，獨有無愆」，放棄一切積極進取的心志，隨波逐流，才是養生避禍之道。於是，縱情酒色成了最好的逃避方式。竹林人物皆嗜酒，蓋皆有其不得已的時代隱痛。嵇康和劉伶等終生「惟酒是務」（〈酒德頌〉）之人所不同的，是他又清楚「酒色令人枯」的道理，不願縱體淫恣而早徂。酒色既不能供他寄託心性，他便轉向絕智棄學的玄默境界，以及被髮行歌的隱士生涯，來謀求心靈的安寧。在〈與山巨源絕交書〉中他說明自己以老子莊周爲其師，並重申隱居不仕之志：「但欲守陋巷，教養子孫，時時與親舊敘離闊，陳說平生，濁酒一杯，彈琴一曲，志意畢矣，豈可見黃門而稱貞哉！」我們看他避地河東，以鍛自給，雖貧亦不改其志，爲拒絕舉薦甚至不惜與山濤絕交，確實都是遊心於玄默、自絕於仕途的作法。這也正是他忤逆司馬氏，卒招殺身之禍的原因，但嵇康始終堅持著歸隱修道的處世原則，「榮進之心日積，任實之情轉篤」（〈與山巨源絕交書〉）。從談玄修道再進一步，他便「思與王喬，乘雲遊八極」了。遊仙之想是他爲解決生之憂患所提出的最後一著棋，也就可見他寫作遊仙詩時，心情是何等苦悶不甘了。

　　嵇康寫作遊仙詩的動機，是畏患避禍。自從嘉平元年（西元 249）司馬懿以曹爽案株連文士丁謐、鄧颺、何晏、畢軌、李勝、桓範諸人，並夷三族之後，緊接著嘉平三年（西元 251）又有王凌王廣父子、明山少、勞精、單固、楊康等人因楚王曹彪案遭受株連，嘉平六年（西元 254）司馬師誅許允、李豐、夏侯玄，夷三族，正元二年（西元 255）又有毋丘儉案，夷三族，甘露二年（西元 257）諸葛誕被斬，景元元年（西元 260）尚書王經又因高貴鄉公而死。司馬氏爲鞏固政權，篡奪曹魏天下，對文人的迫害日益頻繁，株連日益廣泛，名士們無罪尚

且得咎，像嵇康這麼剛腸疾惡，狷傲不屈的人，自然更不必冀求能苟免於亂世。前文所引〈與山巨源絕交書〉中「雖欲無患，其可得乎？」之語，已見他自知不免，在寄友人郭遐周、遐叔，及贈兄嵇喜等詩中，他更是直抒胸臆吐露衷腸，表明自己深濃的畏患意識，他亟欲離世遠遊以解除隨身的患難：

> 昔蒙父兄祚，少得離負荷。因疏遂成懶，寢跡北山阿。
> 但願養性命，終己靡有他。良辰不我期，當年值紛華。
> 坎壈趣世教，常恐嬰網羅。羲農邈已遠，拊膺獨咨嗟。
> 朔戒貴尚容，漁父好揚波。雖逸亦已難，非余心所嘉。
> 豈若翔區外，餐瓊漱朝霞。遺物棄鄙累，逍遙遊太和。
> 結友集靈岳，彈琴登清歌。有能從我者，古人何足多。
>
> （〈答二郭詩三首之二〉）
>
> 雙鸞匿景曜，戢翼太山崖。抗首漱朝露，晞陽振羽儀。
> 長鳴戲雲中，時下息蘭池。自謂絕塵埃，終始永不虧。
> 何意世多艱，虞人來我維。雲網塞四區，高羅正參差。
> 奮迅勢不便，六翮無所施。隱姿就長纓，卒為時所羈。
> 單雄翩獨逝，哀吟傷生離。徘徊戀儔侶，慷慨高山陂。
> 鳥盡良弓藏，謀極身必危。吉凶雖在己，世路多嶮巇。
> 安得反初服，抱玉寶六奇。逍遙遊太清，攜手常相隨。
>
> （〈五言贈秀才詩〉）

他不斷以飛鳥做比喻，說明自己「虞人來我維」、「常恐嬰網羅」。處在名士無端動輒得咎的魏晉易代之際，面對嶮巇的世路，他確實已如驚弓之鳥，疲憊不堪。東方朔的尚容之戒、漁父的揚波之方，雖能超逸濁世，但正如顏之推所言：「嵇叔夜排俗取禍，豈和光同塵之流也？」〔註5〕以他激烈抗俗的性格，他根本做不到那種與世推移，處下守雌的處世境界。既不能處，便只有離。他是何等渴望遺物棄累，遠翔區外！正如陳祚明評說：「慨世甚深，故決意高蹈，不能隨世浮沈。」正因不能隨世浮沈，又深知「謀極身必危」，憂惑疑懼、苦悶焦慮夾

〔註5〕　《顏氏家訓》卷三〈勉學篇〉，藝文注本頁 152。

雜於心，激盪不已，他只有棄俗避世，以太清之境的遊歷作爲自解之道了，臺靜農先生在〈魏晉文學思想的述論〉一文中說：嵇康傾向老莊思想，實即「不肖持以免身」的意思，已不是老莊玄學的第一等境界，同樣的，嵇康傾向遊仙文學，也是希望能「持以免身」。

2. 養生怡志的遊仙目的

因爲有畏患避禍的思想基層存在，嵇康的遊仙詩有一大特色，即遊仙目的多在養生怡志、沖靜自然，故而兩漢詩人以及曹操心目中的求壽求仙，在嵇康筆下幾乎絕跡。他所追求的，一是外在的全身免禍；一是內心的平和寧靜，而無暇奢望長生不老。因此他的遊仙詩，解憂舒憤的滌盪作用大，而攀慕長生的功利成份較少。如：

> 乘風高逝，遠登靈丘。託好松喬，攜手俱游。朝發太華，
> 夕宿神州。彈琴詠詩，聊以忘憂。
> 琴詩自樂，遠遊可珍。含道獨往，棄智遺身。寂乎無累，
> 何求於人。長寄靈岳，怡志養神。(〈四言贈兄秀才入軍詩〉第
> 十六、十七章)
>
> 羽化華岳，超遊清霄。雲蓋習習，六龍飄飄。左配椒桂，
> 右綴蘭苕。淩陽讚路，王子奉輈。婉孌名山，眞人是要。
> 齊物養生，與道逍遙。(〈四言詩〉第十)
>
> 潛龍育神軀，躍鱗戲蘭池。延頸慕大庭，寢足俟皇羲。
> 慶雲未垂景，盤桓朝陽陂。悠悠非吾匹，疇肯應俗宜。
> 殊類難遍周，鄙議紛流離。轗軻丁悔吝，雅志不得施。
> 耕耨感寧越，馬席激張儀。逝將離群侶，杖策追洪崖。
> 焦朋振六翮，羅者安所羈。浮遊太清中，更求新相知。
> 比翼翔雲漢，飲露餐瓊枝。多念世間人，夙駕咸驅馳。
> 沖靜得自然，榮華安足爲。(〈述志詩〉二首之一)

將「怡志養神」、「齊物養生」、以及「沖靜得自然」這些充滿老莊思想的散文化語詞熔鑄於詩句之中，以之作爲整個遊仙過程的最終追求目標，如此使得嵇康的遊仙詩充滿一種糾葛於現實世界的焦慮和苦惱，而不是高蹈於他界的超然想像。除了〈四言贈兄秀才入軍詩〉第

七章有「人生壽促，天地長久。百年之期，孰云其壽。思欲登仙，以濟不朽。纜轡踟躕，仰顧我友。」寥寥數語之外，嵇康詩中再也不見求壽羨仙之思，而且此詩中雖然「思欲登仙」，卻仍在「纜轡踟躕」，亦不是高蹈之語。因此正如李豐楙先生言：「嵇生遊仙詩爲其養生理論之具象化、文學化。」〔註6〕嵇康的重點確實停留在養生與怡志這些現實層面上，而不在超現實的仙界的刻畫和嚮住，這和以往的遊仙詩人有很大的不同。劉漢初說他：「雖常涉及神仙，卻愈見其受塵世束縛之苦，少有前人那種不食人間煙火的逍遙況味。」〔註7〕應當也是指此。他的遊仙詩不是在詠仙頌壽，而是在言志抒懷，此「志」是「但願養性命，終己靡有他」、以及「志在守樸，養素全眞」之志，和秦皇漢武乃至曹操等遊仙詩人的飄飄凌雲之志截然不同。《文心·明詩》說：「正始明道，詩雜仙心，何晏之徒，率多浮淺，唯嵇志清峻，阮旨遙深，故能標焉。」所謂「嵇志清峻」雖係指嵇康所有詩作整體所呈現的言志風格而言，但在那個「詩雜仙心」的遊仙盛行的時代，嵇康的遊仙作品能夠免於「浮淺」之弊，特立標秀於當代，也是受此清遠峻切的養生全性之「志」的影響。

遊仙的動機是畏患避禍，其懇切程度自然高過曹植那份只因懷才不遇而產生的不平之感；而遊仙目的乃針對現實生命的怡悅導養，不作頌禱祈求之語，更使遊仙詩擺脫了長生思想的籠罩，完全走向詠懷抒憤的言志之途。遊仙詩的詠懷路線從曹植到嵇康，由於外在政治環境的禍患加重、詩人內心的苦悶傷痛更深，而在內容深度上，有著長足的擴展現象。

3. 玄言隱逸的合流

然而也正因爲寫作宗旨在舒憤解憂、怡志養神，而此志又「過爲峻切，訐直露才」〔註8〕因此而往往成爲他所有詩作的重心，遊仙題

〔註6〕　《魏晉南北朝文士與道教之關係》，頁493。
〔註7〕　《六朝詩發展述論》，頁31。
〔註8〕　本鍾嶸《詩品》卷中評嵇康之語：「頗似魏文，過爲峻切，訐直露才，

材只是用以襯托養素全眞的志向而已，他很少專力寫作遊仙詩。從前
文所引各詩中己可看出，嵇康的遊仙語句多是三言兩語夾敘夾議地穿
插在各詩之間，用以說明其處世心態的轉折，以及畏患意識的濃烈。
遊仙的玄想和述志詩、以及贈答明志之作混爲一體，而始終不是一首
詩的主旨，這對遊仙詩的形式結構而言，當然不是一個完整的型態，
只是零碎片段的發展。他在這方面的貢獻遠不如曹植。但另一方面，
這現象也顯示神仙思想已深入其心，和儒家思想、老莊思想交互融
合，而不能強行劃分了，因此他信筆寫來，遊仙玄趣貫穿各篇，也縱
橫全集，不似曹氏父子集中尙有理性寫實與感性幻遊判然二分的矛盾
現象。曹氏父子從不眞信神仙之必有，嵇康則曰：「夫神仙雖不目見，
然記籍所載，前文所傳，較而論之，其有必矣。以特受異氣，稟之自
然，非積學所能致也。至於導養得理，以盡性命，上獲千餘歲，下可
數百年，可有之耳。」〔註9〕可見其篤信神仙。嵇喜又說他：「長而好
老莊之業，恬靜無欲，性好服食，嘗採御上藥。」《晉書・本傳》也
載他絕巧好鍛，以自贍給。他對於神仙之說，不只有理論上的相信與
闡釋，又有行動上的追求與提倡，這樣篤信不疑的心態發之於詩歌，
對於遊仙詩地位的提升，應該也有相當的肯定作用。否則以曹氏父子
既信神仙又疑仙的矛盾心態，雖然奠下了遊仙詩的文學基礎，然而對
載籍仙說始終若即若離，猶疑不定，又怎能使遊仙詩進一步拓展爲盛
行一時的特殊文學現象？幸有這位「本自餐霞人」（顏延之〈五君詠〉）
的神仙信徒、以及那整個「詩雜仙心」的時代環境接續曹植之後，遊
仙詩才得以脫離遊戲筆墨，躍居爲文學主流。

　　由於嵇康遊仙詩乃因情生文，從養生守樸之志轉化而來，非專爲
遊仙而作，因此他的遊仙詩距離玄言詩、隱逸詩，界限最近。前文已
提及他經常在詩作中直接襲用老莊散文的語句，如齊物養生、沖靜自

　　傷淵雅之致，然託喻清遠，良有鑒裁，亦未失高流矣。」此處襲用
　　其語以論嵇生遊仙之作。
〔註9〕見嵇康著〈養生論〉一文，全三國文，卷四十八。

然等等，這便容易走上談玄說理之途。如〈五言詩〉三首之二，便從深夜獨步庭側、撫心悼世的感慨，後半一變而爲說理：「得失自己來，榮辱相蠶食。朱紫雖玄黃，太素貴無色。淵淡體至道，色化同消息。」至於全篇說理者，嵇康集中也常見，如前引〈代秋胡歌七章〉第五：「絕智棄學，遊心於玄默」即有濃厚的玄學思想。而〈六言詩十章〉，更是章章均在廣徵博引，作玄勝之談，茲錄其中四章以見一斑：

> 智慧何爲用，法令滋章寇生，紛然相召不停，大人玄寂無聲，鎮之以靜自正。

> 名與身孰親，哀哉世俗狥榮，馳騖竭力喪精，得失相紛憂驚，自貪勤苦不寧。

> 生生厚招咎，金玉滿堂莫守，古人安此麤醜，獨以道德爲友，故能延期不朽。

> 名行顯患滋，位高勢重禍基，美色伐性不疑，厚味腊毒難治，如何貪人不思。

　　遊仙詩和玄言詩本來就在思想上同一淵源，本質上也具有相同因素〔註10〕嵇康既好老莊之業，也寫作了如上〈六言詩十章〉這些通篇在談玄說理的玄言詩作，在作遊仙遐想時，也常會不自覺地參入知性的玄言玄語，使得二者距離更近，如前引〈四言贈兄秀才入軍詩〉的十六、十七章，本是「乘風高逝」、「託好松喬」的遠遊之舉，忽然又有「含道獨住，棄智遺身。寂乎無累，何求於人」的微言玄旨出現。這些例子在嵇康詩中不勝枚舉。事實上玄言詩之所以稱盛江左，正始玄風恰是其發微，《世說新語・文學》注引《續晉陽秋》語：「正始中，王弼何晏好莊老玄盛之談，而世遂貴焉，至過江佛理尤盛，故郭璞五言始會合道家之言而韻之。詢及太原孫綽轉相祖尚，又加以釋氏三世之辭，而《詩》《騷》之體盡矣。詢、綽並爲一時文宗，自此作者悉體之。」便是此意。嵇康正當何、王之後玄風大盛之時，他的詩遊仙玄言並重，對玄言詩的產生與發展，亦有推波助瀾之效。

〔註10〕可參洪順隆所著〈玄言詩論〉一文，載《華學月刊》第九十四期。

　　至於其遊仙詩又兼有隱逸之風，則要追溯到他心靈的孤獨，和他
對塵世的厭倦。後者在上文談論他的畏患意識時，已約略及之，現在
先談他的孤寂無友：

　　嵇康生性矯時抗俗，不容於當政，而他對於時下名教中人，也完
全不屑一顧，看他絕交山濤、不禮鍾會，孤傲之氣流露無遺。這樣的
習氣，宜乎無友。他在詩作中屢歎「雖有好音，誰與清歌；雖有姝顏，
誰與發華」（〈四言贈兄秀才入軍詩〉第十一章）、「鍾期不存，我志誰
賞」（〈四言詩〉之三）、「眞人不屢存，高唱誰當和」（〈五言詩〉三首
之一）對於世無知音，是感慨頗深的。當他說著「斯會豈不樂，恨無
東野子，酒中念幽人，守故彌終始，但當體七絃，寄心在知己」（〈酒
會詩〉）時，他豈只是在等候琴韻上的知音而已，更期待一位契合無
間，能夠寄託心事的良朋密友，正如〈述志詩〉第二所謂「願與知己
遇，舒憤啓幽微。」但他又深感舉世昏聵，知己難尋，因此想要遺俗
棄累，絕塵隱遯，即〈幽憤詩〉所謂「庶勖將來，無馨無臭，采薇山
阿，散髮巖岫，永嘯長吟，頤性養壽」。隱士生活是他對將來最大的
盼望，也是他養生理論的一部份。因此他的遊仙詩中就充滿了這種「孤
標傲世偕誰隱」的寂寞，和傲氣，如：

　　　　遙望山上松，隆谷鬱青蔥。自遇一何高，獨立迥無雙。
　　　　願想遊其下，蹊路絕不通。王喬昇我去，乘雲駕六龍。
　　　　飄颻戲玄圃，黃老路相逢。授我自然道，曠若發童蒙。
　　　　採藥鍾山隅，服食改姿容。蟬蛻棄穢累，結友家板桐。
　　　　臨觴奏九韶，雅歌何邕邕。長與俗人別，誰能睹其蹤。
　　　　（〈遊仙詩〉）

　　　　俗人不可親，松喬是可鄰。何爲穢濁間，動搖增垢塵。
　　　　慷慨之遠遊，整駕俟良辰。輕舉翔區外，濯翼扶桑津。
　　　　徘徊戲靈岳，彈琴詠太眞。滄水澡五臟，變化忽若神，
　　　　恆娥進妙藥，毛羽翕光新。一縱發開陽，俯視當路人。
　　　　哀哉世間人，何足久託身。（〈五言詩〉三首之三）

這兩首可說是嵇康集中結構最完整的遊仙詩，其餘都只是三五句用

以明志詠懷的仙言仙語而已，說已見前。題名「遊仙」者更是僅此一首。而這兩首詩都不約而同以「長與俗人別」作爲心之所歸，他要「蟬蛻棄穢累」，去與松喬爲鄰，不肯在穢濁人間，動搖增垢。稱「俗人」，稱「穢累」、「垢塵」，都顯明他對人世的不滿與不屑。其在仙境「俯視當路人」，和屈原的臨睨舊邦，有著截然不同的情趣，屈原臨睨是悲憫現實的表現，不忍獨自逍遙，寧可回歸塵世，逕赴彭咸；嵇康的俯視卻徒增人世不堪託身之感，更堅定他遺物棄累，遠離塵垢的決心。屈原愈臨睨愈不捨；嵇康卻是愈俯視愈不屑。前引〈述志詩〉第一首，也在「比翼翔雲漢，飲露餐瓊枝」之際，興起「多念世間人，夙駕咸驅馳。沖靜得自然，榮華安足爲」的感慨，同樣都是因遊仙而愈增其鄙棄富貴，沖穆虛靜的隱逸心態。故嵇康的遊仙詩與隱逸詩距離最近，都是基於同一個不屑於不潔的孤傲精神〔註11〕。甚至有時亦隱亦仙，造成遊仙與隱逸莫辨的現象，前引各詩中許多「長寄靈岳」（〈四言贈兄秀才入軍詩〉第十六）、「結友集靈嶽」（〈答二郭詩〉之二）等語，便似乎集人間隱居之所，與精神寄託的仙境於一身，既是欲隱，又是羨仙了。再看這幾首：

> 詳觀凌世務，屯險多憂虞。施報更相市，大道匿不舒。
> 夷路值枳棘，安步將焉如。權智相傾奪，名位不可居。
> 鸞鳳避罻羅，遠託崑崙墟。莊周悼靈龜，越稷畏王輿。
> 至人存諸己，隱璞樂玄虛。功名何足殉，乃欲列簡書。
> 所好亮若茲，楊氏歎交衢。去去從所志，敢謝道不俱。
>
> （〈答二郭詩〉三首之三）
>
> 斥鷃擅蒿林，仰笑神鳳飛。坎井蜩蛙宅，神龜安所歸。
> 恨自用身拙，任意多永思。遠實與世殊，義譽非所希。
> 往事既已謬，來者猶可追。何爲人事間，自令心不夷。
> 慷慨思古人，夢想見容輝。願與知己遇，舒憤啓幽微。
> 巖穴多隱逸，輕舉求吾師。晨登箕山巔，日夕不知饑。

〔註11〕這部份可參廖蔚卿先生〈論魏晉名士的狂與癡〉一文，收於《中國古典文學研究叢刊──散文與論評之部》。

　　玄居養營魄，千載長自綏。(〈述志詩〉二首之二)

第一首力言「名位不可居」、「功名何足殉」，是決志避世棄名，不肯寄食朝廷之作，而中有「遠託崑崙墟」之喻；第二首反覆引用莊子小大之辯的寓言，表明以隱者爲師的意願，「往事」二句意志堅決，當爲陶潛〈歸去來辭〉之所本，但結尾「千載長自綏」等數句，又有濃厚遊仙意味。也許正如廖蔚卿先生所說：「具有不取之狷、有所不爲之狂的精神如嵇、阮，都在環境的約限下借竹林之遊展示出他想逃離塵垢的企望，而當他們登臨山水、長嘯神移之時，也正作了欲與天地精神往來的大努力。」〔註12〕隱逸於山水，是超脫塵垢之企望的具體實現，嵇阮這些狷介之士藉之以從事與天地精神往來之努力；而寄情於遊仙，則是精神上與天地相往還的表徵，他們藉之以表明自己超越塵世，脫落羈縻的志向，二者之分際，實微乎其微。嵇康集中也有純粹言隱居不仕，不雜仙心之詩：

　　流俗難悟，逐物不還。至人遠鑒，歸之自然。萬物爲一，
　　四海同宅。與彼共之，予何所惜。生若浮寄，暫見忽終。
　　世故紛紜，棄之八戎。澤雉雖饑，不願園林。安能服御，
　　勞形苦心。身貴名賤，榮辱何在。貴得肆志，縱心無悔。

　　(〈四言贈兄秀才入軍詩〉末章)

顏延年〈五君詠〉說嵇康：

　　中散不偶世，本自餐霞人。形解驗默仙，吐論知凝神。
　　立俗迕流議，尋山洽隱淪。鸞翮有時鎩，龍性誰能馴。

餐霞形解，言其爲仙徒；吐論凝神，知其爲玄談之士；而「尋山洽隱淪」，又明指其志在隱遁。嵇康秉持一副不能馴服的「龍性」，昂然立俗，迕逆流議，仙道、玄理、隱逸三股思潮交錯如繩，層層纏繞，緊縛成他那與世不偶的思想性格，也形成其遊仙詩的特殊風格。

4. 修鍊思想的加入

　　嵇康遊仙詩還有一個特殊現象，是修鍊思想的加入。其實修鍊導

────────────

〔註12〕同上書，頁21。

引之術，在道家思想中由來已久，《莊子‧刻意》云：「吹呴呼吸，吐故納新，熊經鳥申，爲壽而已矣，此導引之士，養形之人，彭祖壽考者之所好也。」已有行氣導引之說；〈外物篇〉的「靜默可以補病，眥搣可以休老」則是鍊身之方。但遊仙詩從祭祀頌歌發展而來，並受《離騷》《遠游》等辭賦的結構影響，成仙經過都是當下情境的超脫飛昇，少見緩慢的醞釀過程。服食仙藥等奇遇式的經歷比較符合此想像情境的需要，並且《列仙傳》所記諸仙，赤松子服水玉散、偓佺食松實、呂尙服澤芝地髓、彭祖食桂芝，以藥物成仙者達二三十人之眾，於是服食之道廣被遊仙詩人採用，甚至成爲遊仙詩構成要素之一，而同爲道家成仙術的導氣養形等修鍊之法，在遊仙詩中卻很少出現。曹操〈氣出倡〉曰：「閉其口但當愛氣」，似乎有積精守氣之意，卻是語焉不詳。魏晉以後，神仙思想昌熾，修鍊之道大行，除了五石散的服食蔚爲風氣之外〔註13〕，行氣導引之術也廣受重視。《三國志‧卷二十九‧華佗傳》載：「廣陵吳普，彭城樊阿皆從佗學，佗語普曰：『人體欲得勞動，但不當使極爾。動搖則穀氣得消，血脈流通，病不得生，譬猶戶樞不朽是也。是以古之仙者爲導引之事，熊經鴟顧，引輓腰體，動諸關節，以求難老。吾有一術，名五禽之戲，一曰虎，二曰鹿，三曰熊，四曰猨，五曰鳥，亦以除疾，並利蹄足，以當導引。體中不快，起作一禽之戲，沾濡汗出，因上著粉，身體輕便，腹中欲食。』普施行之，年九十餘，耳目聰明，齒牙完堅。阿善針術……阿從佗求可服食益於人者，佗授以漆葉青黏散：『漆葉屑一升，青黏屑十四兩，以是爲率，言久服去三蟲，利五臟，輕體，使人頭不白。』阿從其言，壽百餘歲。」是見華佗二名弟子，一得行氣導引之術，一得服食養生之方，而俱得長壽。魏時又有甘陵人甘始，善行氣，老而有少容，曹

〔註13〕《世說新語‧言語》第十四條：「何平叔云：服五石散，非唯治病，亦覺神明開朗。」劉孝標注引秦承祖《寒食散論》曰：「寒食散之方雖出漢代，而用之者寡，靡有傳焉。魏尙書何晏首獲神效，由是大行於世，服者相尋也。」

丕《典論》：「後始來，眾人無不鵄視狼顧，呼吸吐納。」可見當時甘始引起了行氣之術流行一時，曹氏父子欲禁不能。

嵇康躬逢此行氣導引之說盛行的時代，本人又篤好神仙，自亦熱衷此道。《晉書・本傳》說他：「常修養性服食之事」，關於服食，他在〈與山巨源絕交書〉中自謂：「聞道士遺言，餌朮黃精，令人久壽，意甚信之。」嵇喜的《嵇康傳》也記他「性好服食，嘗採御上藥」，《晉書》並載他曾與王烈入山，得石髓如飴，烈遺半與康，而竟皆凝爲石等事。因此他的遊仙詩屢有服食之舉，實屬理所當然。如「採藥鍾山隅，服食改姿容」（〈遊仙詩〉）、「授我神藥，自生羽翼」（〈秋胡行〉六章）此是服食成仙；「恆娥進妙藥，毛羽翕光新」（〈五言詩〉三首之三）則是遊仙過程中服食，凡此均除了表示他個人採藥服食的經驗外，多半也承襲漢魏以來遊仙詩好作服食之語的傳統。但〈秋胡行〉第六接言「呼吸太和，鍊形易色。」則是行氣導引之事首度出現於遊仙詩中。

嵇康的遊仙詩除了漢末以來習見的服食內容之外，又加入了曹魏之後流行的呼吸行氣等修鍊思想，這自然也和他平素即講究「導養得理」有關，他在〈養生論〉中曰：「呼吸吐納，服食養身，使形神相親，表裡俱濟也。」服食是外在保養，行氣是內裡的調和，嵇康生當魏晉修鍊之道盛行之際，服食與吐納是他養生理論中兩大支柱，於是也不由自主地反映於詩歌中了。另外，〈五言詩〉三首之三有「滄水澡五臟，變化忽若神」之舉，應當也是一種外丹鍊身思想的投射。〈秋胡行〉的「呼吸太和」是修鍊成仙；〈五言詩〉中以滄水澡身，則是遊仙行動中反映的修鍊思想。總之神仙家的修鍊之說深中嵇康之心，故而流露於其遊仙篇什之間，這自然是理智上疑仙反仙的曹氏父子僅憑想像所無法搆及的，是爲嵇康獨創的內容。

二、嵇康遊仙詩的價值

嵇康一生反對名教，崇任自然，老莊的玄理、神仙家的修鍊，

混合在不屑仕進的避世思想中，形成了他桀傲不馴的思想性格。他的詩歌忠實地反映了他思想的各層面。因此他有許多語涉遊仙之作。但結構完整題名〈遊仙〉的作品只有一首，其餘皆是其混合性思想、以及苦悶情緒的流露。也就是說，他旨在言志抒懷──言其養生全性之志、抒其畏患避禍之懷──非徒專爲遊仙。所謂「嵇志清峻」，他和一般浮淺的遊仙詩人最大的不同，即在此「志」。神仙已是其「志」的一部份。但也因此使他的遊仙詩和玄言詩、隱逸詩經常混爲一體，很難劃分，他只是使用著神仙素材以明其「志」而已。遊仙詩經過曹氏父子到正始時期，言志層面擴大了；文學價值提昇了，卻也來到了轉型的關口，玄言詩與隱逸詩由此逐漸醞釀產生，而遊仙詩本身也開始逐漸與中國詩歌的詠懷主流匯流，修正其飄飄凌雲的「浮淺」之弊。我們看後來郭璞的十四首〈遊仙詩〉「乃是坎壈詠懷，非列仙之趣」（《詩品》卷中）；而阮籍的八十二首〈詠懷詩〉又被認爲「其實只是一篇完整的遊仙詩」（朱光潛語，說詳下）遊仙詩的遞變之跡是明顯的。從這個立場而言，嵇康實在是促使遊仙詩拓展，並因拓展而邁向轉化的關鍵性人物。

第二節　阮　籍

　　朱光潛先生曾說：「論遊仙詩，古今眞正偉大的只有兩人，在《楚辭》體中是屈原，在五言古風中是阮籍。」〔註14〕雖然他以八十二首詠懷詩其實是一篇完整遊仙詩的看法，我不敢遽表贊同，（說詳下）但這話卻一語道出了阮籍在遊仙詩發展上的重要地位。

一、阮籍嚮往遊仙的因素

1. 畏患意識

〔註14〕見朱光潛〈遊仙詩〉一文，收於洪範書店出版的《詩論新編》頁105　～130。

阮籍所處的時局和嵇康相同，對於紛攘世務的輕視和反抗，也和嵇康一樣激烈，但是對於亂世自全之道，他卻深識幾微，連嵇康如此狷傲之人也大表嘆服：「阮嗣宗口不論人過，吾每師之而未能，及至性過人，與物無傷，唯飲酒過差耳。至爲禮法之士所繩，疾之如讎，賴大將軍保持之耳。」（〈與山巨源絕交書〉）但以一至性過人的性格，要做到「口不論人過」、「與物無傷」的保身之道，其心中的矛盾憂懼，應該比「直性狹中」，始終態度決絕的嵇康更深更重。他反對名教，至發「禮豈爲我設耶！」之狂語，其實有其不得已之苦衷。和嵇康一樣，他早年也是深受儒家薰陶的，〈詠懷詩〉第十五首中他自述道：

> 昔年十四五，志尚好詩書。被褐懷珠玉，顏閔相與期。
> 開軒臨四野，登高望所思。丘墓蔽山崗，萬代同一時。
> 千秋萬歲後，榮名安所之。乃悟羨門子，嗷嗷令自嗤。

《晉書‧本傳》亦曰：

> 籍本有濟世志，屬魏晉之際，天下多故，名士少有全者，
> 籍由是不與世事，遂酗飲爲常。

《三國志‧魏志》引《魏氏春秋》載，阮籍少時嘗遊蘇門山，見隱者，莫知名姓，籍與談太古無爲之道，及論五帝三王之義，蘇門生蕭然曾不經聽。凡此皆可證阮籍本也是儒門子弟，留心聖賢治世之道，只因時代多故，名士難以保身，今朝意氣風發，明日頓成路邊枯骨，在死亡的陰影下，他興起了榮名無益，名教害人的感慨。陸時雍曰：「『被褐懷珠玉，顏閔相與期』此志殊自不小。志之不就而思名，名之無成而思仙，知古人善於託言也。」（《詩鏡》）何焯亦曰：「此言少時敦味詩書，期追顏閔，及見勢不可爲，乃蔑禮法以自廢。志在逃死，何遑顧身後之榮名哉？因悟安期、羨門亦遭暴秦之代，詭託神仙耳。」（《義門讀書記》）二家均強調阮籍本懷有以詩書濟世的壯懷大志，只因遭時多故，一再失望的結果，轉而思仙，並蔑視禮法以自廢。「嗷嗷令自嗤」一句，不僅嗤笑自己昔年期於顏閔之志，更笑盡世間一切孜孜於禮法之人，正如他在〈大人先生傳〉中所抨擊的：

天下之貴，莫貴於君子，服有常色，貌有常則，言有常度，
行有常式。立則磬折，拱若抱鼓。動靜有節，趨步商羽。
進退周旋，咸有規矩。心若懷冰，戰戰慄慄。束身修行，
日慎一日。擇地而行，唯恐遺失。誦周孔之遺訓，歎唐虞
之道德。唯法是脩，唯禮是克，手執圭璧，足履繩墨。行
欲爲目前檢，言欲爲無窮則。少稱鄉閭，長聞邦國。上欲
圖三公，下不失九州牧……獨不見夫蝨之處于褌之中乎？
逃乎深縫，匿乎壞絮，自以爲吉宅也。行不敢離縫際，動
不敢出褌襠，以爲得繩墨也。飢則齧人，自以爲無窮食也。
然炎丘火流，焦邑滅都，群蝨死于褌中而不能出。汝君子
之處區之內，亦何異夫蝨之處褌中乎？

蝨處褌中，尚洋洋自以爲吉宅；行動寸步不敢離褌襠，以爲此即得繩
墨……此文委實針針見血，罵盡天下一切硜硜然謹守禮法的「君子」
之輩！此類禮法之士既是如此不堪，阮籍便以自我放逐的消極方式，
表達他激烈的反抗心理，例如以居母喪而被髮飲酒來反抗世俗的孝
道；以醉臥鄰家沽酒婦旁、哭弔素不相識之兵家女、爲青白眼等異舉，
來反抗世俗的禮教；以大醉六十日拒談婚事，來反抗司馬氏的徵召
等。這些看似不合情理的任誕行爲，其實是他持守人格的自我保護。
這是他和嵇康處世態度上最大的差異，也是他能自全於亂世的原因。
但是言語行動必須和「濟世」的初衷如此背道而馳，他心中的艱難痛
苦，實難以言述。正如王羲之在〈與謝萬書〉中說的：「古之辭世者，
或被髮佯狂；或污身穢跡，可謂艱矣！」(《晉書·王羲之傳》)畏患
意識所帶給阮籍的艱難，只要看他「時率意獨駕，不由徑路，途窮輒
痛哭而返」的佯狂行徑即可略見一斑。他實在是「外坦蕩而內淳至」，
因著表裡的不能一，充滿種種矛盾，而備受煎熬。

2. 憂生之嗟

　　但這一切矛盾、衝突、徘徊顧望，雖是整個時代造成的隱痛，
卻終究是個人內心的感懷，阮籍之所以被認爲是偉大的詩人，乃因
他並不局限於這些小我的切膚之痛中，「丘墓蔽山崗，萬代同一時」

等句中所顯現的，是超越個人情懷的人類共通的悲感。〈詠懷詩〉中充滿了這種與宇宙生命的大體相結合的憂戚與感慨，因此而感人至深，和嵇康的情緒糾結、風格峻切，是全然不同的表現手法。要廓清嵇阮二人詩作的這個差異點，最明顯的是他們寫作遊仙詩的動機。嵇康自知不免於刀斧之禍，他悲憤、鬱結，遊仙的原因總不外乎避禍遠害，養性全身，永遠兜不完個人情緒的小圈圈；而阮籍所言的遊仙動機是：

> 世務何繽紛，人道苦不遑。壯年以時逝，朝露待太陽。
> 願攬羲和轡，白日不移光。天階路殊絕，雲漢邈無梁。
> 濯髮暘谷濱，遠遊崑岳傍。登彼列仙岨，採此秋蘭芳。
> 時路烏足爭，太極可翱翔。（其三十五）

> 朝陽不再盛，白日忽西幽。去此若俯仰，如何似九秋。
> 人生若塵露，天道邈悠悠。齊景升丘山，涕泗紛交流。
> 孔聖臨長川，惜逝忽若浮。去者余不及，來者吾不留。
> 願登太華山，上與松子遊。漁父知世患，乘流泛輕舟。

（其三十二）

這二首詩嚴格說來都不算是遊仙詩，和前引第十五首一樣，都是旨在說明自己何以趨向遊仙的原因，陳祚明所說的「直欲明心，可知非第神仙之慕」也。〔註15〕第三十五首言世務繽紛，人道不遑，是因政治黑暗而嚮往遊仙，這也是嵇康反覆說明的一點。〈詠懷詩〉第四十一首也說：「天網彌四野，六翮掩不舒。隨波紛綸客，汎汎若浮鳧。生命無期度，朝夕有不虞。」明顯也是因時局凶惡，而產生畏患意識，所用的飛鳥罹網羅的意象，和嵇康〈五言贈秀才詩〉等首也有異曲同工之處。大抵〈詠懷詩〉中引用飛鳥意象者，皆此類畏患意識之表現。第七十首更明言：「苟非嬰網罟，何必萬里畿」。但阮籍遊仙的動機並不限於此一端，三十五首中他續言「壯年以時逝，朝露待太陽」，人生如朝露般短暫，太陽一出即消逝無蹤，這也成為他「願攬羲和轡」，

〔註15〕〈詠懷詩〉二十二首註語，見黃節著《阮步兵詠懷詩註》，頁52。

去「遠遊崑岳傍」的原因之一。第三十二首再擴大分析這種人類面對浩浩不止的時間之流時，共同產生的悲愴情懷。以齊景公之尊，尚有牛山之泣；孔子之聖，亦不免臨川嗟歎，亙古以來人們撫今思昔之慨，原有其共通感染力，阮籍既將注意力從一己狹小的鬱悶情緒中昇華出來，而與天地間這份人類大體的情感相結合，遂令作品充塞著一股蒼茫的悲意。「人生若塵露，天道邈悠悠」和三十五首的「朝露待太陽」是同一個意象，以露水之易散極喻人生的短暫空虛。而整首詩自開篇二句便以朝陽與落日的強烈對比破題，將日暮西山、青春難再的傷感一語道出，從此一氣而下，秋日的衰颯、塵露的破滅、以及天道的飄渺難測，種種人力無法挽回的自然現象漸次累積，堆砌成悲悽的高潮，以至於當其言「涕泗紛交流」時，已讓人分不清究竟是景公之泣，抑或是作者自己的淚水了。「去者余不及，來者吾不留。」古往今來，歷史的洪流不斷推移，人在其間不過如滄海一粟，往者已矣，自是不可追逮；而來者不斷，我又不及留見之，行文至此，他的感慨幾乎已深刻到心力交瘁的地步了。究竟有什麼方法寬解這份人類先天的缺憾呢？他說道：「願登太華山，上與松子遊。」遊仙願望成為他逃避的最佳方式。這是他寫作遊仙詩的另一項基本動機，而這份對生命本質之無奈和缺陷的觀照，是嵇康詩中較少出現的，嵇康的全副精力都集中在時局的險惡逼仄、和己身的災禍患難上。這遊仙動機的差異，應當是造成《文心雕龍》所謂「嵇志清峻，阮旨遙深」的重要原因之一。

　　阮籍〈詠懷詩〉中，這份生之憂歎是一再出現的主題，本不限於遊仙之作，如第三首曰：「嘉樹下成蹊，東園桃與李。秋風吹飛藿，零落從此始。繁華有憔悴，堂上生荊杞……凝霜被野草，歲暮亦云已。」第四首更明言：「春秋非有託，富貴焉常保。清露被皋蘭，凝霜霑野草。朝為媚少年，夕暮成醜老。自非王子晉，誰能常美好。」第十八首又曰：「懸車在西南，羲和將欲傾。流光耀四海，忽忽至夕冥。朝為咸池暉，濛汜受其榮。豈知窮達士，一死不再生，視彼桃李花，誰能久熒熒。君子在何許，歎息未合并。瞻仰景山松，可以慰吾情。」

這是通篇在發人生苦短之慨者；至於像二十四首「逍遙未終晏，朱華忽西傾」的怵惕若驚之情、二十七首「願爲三春遊，朝陽忽蹉跎。盛衰在須臾，離別將如何。」的容顏易老之慨，也無一不是「四時更代謝，日月遞參差」（第七首）的生之感歎。《阮步兵集》中不斷重複的落日意象，皆爲此憂生之蹙的表徵。四言體的〈詠懷詩十三首〉中，也有「日月東遷，景曜西幽。寒往暑來，四節代周。繁華茂春，密葉殞秋。盛年衰邁，忽焉若浮。」要之，阮籍始終繫心於生命的短暫和悲愁，故而再三致意焉。而當他著意表達這些生之憂歎時，經常會運用些神話傳說中的典故，如爲描繪朝陽落日等意象，乃有懸車、羲和、咸池、濛汜等比喻；爲顯人生之短暫，而有王子晉等長壽仙人爲反襯，這些都是旨在詠懷，未必是遊仙玄想的作品，卻因典故的運用而和遊仙詩相距不遠。另外，正如〈詠懷詩〉第十首：「北里多奇舞，濮上有微音。輕薄閒遊子，俯仰乍浮沈。捷徑從狹路，傴俯趨荒淫。焉見王子喬，乘雲翔鄧林。獨有延年術，可以慰我心。」他眼見世人乍浮乍沈，轉瞬即逝，因而心慕延年之術，以神仙想像寄託鬱悶，聊慰心懷。嵇康作品中遊仙題材只是用以襯托其感懷的現象，在阮籍更爲明顯。劉漢初曰：「阮籍詩的詠懷意味凌駕一切，神仙題材只是撐起此一詠懷主題的部份支柱，通常不是仙人所欲傳達的唯一內涵。」又說：「他特意把神仙概念化……可以說神仙在整首詩中所佔的地位已與尋常典故相去不遠了。」〔註16〕遊仙詩到了嵇阮，由於神仙思想的普遍流行、神話傳說的深入人心，而逐漸有著「概念化」的傾向，亦即逐漸成爲詩句中爲表達詠懷，或玄言、隱逸等主題，所運用的典故或想像，和兩漢及三曹時期純粹幻遊的鋪排之作比較起來，遊仙詩是由盛行，而開始轉變了。這是從阮籍以生之悲歎爲出發點，而嚮往遊仙的作品中，所反映出的遊仙詩整體的轉型現象，這現象到了東晉郭璞等人，愈加明晰，留待下文討論。

〔註16〕《六朝詩發展述論》，頁 39。

　　以上分析了阮籍寫作遊仙詩的兩點原因：時局紛亂所引起的畏患意識；以及反省生命所帶來的憂生之嗟。有趣的是前引第三十二首，在通篇力言生命短暫，俯仰即逝，因而願登太華，嚮往遊仙之後，忽又有「漁父知世患，乘流泛輕舟」二句作結。就結構而言，此二句與上文所言不甚相關，以之作結稍顯突兀，破壞了前文一氣呵成的生之悲愁，置此頗覺畫蛇添足。但這其中也顯露了阮籍心目中，這兩個遊仙原因的密不可分，時局的迫阨引起、並加深了他對人生短促的慨嘆，作用當不下於日暮霜露等自然現象。正如《文選》李善注所言：「嗣宗身仕亂朝，常恐罹謗遇禍，因茲發詠，故每有憂生之嗟。」（卷二三）罹謗遇禍之恐，和憂生之嗟二者之間，是關係密切的。前引第三十五首，便以「世務何繽紛，人道苦不遑」、和「壯年以時逝，朝露待太陽」二者並列，同為下文遠遊崑岳等願望遐想的理由所在。再看這一首：

　　　　清露為凝霜，華草成蒿萊。誰云君子賢，明達安可能。

　　　　乘雲招松喬，呼噏永矣哉。（其五十）

華草經霜，頓成蒿萊，這不只是大自然的嬗遞現象，作者也用來象徵人世的艱難，雖賢如君子，也難耐嚴霜般的政局壓迫，只有招松喬學神仙以求永久。這首詩的遊仙動機，明顯是混合著時世之感和憂生之嗟的一種交織的無奈。「呼噏永矣哉」似乎也是嵇康養生理論中的吐納導引，可見修鍊思想在正始以後已廣為士大夫接受。

3. 仕宦之感

　　三十五首除了因世務繽紛、霜奪露禾二原因而嚮往遊仙之外，並以「時路烏足爭，太極可翱翔」的評論作結，言不爭時路、淡泊名利，飽享遠翔之樂。二十八首再詳細申論這「窮達自有常，得失又何求」之理：

　　　　若花耀四海，扶桑翳瀛洲。日月經天塗，明暗不相讎。

　　　　窮達自有常，得失又何求。豈效路上童，攜手共遨遊。

　　　　陰陽有變化，誰去沈不浮。朱鼈躍飛泉，夜飛過吳洲。

　　　　俛仰運天地，再撫四海流。繫累名利場，駑駿同一輈。

　　岂若遺耳目，升遐去殷憂。(其二十八)

此首極言陰陽變化，有沈必浮，而名利牽累人心，徒使駑駿同軸，不
若盡棄名利，忘其肝膽遺其耳目，而升遐登仙，方能去其殷憂。這是
勘破名利得失後，所產生的羨仙思想。我們看阮籍大醉六十日卻婚司
馬氏；任東平相時盡壞府舍屏障，使內外相望，法令清簡，旬日而還；
又因聞步兵廚營人善釀，有貯酒三百斛，便求為步兵校尉等舉，他為
人確實「遺落世事」(《晉書》卷四九〈本傳〉)，對於世俗官場中的起
伏升降，他早已洞澈幾微，對那些蠅營狗苟的鄉曲之人，更是心存不
屑，〈詠懷詩〉第八首曰：「如何當路子，磬折忘所歸。豈為夸譽名，
憔悴使心悲。寧與燕雀翔，不隨黃鵠飛。」對當路之士頗置譏評；而
第四十三首則自比鴻鵠，言其理想之高潔：「鴻鵠相隨飛，飛飛適荒
裔。雙翮臨長風，須臾萬里逝。朝餐琅玕實，夕宿丹山際。抗身青雲
中，網羅孰能制。豈與鄉曲士，攜手共言誓。」蔣師燨評此首云：「此
言惟遠逝可以避患，鄉曲之士難可與言。」他是要如鴻鵠展翅，遠逝
萬里，以遁避這些愚瞶無比的鄉曲之士，又豈肯與之攜手為伍，共同
斤斤於瑣屑？秉持這樣高潔自持的人格理想，無怪乎他會發出「布衣
可終身，寵祿豈足賴」(其六)之語——面對擅權自專的司馬氏，他
寧可自己是一介布衣，可以潔身自全於昏濁之世。故而〈詠懷詩〉中
反覆歌詠古來隱居不仕之人，如第六首詠青門種瓜的東陵侯、第五十
九首詠恃緯蕭而棄明珠的河上丈人等。至於下引這兩首，更是歷數上
古隱遁之士，再三致意，藉以說明自己心目中理想的人格：

　　王業須良輔，建功俟英雄。元凱康哉美，多士頌聲隆。
　　陰陽有舛錯，日月不常融。天時有否泰，人事多盈沖。
　　園綺遯南嶽，伯陽隱西戎。保身念道真，寵耀焉足崇。
　　人誰不善始，尟能克厥終。休哉上世士，萬載垂清風。
　　(其四十二)

　　獝獸上世士，恬淡志安貧。季葉道陵遲，馳騖紛垢塵。
　　寧子豈不類，楊歌誰肯殉。栖栖非我偶，徨徨非己倫。
　　咄嗟榮辱事，去來味道真。道真信可娛，清潔存精神。

巢由抗高節，從此適河濱。（其七十四）

正如廖蔚卿先生所言：「隱逸實是對於現實不滿而要求超越，唯有不嬰名利且具狷志傲骨的人，才有這種超越人世的精神……嵇、阮兩人是欲求超越而不能。」〔註17〕阮籍既洞悉名利、不求宦達，又對綱紀蕩然的現實世界深感不滿，他不願如褌中之虱，希求逃離塵垢之外以全一己之純。這份遁世之志、有所不爲的狷傲之氣，阮籍與嵇康完全相同，隱逸遁世是他理想的人格典型；是他所企慕的精神自由之境界。但他也清楚以當時的政治環境，率性隱遁必招殺身之禍，於是只好虛與委蛇，以「祿仕」方式委曲求全。和嵇康的決意高蹈比起來，阮籍實更爲「欲求超越而不能」。

　　隱居不仕、不屑名利既屬此「超越人世的精神」，便和遊仙渴望具有相同的避世色彩，這在上文討論嵇康時已經說明。事實上從前引〈詠懷詩〉二十八首「繫累名利場，駑駿同一輈，豈若遺耳目，升遐去殷憂」等語看來，這份宦海浮沈所帶來的委曲、倦怠感，也正是促使他嚮往遊仙的原因之一。再看這兩首遊仙詩：

驚風振四野，迴雲陰堂隅。床帷爲誰設，几杖爲誰扶。
雖非明君子，豈闇桑與榆。世有此聾聵，芒芒將焉如。
翩翩從風飛，悠悠去故居。離麾玉山下，遺棄毀與譽。
　（其五十七）

危冠切浮雲，長劍出天外。細故何足慮，高度跨一世。
非子爲我御，逍遙遊荒裔。顧謝西王母，吾將從此逝。
豈與蓬戶士，彈琴誦言誓。（其五十八）

前引三十五首云：「願攬羲和轡」；三十二首云：「願登太華山」，雖有遊仙玄想，但尚停留在意願層面，屬於神遊的設擬行爲，近於曹植的〈遊仙詩〉。至此二首，「翩翩從風飛，悠悠去故居」、「細故何足慮，高度跨一世」，才眞正展開遠遊行動。五十七首結構較特殊，不見仙人、仙景的描述，而以八句說理性的感歎文字說明自己渴望離去故居

〔註17〕同註12。

的原因。黃節曰：「此詩蓋責當時之大臣，受魏帝恩禮者，不知國之
將亡，故憤而爲屈子之遠遊也。」〔註18〕〈詠懷詩〉中常見此類譏刺
時人、責備當道之語，固不僅此一首，《文選》李善注所謂：「多刺時
人無故舊之情，逐勢利而已」是也。此詩直言「世有此聾瞶」，對當
時一般王公大臣之譴責不可謂不切，然而自己偏又側身其間，欲超越
而不能，難怪他要發出「芒芒將焉如？」的感歎了。憤慨之餘，他採
取屈原的抒解方式，乘風高舉，遠離故居，遺棄這世間一切的毀譽與
榮辱。這是一首詠懷意味高過遠遊想像的遊仙詩，對自己所處的政壇
官場，憤慨良深。而五十八首引《楚辭·涉江》，言己戴切雲之冠，
配長利之劍，忠信不凡，怎肯與蓬戶之士共慮蒂芥細故，定要高馳跨
世，遠舉飛昇而去。陳祚明曰：「此與鴻鵠相隨飛一章（按，即前引
第四十三首）略同。」都是自比高潔，不競時路的遠遊動機。前曰「鄉
曲士」，此云「蓬戶士」，當即〈大人先生傳〉中所抨擊的禮法之士。
阮籍任自然而反名教，對於周遭同爲祿仕之人的禮俗之士，最爲輕視
反感，除行動上以白眼待之（《晉書·本傳》），發諸詩歌，則藉遠遊
避世，表明其對於宦場中人的不滿和不屑。阮籍一生身不由己，走上
仕宦之途，與他潔身自好的心志大相逕庭，因而心中充滿衝突、憤懑，
百感交陳，這也成爲他寫作遊仙詩的動力之一。

　　如上，阮籍的遊仙詩，寫作的心理因素有三項：畏患意識、憂生
之嗟，與仕宦之感。若配合沈祖棻先生爲〈詠懷詩〉主題內容所作的
分類：「或爲憂國，或爲刺時，或爲思賢，或爲懼禍，或爲避世，此五
點者，皆緣時世而發，五點之外，時亦慮及生命無常，爲人類超時世
之永恆悲哀而詠歎。」〔註19〕而觀，則遊仙詩心理因素之一的畏患意
識，包括沈氏所謂「憂國」與「懼禍」者；其二的憂生之嗟，亦即沈
氏第六項主題，「慮及生命無常，爲人類超時世之永恆悲哀而詠歎」者；

〔註18〕《阮步兵詠懷詩註》，頁102。
〔註19〕沈祖棻先生之語見其所著〈阮嗣宗詠懷詩初論〉一文，收於羅聯添
　　　先生所編《中國文學史論文選集》二冊。

第三項因仕宦所引起的榮名無益、潔身自好諸感慨，則除沈氏之「刺時」、「思賢」二主題外，尙應具備「自此高潔」之內容。而沈氏所說「避世」之主題，正謂退隱山林或「詩雜仙心」者，本章所討論者俱都屬之。如此則所有〈詠懷詩八十二首〉的主題意識，皆與其遊仙動機暗合。亦即，這三項遊仙避世的心理因素，層層相因，互爲因果，交融會合成阮籍的整個意識型態，形諸詩歌，詠懷詩也好，遊仙之作也罷，總之他反覆發抒的都是這些複雜矛盾的情緒。所有作品的心理因素既是相同的，而神仙題材是他作品中經常出現的主題之一，其遊仙的動機自然也成爲他整個創作意識的一部分，而和其餘各篇血脈相通。這是導致朱光潛先生猝發「八十二首詠懷詩其實只是一篇完整的遊仙詩」〔註20〕之論的原因。朱先生留意阮籍遊仙之作和八十二首〈詠懷詩〉整體間的意識關係，是一大發現，可惜在說法上有些見本末相反，原因可能和他完全「以讀《離騷》《遠遊》底眼光去讀這八十二首」（朱先生語）有關。我雖研究遊仙詩，卻仍以爲遊仙只是詩人抒懷的方式之一，即連《離騷》（《遠遊》暫且不論）中的三段遠遊尚且是爲舒潟憤懣，而論阮籍，持平而論即不難體會：並非「八十二首詠懷詩只是一篇遊仙」，而是倒過來，阮籍的所有遊仙詩都是詠懷詩。

畏患、憂生、與仕宦之感，這三項心理因素層層相因，糾結成阮籍錯綜複雜的意識型態，在〈詠懷詩八十二首〉中例證極多。前已論及第五十首「清露爲凝霜」的遊仙動機，乃懼禍畏患與憂生之嗟交織而成；而第四十一首「天網彌四野」（見下二節引），除首言「生命無期度，朝夕有不虞」的懼禍主題，從而羨慕「列仙停脩齡」之外，又道出「榮名非己寶，聲色焉足娛」的心聲，明顯其求仙動機是混合著畏患意識的仕宦之感。再看第二十一首的感慨，則是綜合著生之嗟嘆與志之高潔的：

> 於心懷寸陰，羲陽將欲冥。揮袂撫長劍，仰觀浮雲征。
> 雲間有玄鶴，抗志揚哀聲。一飛沖青天，曠世不再鳴。

〔註20〕同註14，頁117。

> 豈與鶉鷃遊，連翩戲中庭。（其二十一）

心懷寸陰，不貴尺璧，自是憂歎時光易逝；而玄鶴一飛沖天，抗志揚
聲，其自潔之志何等昂揚而迫切！嗣宗為人放達不羈，依違兩可，其
實性格激烈。阮籍藉此詩發揮他對生命的悲歎、和對仕宦之人的不
屑，和上述幾首一樣，都展現其心理因素的兩個層面。他寧可積畢生
心志，迸發為一聲絕世之響，而後從此「曠世不再鳴」，也不肯與鶉
鷃連翩，庸碌一生。至於第四十首，更涵蓋了遊仙動機的三方面：

> 混元生兩儀，四象運衡璣。暾日布炎精，素月垂景輝。
> 晷度有昭回，哀哉人命微。飄若風塵逝，忽若慶雲晞。
> 脩齡適余願，光寵非己威。安期步天路，松子與世違。
> 焉得凌霄翼，飄飄登雲湄。嗟哉尼父志，何為居九夷。
>
> （其四十）

落筆處類似玄談說理，以天地長久，四時循迴，對照人命的微小短暫。
黃節曰：「哀哉人命微，亦即雲漢之詩所云：『何辜今之人，天降喪亂，
饑饉薦臻』意也。」〔註 21〕是則有蒿目時艱，感歎患難之意。接言生
命之短促，忽若雲霓，憂生之嗟深沈傷痛，但也並未由此發展成頌壽
求長生之語，在一句「脩齡適余願」之後，突轉而言「光寵非己威」，
發抒自己對官場中名利榮寵的淡泊胸襟，連尼父居九夷都非其所慕，
他要遺身世外，逍遙雲端，徹底地遠離仕途是非！這裡的仙人安期生
與赤松子，所代表的不只是一般遊仙詩中的長生概念，更是「步天路」、
「與世違」的離世脫俗意象。這首詩迴環反覆，將阮籍傾向神仙思想
的各種因素──畏患意識、憂生之嗟、仕宦之感等等──包羅殆盡。

二、阮籍反對遊仙的體認

基於上述三項心理因素，阮籍寫下了許多以神仙為素材的詩歌
〔註22〕但在他內心深處，是否一如嵇康般篤信神仙、致力修鍊呢？觀

〔註21〕《阮步兵詠懷詩注》，頁 77。

〔註22〕關於阮籍遊仙題材的作品數量，朱光潛以為在詠懷詩八十二首中，
「明白涉及遊仙思想底近四十章」，並進而推論出詠懷八十二首只是

此數首可知：

> 昔有神仙士，乃處射山阿。乘雲御飛龍，噓吸嘰瓊華。
> 可聞不可見，慷慨歎咨嗟。自傷非儔類，愁苦來相加。
> 下學而上達，忽忽將如何。（其七十八）

> 天網彌四野，六翮掩不舒。隨波紛綸客，汎汎若浮鳧。
> 生命無期度，朝夕有不虞。列仙停脩齡，養志在沖虛。
> 飄颻雲日間，邈與世路殊。榮名非己寶，聲色焉足娛。
> 採藥無旋反，神仙志不符。逼此良可惑，令我久躊躇。
> （其四十一）

> 人言欲延年，延年欲焉之。黃鵠呼子安，千秋未可期。
> 獨坐山嵒中，惻愴懷所思。王子一何好，猗靡相攜持。
> 悅懌猶今辰，計校在一時。置此明朝事，日夕將見期。
> （按，此據逯本，餘各本作「欺」）。（其五十五）

1. 從懷疑神仙的存在而反對神仙

　　第七十八首描述仙人，有羨仙之意，但一句「可聞不可見」，已顯示他對神仙傳說的失望，他根本懷疑神仙的存在；再言「自傷非儔類」，更明言自己絕非信仙、遊仙之徒。他是將自己摒棄於玄想樂境的大門之外，獨自承擔著心靈上「愁苦來相加」的後果了。正如他平日雖然酣飲爲常，狂放無禮，其實心中是是非非，清楚透亮；他也在寫作仙言玄語的同時，始終保持著最清醒的認知，他明白自己終非仙人匹儔，只能返顧現實世界，下學上達，盡人事順天理。黃節引王闓運之說，以「下學而上達」爲歇後語，意謂「知我者其天乎」，並解「忽忽」爲《楚辭·惜誓》「歲忽忽而不返」之意。劉漢初便據此申述：「阮籍深恐一己出處行藏的心意無人領會，人格的污點將長留天

　　一篇完整的遊仙詩的說法，此說自不足據，本文已辨證之。另外劉漢初曰：「阮籍五言詠懷詩共八十二首，運用到神仙題材的，有二十三首，數量爲六朝詩人之最。」（《六朝詩發展述論》頁 37）是否確實爲二十三首，標準不一，因阮籍筆下的神話傳說，經常只是一個概念，或典故，旨意幽微，時有見仁見智之處。但其數量居冠，則不容置疑。

地，故而窮極呼天。『忽忽』句用《離騷》『日忽忽其將暮』意，直指
日暮途遠，時不我與，一切已無可如何……」〔註23〕二說皆頗爲迂
迴。其實「忽忽」此處當非急促意，下學上達亦非歇後語，宋玉《高
唐賦》：「悠悠忽忽」，《文選・李善注》：「忽忽，迷貌」，此處言己非
仙人之類，只能下學人事，上達天理，如此則心中迷惑，不知如何是
好，故曰「愁苦來相加」。曾國藩曰：「終身履冰（按，指第三十三首
「終身履薄冰，誰知我心焦」之語），下學上達，皆嗣宗吃緊爲人處。」
這首詩非但不是神仙思想的發揮，反而正見其爲人處世之懷抱。阮籍
是入世的，他雖然不斷說著「乃悟羨門子，嗷嗷令自嗤」，其實卻忘
不了「被褐懷珠玉，顏閔相與期」的詩書之志。〈詠懷詩〉第六十首
詠儒者曰：「儒者通六藝，立志不可干。違禮不爲動，非法不肯言。
渴飲清泉流，饑食并一簞。歲時無以祀，衣服常苦寒。屣履詠南風，
縕袍笑華軒。信道守詩書，義不受一餐。烈烈褒貶辭，老氏用長歎。」
可見他雖著有〈通老論〉、〈達莊論〉，崇尚道家清談，更曾寫下〈大
人先生傳〉強烈攻擊世俗禮法之士，但對於眞正具有崇高人格的儒學
之士，還是十分佩服的。

2. 從否定遊仙的動機而反對遊仙

至於第四十一首，阮籍將險惡的世局比喻成恢恢天網，而隨波浮
沈的自己，處境實「朝夕有不虞」，只有求助於「邈與世路殊」的列
仙，才能棄塵世、停脩齡，徹底解決自己畏患懼禍的苦惱。接著他再
以「榮名非己寶，聲色爲足娛」的覺悟，加強他遯舉登仙的決心。此
二點無異扣合著前文析理的「畏患意識」和「仕宦之感」的遊仙動機。
全詩至此，已將避世求仙的情緒累積至高潮，卻突然大轉爲「採藥無
旋反，神仙志不符」，這樣理智的體認，和上文脩齡列仙的嚮往之間，
有著何等極端的衝突！難怪他「逼此良可惑，令我久躊躇。」現實既
凶險無常，想像又不足以託身，他眞是走投無路了。黃節曰：「『逼此

良可惑』，謂隨波相逐，則生命無常；志在神仙，而探藥又不足信，二者相迫於中，躊躇不能自決，以是良可惑耳。」所論良是。黃氏又解：「『神仙志不符』，殆如魏文帝〈折楊柳行〉所云：『王喬假虛辭，赤松垂空言』也。」〔註24〕二者語氣確實相似。另外像古詩十九首所言：「服食求神仙，多爲藥所誤。」也是在對神仙思想作了理智反省之後，所獲得的新體認。但是曹丕在「達人識眞僞」之後，便可以終生篤行「聖道我所觀」的宣言；古詩的作者也可藉「不如飲美酒，被服紈與素」的享樂，來忘卻誤人的神仙思想，他們都是徹底的反仙者，反而獲得了心靈的寄託（聖道），或肉身的快樂（美酒華服），而阮籍，卻畢生皆活在「良可惑」、「久躊躇」的陰影下，始終在現實與幻想之間徘徊卻顧、矛盾無已。他的情緒毋寧是更接近「沈吟不決」的曹操，而隱痛遠過之。

3. 從肯定生命的價值而反對遊仙

　　如此，上述第七十八首否定了神仙的存在性、及己身從事求仙的可行性，這是從根本上推翻神仙思想，此舉爲阮籍帶來了愁苦相加的結果，反不若信仙如嵇康者決絕暢快；第四十一首則否定了求仙動機中的懼禍思想，和名利覺悟，但結果是更加疑惑躊躇，也沒有反仙者如曹丕及古詩作者的冷靜，和達觀。而至於所引第五十五首，又針對著三項求仙因素中的最後一項──生命短促之悲感──提出否定。首言人皆有生命倉促之感，而願長壽延年，但「延年欲焉之？」長壽的意義何在？這個根本的疑問經阮籍大膽提出，衝擊頗大。承此延年長生之語，他又思及仙人長生之說的不可靠：子安縱有仙禽相呼，仍然未可期於千秋之壽，何況吾等凡軀？這些消極否定的思想使他「獨坐山嵓中，惻愴懷所思」，再次自問「王子一何好，猗靡相攜持」。前疑神仙之壽考，此疑神仙之自得歡好（説見下文第六十五首）二者均爲七十八首所謂「可聞不可見」的闡釋發揮。至此阮籍完全推翻了神仙

〔註24〕以上二語見《阮步兵詠懷詩註》，頁 78～79。

之說和長生之求，並提出他自己對生命的看法：「悅懌猶今辰，計校在一時。」陳祚明曰：「悅懌句幸猶未至死亡也，計較（按，應作校）句早宜及時籌策也。」〔註25〕他要積極進取，把握現在，不再以神仙玄想來逃避現實。死亡雖是人人終將面對的結局，但既是尚未發生的「明朝事」，便暫且擱置一旁，且見期於日夕之前，及時籌策。（若據各本「期」作「欺」，則日夕尚且將見欺，尤當計校在此時也）這是阮籍最理智、最積極進取的作品，所論已不是入世出世的抉擇，而是個人面對生命整體時的基本態度問題，是更高層次的反省與觀照。蔣師燷解此首爲諷高貴鄉公遇害之事：「詩謂延年焉之者，『死何所懼』之說；明朝事者，戒嚴俟旦也；日夕見欺，指成濟犯蹕事。」曾國藩更注曰：「『日夕將見欺』，似用季平子日入麗作事。」黃節以爲與蔣說合〔註26〕。只因高貴鄉公起兵討司馬昭，及兵敗見弒，均爲夜間之事，符合「日夕」二字，便憑生此聯想，誠恐失之穿鑿，正如葉長青論嗣宗詩曰：「箋釋者必求時事以實之，則鑿矣。」呂興昌說阮籍詠懷詩時，也發現這些注家由於過度注重歷史，或傳記學研究法，所造成的缺失，他說：「後代注釋家……他們紛紛鉤輯史實，並以之印證阮籍到底所詠何事！這種辛勤而博學的考證對阮詩的瞭解是否能更臻深刻更具洞察性，實在令人懷疑，更糟糕的是，這種治詩的態度卻往往使一首原本具普遍意義的詩作，不幸約化成僅僅是針對某事而發的記錄與批抨，嚴格說來，這在詩的探討中無疑是一種善意的傷害。」〔註27〕此實爲讀阮籍〈詠懷〉必當留意者。這首詩若以傳記學的眼光視之，必欲使之符合時事，確是限制、並破壞了詩意，也小看了阮籍。其實他在藉此詩討論生命本身存在的價值。阮籍向來是反傳統的人，對於當時盛行的長生思想他也勇於質疑，在他認爲，生命的價值不在長短壽夭（「延年欲焉之？」），而在內容實質。因此他悅擇今辰，

〔註25〕同上書頁 99。
〔註26〕蔣師燷、曾國藩、黃節之話，均見上書頁 99～100。
〔註27〕見呂興昌〈阮籍詠懷詩析論〉一文，《中外文學》六卷七期，頁 87。

計校一時，要以當下時刻的充實豐盈，爲自己在浩瀚時空中贏得永恆的肯定，倒無意爲人生爭取空洞無謂、漫無目的的延長。這和他在前引第二十一首「於心懷寸陰」中以玄鶴自比，言寧可「一飛沖青天，曠世不再鳴」，而不甘任憑自己如連翩遊戲的鶊鶊般平凡安樂，二者是同樣的情懷。對生命有著這樣奔放的、熾烈的期許，神仙存在與否、生命長短如何，都不是他最關注的問題了，正如他在第七十一首末句說的：「生命幾何時，慷慨各努力」。在那個虛無求列仙的時代，阮籍獨能觀照生命的本質，從而肯定其存在的價值，這是他的詩「使人忘其鄙近，自致遠大」（《詩品》）之故。

阮籍雖然「每有憂生之嗟」，對於人生的渺小短暫感慨極深，此本人類共通的悲哀，也是神仙思想和遊仙詩產生的重要原因，但他和一般文人不同之處，是他在嗟歎之餘，又有著對生命本身的深度認知和肯定。他知道只要內容充實而有意義，生命便自有它存在的尊嚴與價值，因此與其殫精竭慮追求生命的延長，不如趁著今天及早籌策出把握生命的良方。否則就算求得長壽，一個只有長度而缺乏內涵與方向的生命，再長又有何意義？更何況連仙人自己都還未能期於千秋之歲，衪們又怎堪人類寄託全副希望？這第五十五首詠懷詩，不再就生命短暫渺小等外緣問題哀歎，而從內在的本質和意義做探索，從而肯定了自我當下存在的崇高價值。懷著這份認知，他對人生的省視就不再專注於壽夭生死，而將焦距調整至生命的實質上，「悅懌猶今辰，計校在一時」是對生命整體最圓融、最篤實的觀照。阮籍即緣此觀照，而肯定現實，反對神仙。

這裡要再看他另一首反對神仙之說的代表作：

王子十五年，遊衍伊洛濱。朱顏茂春華，辯慧懷清眞。

焉見浮丘公，舉手謝時人。輕蕩易恍惚，飄颻棄其身。

飛飛鳴且翔，揮翼且酸辛。（其六十五）

本詩通篇記述仙人王子晉，得遊仙詩結構中「仙人」一體，在阮籍作品中體例特殊，因此歷來解說紛紜。蔣師爌以爲此詩乃傷常道鄉公禪

位與晉之事；何焯則曰此詩在言明帝輕以愛子付託奸臣，二說之誤，黃節固已辨明之，但黃氏仍從歷史的研究法入手，言此詩爲傷高貴鄉公之作。〔註28〕是猶甫出機坎，復陷網羅。其實本詩旨在記王子晉成仙傳說，以顯示作者對凡人得道長生的看法，是第五十五首「延年欲焉之」觀念的再發抒。王子晉之事蹟在詩中是爲長壽無益之例證，乃實指其人，而不必曲附時事。據《列仙傳》，王子喬者，周靈王太子晉也，好吹笙，作鳳鳴，遊伊洛之間，道人浮丘公接以上嵩高山，後三十年於緱山乘白鶴駐山頭數日，舉手謝時人而去。這是子晉成仙之傳說，而《逸周書・太子晉解》所記子晉生平，乃謂晉平公使叔譽于周，見太子晉而與之言，五稱而五窮，逡巡而退，歸告平公曰：「太子晉行年十五，而臣弗能與言」，於是師曠自請至周見子晉，斷言其不壽，太子曰：「然，吾後三年上賓于帝所。」師曠歸，未及三年而太子晉死訊至。阮籍此詩合史載與傳說一併出之，詳析其人其事。首二句一言十五之年，爲史籍所載；一言遊衍伊洛，則爲神仙家言，正顯其併二說以觀之意，不必如後人所言以史實證傳說虛妄。三四句爲史實，言其辯詰聰慧，叔譽師曠均非匹敵；五六句再言仙家傳說，記其舉手謝時人，飄然遠遁。「焉見浮丘公」句，焉者乃也，則也，猶「於是」也，說見王引之《經傳釋詞》卷二。全詩至此均記王子喬生平事蹟，結合史實與列仙傳之說間雜出之，跌宕有致。末四句則加入了作者對其成仙之事的主觀感受。蟬蛻棄身本爲時人所欽羨，作者卻以輕蕩恍惚爲言，已隱見落寞蕭條之意，結句再明點出其遠舉翱翔之時的「酸辛」之情，則成仙也未必即爲可羨之事，此正是阮籍突破傳統成見，機杼獨出之處，再次顯示他肯定現世，不尚虛無的理念，正如他在第五十五首說：「人言願延年，延年欲焉之？」也是在眾所公認的價值標準中，獨持異見，而有著「王子一何好，猗靡相攜持」的感懷，對仙人生涯的快樂逍遙，提出了質疑。此處再言「飛飛鳴且翔，

〔註28〕以上三家之解均見《阮步兵詠懷詩註》，頁112～113。

揮翼且酸辛」，其中所包含的意義，一則如屈子臨睨舊鄉而馬懷僕悲，不勝蜷局哀悼；一則乃作者感於「蓬萊宮中日月長」（〈長恨歌〉語）而想像那無所事事、輕蕩恍惚的神仙生活，未必猗靡可喜，所謂「嫦娥應悔偷靈藥，碧海青天夜夜心」（李商隱〈嫦娥〉），王子晉有知，應當也懷悔自己追隨浮丘公而飄颻棄身吧？早在白居易、李商隱之前數百年，阮籍就在那個「正始明道，詩雜仙心」的時代風氣中，對神仙生活的寂寞冷清作了大膽的揣測與評斷，難怪他「獨坐山喦中，惻愴懷所思」，反覆深思的結果，轉覺「悅懌猶今辰，計校在一時」。他對人世的喜悅珍惜和積極參與，非緣於外鑠的入世之思想，而發自對生命本身和宇宙整體的內省觀照，與透視覺悟。其對於神仙思想，也有著同樣的真知灼見。

　　總之，阮籍對神仙家言的真正看法，從〈詠懷詩八十二首〉中不難明瞭：第七十八首中，他也和曹氏父子一樣，對神仙的存在有著根本的懷疑，觀「可聞不可見」二句可知；另外他也自知終非神仙之徒，他仍不能忘懷早年顏閔之志，因此而感歎「自傷非儔類」。第四十一首中，他有著和嵇康相同的養生全性的畏患意識、以及鄙棄富貴的避世思想，但一句「採藥無旋反，神仙志不符」又使他推翻了這兩項求仙動機，他和嵇康意向鮮明的養生之志，確實不符。而和所有遊仙詩人都不符合的一點，阮籍除了懷疑神仙之有無，更進一步思想到即便其真有，是否便值得追求的問題，這問題關係到兩個論點，一是神仙生涯是否真如傳言般猗靡可愛，值得追尋；一是人類生命本身的價值，標準是否完全建立在時人所艷羨的長生壽考、得道成仙上？前者他在第六十五首中藉著對仙人王子喬的描述抒發己見，以為神仙生涯輕蕩恍惚，清虛寂寞，仙人辭世遠去時也忍不住依依酸辛之情，這在當時是劃時代的揣想之言；關於後者，他則在第五十五首中繼續對神仙生涯作質疑：「人言欲延年，延年欲焉之？」之後，他一轉而肯定了生命存在的意義，因此他擱置生死壽夭的疑慮不論，珍惜今朝，充實自我，期能以每一個當下情境的

完滿，塑造出一己圓融無憾的一生，而不必乞假於神仙壽考之攀摹。因此，阮籍對於神仙之說的觀感，是在對其作了全盤的省視探究、並對生命本體作了價值重整之後，所獲致的結論。這和曹丕以對人生哀恨淺嚐即止，不願深究為出發點，所持的反遊仙理論，有著基本的差異。至於兩漢民歌作者以圖富貴、求享樂麻痺心靈，逃避現實的反神仙心態，就更非其匹了。顏延年〈五君詠〉曰：「阮公雖淪跡，識密鑒亦洞。」從他對人生的練達圓融的觀照看來，他確實「識密鑒亦洞」。

　　以上討論了阮籍抒寫遊仙之作的心理因素，以及他對神仙之想所提出的質疑辯駁。原來不僅他的遊仙語句由於跳出個人情緒、時代傷痕之外，不斷觀照人生整體的缺憾，這份憂生之嗟在作品中呈現悲憫情懷，蘊旨之深邃非一般徒慕長生的遊仙詩人可以比擬；並且他的反遊仙觀點，因有對於生命存在深入思索所獲得的積極意識作後盾，而反映出更深刻更高超的幽旨。《文心雕龍》所謂「阮旨遙深」，於此又得更進一步之佐證。朱光潛先生以阮籍為五言古風中最偉大的遊仙詩人，應即有鑑於他的遊仙詩絕非僅止於「詩雜仙心」的「浮淺」之作，而是深具悲憫之心的「遙深」之旨。若緣此觀點衡諸其反神仙之思，則阮籍無疑也是「古今最偉大的反遊仙詩人」！

三、阮籍詠懷詩的矛盾特色及其原因

　　然則這其間有著根本的矛盾——何以阮籍同時大量抒寫著遊仙之作和反神仙之思呢？既然已對人類當下存在的積極意義擁有成熟的觀點，何以他又經常繼續沈緬在避世的遐想中？阮籍自己說得好：

> 夸談快憤憑，情慵發煩心。西北登不周，東南望鄧林。
> 曠野彌九州，崇山抗高岑。一餐度萬世，千歲再浮沈。
> 誰云玉石同，淚下不可禁。（其五十四）

蔣師爚曰：「夸談者西北登不周六句，煩心者玉石概量也。」如此則全詩脈絡井然，阮籍在這裡對自己的矛盾行徑做了詳細交待：

　　《楚辭·懷沙》有：「同糅玉石兮，一概而相量，夫惟黨人鄙固兮，羌不知余之所臧。」之語，阮籍淪跡宦海，駑駿向輈，這玉石雜糅，臧否莫辨的混淆情況令他心煩意亂，於是，夸談玄虛成了洩憤懣、發煩心的常用方式。正如《楚辭·卜居》載屈原「竭智盡忠，而蔽障於讒，心煩意亂，不知所從」，因而輕舉遠揚，往見太卜請爲決疑，阮籍與屈原雖然爲人有狂狷之別，然而就仙道陳辭，取遊仙以抒憤的情緒處理方式，則如出一轍。沈德潛《說詩晬語》謂：「遭阮公之時，自應有阮公之詩也。」阮籍秉其對神仙家言的洞燭明鑒，以及對生命存在的清醒自覺，卻仍然談玄任虛，喜作遊仙之語，實有其難言的時代隱痛。成書曰：「『夸談快憤懣』，嗣宗一生放言傲物，都是此意。」阮籍參與竹林之遊，以及寫作遊仙詩，全都基於同一個「快憤懣」的理由。這裡再次證明他的遊仙詩旨在詠懷抒憤。

　　阮籍遭逢亂世，一生皆在不得已中與世人周旋，他的心性行爲本來反覆迷離，錯綜萬端，矛盾處固不只遊仙反仙一項而已。在他詩中直接呈現的扞格現象，除了既言「顧謝西王母，吾將從此逝」（其五十八）；又曰「採藥無旋反，神仙志不符」（其四十一）的遊仙矛盾之外，另如對生命壽夭的看法，也歧異頗大：

　　　　北里多奇舞，濮上有微音。輕薄閒遊子，俯仰乍浮沈。
　　　　捷徑從狹路，僶俛趨荒淫。焉見王子喬，乘雲翔鄧林。
　　　　獨有延年術，可以慰我心。（其十）

此首感歎人生短暫，乍浮即沈，因而嚮往仙人延年長生之術，「獨有延年術，可以慰我心」二句，明顯地和上文一再述及的第五十五首「人言欲延年，延年欲焉之？」之語，是截然不同的情懷，前者促使他求仙求壽；後者則使他對神仙之說保持清醒的批判。這份對生命的兩種極端論點同時存在於〈詠懷詩〉中，難怪會有上文討論的既羨仙又反仙的現象出現。

　　對於處世態度，〈詠懷詩〉中也有進退迥異的現象：

　　　　灼灼西隤日，餘光照我衣。迴風吹四壁，寒鳥相因依。

> 周周尚銜羽，蛩蛩亦念飢。如何當路子，磬折忘所歸。
> 豈爲夸譽名，憔悴使心悲。寧與燕雀翔，不隨黃鵠飛。
> 黃鵠遊四海，中路將安歸。（其八）
> 鸑鳩飛桑榆，海鳥運天池。豈不識宏大，羽翼不相宜。
> 招搖安可翔，不若棲樹枝。下集蓬艾間，上遊園圃籬。
> 但爾亦自足，用子爲追隨。（其四十六）

感歎當路子逐名忘返，知進不知退，常自招禍患，而於此二首中明言
自己寧可處身下位，守拙雌伏，不願飛黃騰達，《本傳》載他因兵家
善釀而自請爲步兵校尉，當即此因。然而觀此「寧與燕雀翔，不隨黃
鵠飛」、「招搖安可翔，不若棲樹枝」等語，和前引第四十三、第二十
一等首中，以玄鶴、鴻鵠自比，要一飛沖天，抗志揚聲，而自許「豈
與鶉鷃遊，連翩戲中庭」、「豈與鄉曲士，攜手共言誓」等語比較起來，
是安份自足與昂揚雄激兩種截然相反的心態，看起來無異胡越之志，
南轅北轍，卻並存於阮籍的腦海、與詩歌中。

　　阮籍的詠懷詩徬徨顧望，衝突激盪，矛盾處直似非一人所爲。沈
德潛《說詩晬語》云：「阮公詠懷，反覆零亂，興寄無端，和愉哀怨，
俶詭不羈，令讀者莫求歸趣。」此誠爲詠懷詩一大特色。究其原因，
沈氏續云：「遭阮公之時，自應有阮公之詩也。」是將此矛盾現象歸
因於時代之傷痕。陳祚明云：「嗣宗詠懷詩如白首狂夫，歌哭道中，
輒向黃河，亂流欲渡。彼自有所以傷心之故，不可爲他人言。」傷心
二字，實阮籍一生之寫照，而其傷心之故，自亦不能與時代背景分割。
可是除此之外，阮籍爲文之態度，當也是造成詩歌內容與風格反覆不
定的原因。《晉書・本傳》謂：「籍能屬文，初不留思，作〈詠懷詩〉
八十餘篇，爲世所重。」《文選》李善注亦云：「屬文初不苦思，率爾
便作成。」（卷二十三）觀其爲司馬昭撰勸進文時，初沈醉忘作，臨
詣府，使者以告，籍便書案以寫之，無所竄改，而辭甚清壯，可知其
爲文確是率爾成詠，不待苦思。因而所表現的也都是當下的情緒感
懷，《古詩源》卷六所謂「因情觸景，隨興寓言」正言其創作態度。

既是隨興寓言，作品自然便成爲情緒與性格的直接反映，於是他爲人處世上所有依違兩可、進退兩難、莊諧並陳、哀樂無端的矛盾衝突，也就完全呈現於詩歌中了。沈祖棻謂：「嗣宗之詩，成就之大，蓋與個性關涉實深，此亦讀者所當留意者焉。」作品風格與作者性格之間的關聯，在阮籍特別明顯。因此討論其詩中的矛盾現象，絕不可只著眼於時代背景，而忽略其創作態度上的率眞、以及性格和情緒上原本存在的矛盾因素。

　　以上用了許多篇幅討論詠懷詩整體呈現的矛盾風格，以說明遊仙、羨仙與疑仙、反仙的兩種極端論點，之所以同時出現於阮籍筆端，乃緣於他個人思想感情上根本存在的矛盾性。除對於神仙思想猶疑不定之外，舉凡窮達壽夭、出處進退、儒道仕隱等等安身立命的大問題，他也始終都是瞻顧不決，依違兩可的。亦即，他的整個人格性格、以及他詩歌中的總體風格，都造成他的遊仙之作徘徊於現實與超現實之間，態度不如前述曹氏父子與嵇康等人鮮明確切。而且此徘徊矛盾的現象不限於遊仙之作，乃是他人格與風格的共通現象。

　　沈祖棻曰：「文藝乃苦悶之象徵。故古今作者，莫不在理與情、愛與恨、積極與消極、入世與出世之各種不平衡之狀態中，宣洩其內心，產生其作品……嗣宗……其作品中所表現之矛盾心理，則無不同。蓋其蒿目時艱，未克匡救，乃思遠引全身，同時復以不能忘情家國，絕意存亡，又疑神仙之無稽，知世之難脫，故陷於極端之徘徊與惶惑。此雖晉魏間人生活上所共具之問題，而宣於詩，則以嗣宗最爲強烈，而形成其作品之另一特徵。」〔註29〕論阮籍作品的矛盾特徵，見解精闢，而討論造成此現象之因，則除時代家國等大觀照之外，並以「疑神仙之無稽，知世之難脫」爲使阮籍「陷於極端之徘徊與惶惑」之一因。此與本文所說之立足點恰相反，而義則相同。神仙無稽的疑惑，與極端徘徊徨惑的心性，究竟孰爲因孰爲果，或許早已不能，也

〔註29〕同註19，頁513～514。

不須詳辨，總之就在疑仙之矛盾、與詩歌整體矛盾的離合聚散之間、
錯綜交織之下，阮籍詩的特殊風貌便於一片恍惚迷離中脫穎呈現了。
想嗣宗胸懷萬端，廓然不羈，其於人生大節尚且可以兼容兩端，並蓄
不悖，何況於斯？至若王夫之《古近體詩評選》謂：「步兵詠懷，意
固逕庭，而言皆一致。信其但然而不徒然，疑其不然而彼固不然。不
但當時雄猜之渠，長無可施其怨忌，且使千秋以還，了無覓腳跟處。」
更是破除一切藩籬的說法，順此以觀，則可以合其同異，滅其差等，
信仙與反仙、積極與消極，「言皆一致」，此即阮籍其人、其詩的矛盾
特色，足令讀者「千秋以還，了無覓腳跟處」！

四、阮籍遊仙詩的特色

最後還要析理阮籍遊仙詩的特色所在。除前文羨仙與疑仙詩作並
存的最大特徵之外，單就羨仙、述仙的部份來說，他的特色包括形式
結構之破壞，及敘事觀點之轉移。

1. 形式結構之破壞

在曹植〈五遊詠〉等作品中所呈現的遊仙詩結構母型，包括動機、
行動、仙境仙景、仙人仙物、探藥服食、遊仙目的六大項。阮籍在六
朝詩人中，語涉神仙之作數量最多，但合乎此母型的，竟只有一首：

> 危冠切浮雲，長劍出天外。細故何足慮，高度跨一世。
> 非子為我御，逍遙遊荒裔。顧謝西王母，吾將從此逝。
> 豈與蓬戶士，彈琴誦惜誓。（其五十八）

前四句引《楚辭・涉江》「帶長鋏之陸離兮，冠切雲之崔嵬」，言己不
慮細故，志在高邁，是為遊仙動機。「逍遙遊荒裔」一句展開遠遊行
動；而非子、西王母，是仙人之描述。末二句為遊仙的目的及結果。
這是八十二首〈詠懷詩〉中，唯一首尾俱全，開合皆備，型式完整的
遊仙之作。另外二十多首語涉神仙之作品中，真正展開幻遊行動的，
也只有第五十七首有「翩翩從風飛，悠悠去故居」二句而已。其餘的
遊仙之作，或僅得母型中之一、二體；甚或如前文討論阮籍憂生之嗟

的遊仙動機時所提及的，神仙題材只是作者爲表達某一主題時所運用的素材，以簡短的篇幅穿插於詩中，作用只在意象之描述；或感慨之反襯與強調，而不再是一首詩的宗旨所在。此節先論第二點：

其實這樣將遊仙詩約化成三言兩語的神仙素材的現象，在嵇康詩中亦可見到，至於阮籍，則因作品的數量增加，而愈加明顯。究其原因，應有三端，一爲當時談玄尚虛的社會風氣，神仙思想早已深入人心，成爲眾所習知的典故，王喬赤松，自有其鮮明而固定的形象；崑崙蓬萊與扶桑鄧林，也都用來表達約定成俗的同一個概念，因此極容易被詩人用來作爲烘托主題的素材，反而不見得專爲幻遊想像而作。此即劉漢初所謂的「神仙概念化」。然而此概念化的現象應當並非阮籍刻意經營的結果，而爲整個遊仙詩流行後自然產生的型態，阮籍爲文既是「初不苦思，率爾便作成。」因此經常從當時盛行的神仙傳說中，採取最直接的神仙概念，以作爲表達其意象、烘托其主旨的簡單而有效的方式。於是，重要的是其意象與主旨，即詩歌的詠懷抒憤之功能，神仙概念只以最簡潔有力的型態，在詩中作片言隻字的強調或反襯，如第四十首〈混元生兩儀〉中，在極言人命微小，「飄若風塵逝，忽若慶雲晞。脩齡適余願，光寵非己威。」之後，便插入兩句神仙概念「安期步天路，松子與世違」加強脩齡之願與榮名之悟；而第十首「北里多奇舞」中，在深沈感歎「輕薄閒遊子，俯仰乍浮沈」之時，也以「焉見王子喬，乘雲翔鄧林」二句，反襯人生短暫。不論反面襯托，或正面加強，皆視神仙爲一個脩齡、逍遙的概念，穿插詩中，以烘托詠懷主題，而非以神仙或幻遊爲主題。如此三言兩語的形式，對遊仙詩的結構而言，自然是一種破壞，從此神仙傳說只代表固定概念，缺少想像的鋪陳。這是從遊仙詩本身的發展而產生的形式結構上的變化。

另外，阮籍本身的興趣與風格也是促使此變化的另一原因。從第五十八首這唯一符合母型的作品來看，十句之中，遊仙動機的敘述居其四，行動與仙人的想像合居其四，末二句爲結。從比例來說，遊仙

過程的想像太少，如仙境仙景、採藥服食等，便付諸闕如，而詠懷式
的動機說明比例獨重，並且一般以羨長生祈福壽作結的遊仙目的，在
此卻仍是「豈與蓬戶士，彈琴誦惜誓」的言志抒懷。可見阮籍的創作
目的，最終是要藉遊仙以詠懷的。這樣的心態也使得神仙素材成為附
屬於詠懷主題下的概念運用，不再是獨立的全篇主旨所在。因此阮籍
的遊仙之作，動機獨強，令我們用了相當篇幅才將之歸納為前述三
項，因為這遠遊避世的動機是和詠懷抒憤的主題息息相關的，他是以
說明遊仙動機來抒其憤世嫉俗、憂往嗟來之感懷；至於遊仙的過程，
屬於想像的發揮，和詠懷主題沒有直接關涉，便著墨不多。這是作者
性情，和創作心態所造成的遊仙詩形式的變化。

　　而經由這兩方面的交相作用，在曹植筆下建立起來的遊仙詩的完
整形式結構又瓦解成片段的神仙概念了，這樣的發展使得遊仙詩逐漸
不能成為一獨立的題材內涵，而日益消融於整個中國文學言志抒懷的
主流之下了。黃節註引吳汝倫《論詠懷詩八十二首》之語：「八十二
章決非一時之作，疑其總集生平所為詩，題之為詠懷耳。」若其所疑
為是，阮籍將含有這許多神仙素材的詩作，總題為「詠懷詩」，不論
就他個人詩歌風格，或遊仙詩的整體演變著眼，都是饒富深意的。

2. 敘事觀點之轉移

　　阮籍另有一些神仙題材的作品，於遊仙篇幅著墨較多，得結構母
型六體中之一二，而與上述殘叢小語式穿插詩中藉以烘托主題者不
同，如：

> 東南有射山，汾水出其陽。六龍服氣輿，雲蓋切天綱。
> 仙者四五人，逍遙晏蘭房。寢息一純和，呼噏成露霜。
> 沐浴丹淵中，炤燿日月光。豈安通靈台，游瀁去高翔。
> （其二十三）
> 平畫整衣冠，思見客與賓。賓客者誰子，倏忽若飛塵。
> 裳衣佩雲氣，言語究靈神。須臾相背棄，何時見斯人。
> （其六十二）

橫術有奇士，黃駿服其箱。朝起瀛洲野，日夕宿明光。
再撫四海外，羽翼自飛揚。去置世上事，豈足愁我腸。
一去長離絕，千歲復相望。（其七十三）

昔有神仙者，羨門及松喬。嚕習九陽間，升遐飡雲霄。
人生樂長久，百年自言遼。白日隕隅谷，一夕不再朝。
豈若遺世物，登明遂飄飆。（其八十一）

夏后乘靈輿，夸父為鄧林。存亡從變化，日月有浮沈。
鳳凰鳴參差，倫伶發其音。王子好簫管，世世相追尋。
誰言不可見，青鳥明我心。（其二十二）

　　第二十三首先述射山仙境，次及仙人逍遙遊樂，得母型中仙境與仙人二體，其餘數首皆述仙人，和前引第六十五首「王子十五年」一樣，通篇僅得結構母型之一體。如上文所言，對於遊仙詩整體的形式發展來說，自曹植到阮籍，呈現萎縮現象。另外，這些詩作共通的特徵，是敘事觀點客觀。作者均以第三者立場，對仙境仙人作旁觀的敘述，本身並未參與其間，更遑論登臨偕遊。這和曹氏父子，及嵇康部份遊仙之作專寫一己遠遊，誇飾遺俗棄累飄飆天際之樂的寫作手法比較起來，明顯是自主觀的遊歷，轉變為客觀的描述了。這對於後來郭璞的敘事手法，有相當大的影響。尤其第六十二首寫賓客來訪，而語涉神幻，此賓客似人似仙，且仙凡會面之方式由一己遠翔追尋，回復漢詩中的神降形式，凡此均拉近神人間之距離，對郭璞遊仙詩中的仙人型態，亦影響深遠。然而阮籍筆下之仙人，如此親切似常人者並不多，而且不但此首還有至終而「須臾相背棄」的現象，其他各首更因採旁觀描述手法，及阮籍潛藏的傲世意識，而使得仙人皆具孤高難尋之特徵，觀「豈安通靈台，游溁去高翔」、「一去長離絕，千歲復相望」等語可知。凡此均見此時仙凡距離尚在演變當中，故而變幻莫定，至郭璞方才有固定的神仙凡人化的手法。方東樹評第二十三首曰：「託言仙人不遊人間，以比己不甘逐凡俗。」阮籍究竟是志在詠懷，非專事於遊仙詩的寫作，即使偶而有此描述仙人仙境的作品，也是為了寄

託自己的不甘，故而筆下仙人均爲一己避世棄俗之心態的流露，與崇高人格之象徵，宜乎其有此孤高持性。第二十二首泛論古來眾仙人及神話傳說，更顯其冷靜旁觀之敘事角度，且前述諸首雖採旁觀立場，猶是描述口吻，此處則泛指各仙，以議論出之，故與玄言詩界限相近。黃節注便以此詩旨在論道，亦視之爲玄言也。

　　如此阮籍的遊仙之作，除羨仙與疑仙並陳的矛盾特徵之外，其述仙部份，或以神仙概念爲尋常典故，以零碎的短句穿插詩中烘托詠懷主題；或通篇描述仙人仙境，而未見遠遊行動之誇飾鋪陳，僅得結構母型之一、二體。二者均顯示遊仙詩的形式已不如曹氏父子時期完整嚴密。阮籍詩作旨在詠懷，即有述仙人之作，目的也在於「夸談快憤懣」，因而對形式未能刻意經營。而這些通篇述仙之作，其所採取的敘事觀點，也不再是主觀的幻遊，而爲客觀的描摹，這種旁觀者的角度，也成爲阮籍神仙之作的另一特徵。矛盾特徵屬於詩歌的內涵範圍；而結構的零散與單向發展、以及敘事觀點的主客位轉移，則是詩歌的形式問題。在形式與內容兩方面，阮籍的遊仙之作都特色獨具。

　　顏延年〈五君詠〉之一論阮籍：
　　　阮公雖淪跡，識密鑒亦洞。沈醉似埋照，寓辭類託諷。
　　　長嘯若懷人，越禮自驚眾。物故不可論，途窮能無慟？

　　阮籍生在一個思想體系與價值觀念最爲混亂的時代〔註30〕承受著來自政治迫害、和社會價值空洞無憑的雙重壓力。「識密鑒亦洞」的他，必須在詭譎多變、朝不謀夕的政治變局下，從社會大眾間一片儒家與道家、入世與出世、名教與自然、現實與超現實……的衝突紛亂之中，逐漸廓清，爲自己尋繹出一套在宇宙天地間安身立命的價值體系。在這段摸索、掙扎的過程中，他用了許多意象繁富的遊仙語句，來反映內心所有的疑惑憂慮、反省觀照、和體悟超脫。這些以詠懷爲宗旨的零散語句，雖然對遊仙詩的整體結構有消蝕作用，卻由於始終

〔註30〕參本書緒論部份，及朱義雲《魏晉風氣與六朝文學》一書中〈魏晉玄學清談形成的遠因〉一章，及其論魏晉風氣的部份。

與作者的心路歷程脈息相同、與人類共通的悲苦無奈緊密結合，而能夠在內容的張力、和藝術的感染力上，獲得突破性的拓展。朱光潛先生稱阮籍爲繼屈原之後最偉大的遊仙詩人，是頗有見地的。

　　就遊仙詩這個文類而言，得一阮籍，雖然產生了形式萎縮、及與詠懷詩匯流的現象，間接促成了以東晉郭璞等人爲主的型態轉變；但經由他對神仙思想中的重要論點──長生與逍遙──以及生命本身的存在問題所作的一番省視剖析，內涵上具備了「遙深」之旨，才得免「浮淺」之弊，可謂幸甚。但就阮籍本身而言，雖然他經過這番省視尋繹之後，已對生命存在的價值獲得了最積極而肯定的結論，但是在政治壓力未解之際，爲了保性全身，他必須再次放棄這份「識密鑒亦洞」的體認，另外發展一套亂世的安身立命之道，由〈五君詠〉所謂「沈醉似埋照，寓辭類託諷。」沈醉句言其舉止；寓辭句言其行文。舉止上他任誕不羈，蔑棄禮法，然而登廣武而發「時無英雄，使豎子成名」的宗國之歎；對子姪而有「仲容已豫吾此流，汝不得復爾」的諄諄告誡，他實在是似沈醉而實清醒。於是在字裡行間也只能寓辭託諷，興寄無端，甫自羨仙與疑仙的矛盾中釐清跳出，復又陷入處世上積極與消極、奉儒與刺儒、自修與泛逸……諸般矛盾中。他一直活在這「類」託諷、「似」埋照的一片恍惚迷離之間，矛盾不已。劉漢初說他的遊仙詩數量雖多，其實只是參不破〔註31〕，然而，對自己，他說「悅懌猶今辰」；對神仙，他認爲「揮翼且酸辛」，何嘗參不破？正因參破了，卻仍然必須側身竹林，酣飲爲常，故曰：「途窮能無慟？」他所慟哭的，不在參不破，而在不得已。不得已而不預世事，不得已而越禮驚眾，不得已而夸言洩瀉！許多人責備阮籍及其同時期的任誕之士，遺落世事，清談誤國〔註32〕，但在深入瞭解阮籍的內心世界之

〔註31〕《六朝詩發展述論》頁51。
〔註32〕自古儒學衛道之士均作是觀，近世蔡孑民更謂：「清談家之思想，至爲淺薄無聊」可參戴君仁先生〈魏晉清談家評判〉一文，羅聯添《中國文學史論文選集》第二冊，頁46～487。

後，寧不爲他、爲那個令人左右兩難的世代而扼腕浩歎？

　　以上討論了嵇康與阮籍二人。二人處境相同，而性格迥異：嵇康是「抗心希古，任其所尚」（〈幽憤詩〉）的任性傲俗之人；阮籍則識密鑒洞、發言玄遠。對於處世之道，嵇康至終「惟此褊心，顯明臧否」（〈幽憤詩〉）；阮籍則「終身履薄冰，誰知我心焦」（〈詠懷詩〉第三十三）因此他們的整體詩歌風貌，一個抗聲直言；一個幽思輾轉。《文心雕龍‧體性》：「嗣宗俶儻，故響逸而調遠；叔夜雋俠，故興高而采烈。」便是就二人性情所造成的詩風差異而言。至於對生命本身的探索反省，以及人類在宇宙大體間的安身立命之道，則嵇康篤信神仙，熱衷養生，將人們對超自然靈異的追求期慕，落實到個人軀體的保健上，他嚮往生命的延長與不朽；而阮籍致力於生命意義的追尋，與自我價值體系的建立，將人們面對荏苒光陰所產生的共通傷懷，落實於當下情境的珍惜把握上，他要求生命的充實與完滿。因此他們的遊仙語句，一個著重修鍊導養，追求全性養生；一個充滿生之體悟，從事人生觀的價值重整。雖然追求的結果，卻是嵇康以壯年棄市，阮籍也必須擱置一切體認，以狂放自飾，兩人均未達成自己對生命的期許，但卻使遊仙詩整個脫離了祈福長生的功利思想，完全步上了言志抒懷的大道。「嵇志清峻，阮旨遙深」，一個言志抒憤，一個明旨詠懷，遊仙詩經過他們的內涵拓展，方才免除仙心歧途與浮淺之弊，因此而「故能標焉」。〔註33〕《文心雕龍‧才略》又謂：「嵇康師心以遣論，阮籍使氣以命詩，殊聲而合響，異翮而同飛。」雖亦就文學全貌而言，然論二人性格，師心與使氣；雋俠與俶儻；均恰如其分。嵇康是性情的詩人，阮籍是智慧的詩人。惟其爲性情中人，故言志而慷慨峻切；惟其智慧洞鑒，故詠懷而幽旨遙深，他們對遊仙詩的貢獻，也是「殊聲而合響，異翮而同飛」的。

〔註33〕此處暗用劉勰之語，非「文心」本意。

第三節　西晉遊仙詩的特色

　　嵇阮對遊仙詩的貢獻，是在內容的擴大加深。他們言志詠懷的主旨，提高了遊仙詩的意境與文學價值，但在形式方面，二人經營不多。入晉之後，題名遊仙之作增多，作者據以言志抒懷的企圖減少，純粹將神仙思想視爲已定的詩歌題材，承前人餘緒去描摹想像。因此雖然創意不多、數量銳減，卻反而有較典型的遊仙詩出現。何焯《義門讀書記》嘗云：「何敬祖（何劭）遊仙詩，遊仙正體，宏農（郭璞）其變」便是著眼於此。李豐楙先生亦曰：「晉世遊仙詩之結構形式，已發展爲獨創之體，非如初期脫胎於遠遊者，以短什而備載遊仙諸因素，可謂爲晉世詩歌重要表達形式之一。」此所謂結構形式的發展，正是嵇阮二人無暇顧及者。今觀何劭〈遊仙詩〉：

　　　青青陵上松，亭亭高山柏。光色冬夏茂，根柢無彫落。
　　　吉士懷眞心，悟物思遠託。揚志玄雲際，流目矚巖石。
　　　羨昔王子喬，友道發伊洛。迢遞陵峻岳，連翩御飛鴻。
　　　抗跡遺萬里，豈戀生民樂。長懷慕仙類，眇然心綿邈。

首段以松柏不凋起興，睹之而「悟物思遠託」，是爲遊仙動機。以松柏不畏嚴霜對稱人類生命的易凋，本也具阮籍憂生之旨，可惜作者語爲不詳，未就其「眞心」深入發揮，致使松柏數句乍看之下和嵇康的「遙望山上松，隆谷鬱青蔥。自遇一何高，獨立迥無雙。願想遊其下，蹊路絕不通。」十分相似，而生模仿之譏〔註34〕。但細味其詩，嵇康以松的孤高茂盛象徵仙境遠離塵俗，他「願想遊其下」，是爲達其詩結句「長與俗人別，誰能睹其蹤」之棄世目的；何劭則著眼於松柏「根柢無凋落」的特性，而產生「長懷慕仙類」的情懷。故而詩中接著便專敘仙人抗跡之舉，表明自己羨慕之意，（「羨」昔王子喬、長懷「慕」仙類）而省略遠遊過程，及目的形式的結尾。此類遊仙詩之所以被稱

─────────────

〔註34〕李豐楙、劉漢初均以何劭松柏意象仿自嵇康，亦是以松柏象徵神仙境域，分見其論文何劭部份。其實何劭因「悟物」而「思遠託」，更近阮籍的憂生之嗟。

爲「正體」，即因其充滿羨仙之思，不涉個人身世懷抱，而成爲使遊仙詩能夠獨立於詠懷主流之外，成爲一獨特文類的功臣。何劭另有一首〈雜詩〉，也是於秋夜觀看草木霜露，卻不肯自憂生之嗟的角度著墨，專發「想與神人遇」的論調，作者非爲詠懷而作的趨勢是很明顯的：

> 秋風乘夕起，明月照高樹。閒房來清氣，廣庭發暉素。
> 靜寂愴然歎，惆悵出遊顧。仰視垣上草，俯察階下露。
> 心虛體自輕，飄飄若仙步。瞻彼陵上柏，想與神人遇。
> 道深難可期，精微非所慕。勤思終遙夕，永言寫情慮。

何劭〈遊仙詩〉旨在「仙」，不在「遊」，故可純粹羨仙，不雜感慨。至於傅玄的〈雲中白子高行〉，更是盛夸遊仙過程，而仍不帶詠懷成份：

> 陵陽子，來明意，欲作天與仙人遊。超登元氣攀日月，遂造天門將上謁。闔閭闢，見紫微絳闕。紫宮崔嵬，高殿嵯峨，雙闕萬丈玉樹羅。童女挈電策，童男挽雷車。雲漢隨天流，浩浩如江河。因王長公謁上皇，鈞天樂作不可詳。龍仙神仙，教我靈祕；八風子儀，與遊我祥。我心何戚戚，思故鄉。俯看故鄉，二儀設張。樂哉二儀，日月運移，地東南傾，天西北馳。鶴五氣所補，鼇四足所支。齊駕飛龍驂赤螭，逍遙五岳間，東西馳。長與天地並，復何爲？復何爲？

《詩品》卷下評傅玄父子「繁富可嘉」，這首遊仙樂府也深具此特色，長篇鋪陳，綜合著曹植對仙境的金碧造境（紫微絳闕、紫宮崔嵬、高殿嵯峨、雙闕萬丈玉樹羅……），和曹操的對神人關係的階級意識（因王長公謁上皇），仙境仙人的想像鋪述，便是本詩著力最多之處。至於遊仙的動機，竟又回歸至漢樂府〈八公操〉的神降形式，以仙人之邀請作爲遠遊的憑介，是將整個遊仙行動納諸童話嬉戲般的幻遊之下，和二曹、嵇阮以來的苦悶動機不同。而由於缺少了此不滿現實的情緒基礎，下文的「俯看故鄉」也並未如屈原臨睨舊邦一般，引起眷戀不忍之感，反曰「樂哉二儀」，以此引出一段天地構造的想像。結

處亦沿襲漢世舊章，以逍遙長生自得。這首詩對個人身世遭遇、或人生共通悲感，均不置一詞，然而形式嚴整華麗，符合遊仙詩結構母型，是身集漢樂府與二曹各家特色的「繁富可嘉」之作，和嵇康阮籍的言志詠懷路線，正好互補不足。傅玄一生顯赫順遂，既無嵇阮之個人或時代的悲苦原因作為遊仙篇章的寫作動機，宜乎其作品如此富貴雍容。他的遊仙樂府和何劭一樣，以短小篇幅備載母型各因素，承繼曹植的遊仙詩結構，而發揚光大。

　　和傅玄的繁富華麗比較起來，成公綏的〈仙詩〉樸實無華，更似漢詩風格：

> 盛年無幾時，奄忽行欲老。那得赤松子，從學度世道。
>
> 西入華陰山，求得神芝草。珠玉猶戴（逯本原注：廣文選
>
> 　作「糞」。）土，何惜千金寶。但願壽無窮，與君長相保。

本詩以盛年無時、人生易老之感慨發句；以長壽心願作結，是典型的漢樂府遊仙詩形式，然而省略了遠遊歷程，只述入山求藥，和傅玄盛藻夸飾的想像功能大異其趣，也使晉世遊仙詩重「仙」不重「遊」的特色，再次呈現。而以華陰山為仙境所在，比曹操的二重仙境更接近人間。這仙境由天界轉向人間的**趨勢**，是遊仙詩演變過程中的共通現象〔註35〕，此處已顯現之。

　　除了直接以人間名山勝地為仙境所在之外，西晉遊仙詩也常呈現仙景和人間山水合流的現象：

> 崢嶸玄圃深，嵯峨天嶺峭。亭館籠雲構，脩梁流三曜。
>
> 蘭葩蓋嶺披，清風綠隙嘯。（張協〈遊仙詩〉）
>
> 駕言遊西岳，寓目二華山。金樓虎珀階，象榻瑪瑠筵。
>
> 中有神秀士，不知幾何年。（潘尼〈遊西岳詩〉）

張協詩作題名〈遊仙〉，卻只有六句對仙境景物之描寫，疑是闕文。而觀此仙境，雖亦崢嶸嵯峨，卻放眼盡是亭館脩梁、蘭葩清風，直與

〔註35〕據李豐楙的研究，神仙思想之嬗變為：仙境由天界、紫盧而名山；神仙由天仙、飛仙而地仙，見其所著論文第五章三、四節，頁 405〜441。

人間的山林風光無異。與此首恰恰相反的，是第二首潘尼的〈遊西岳詩〉，題名爲遊記，應是遊山玩水之作，而內容卻似遊仙詩，金樓象榻，何似平常湖光山色？那位「不知幾何年」的神秀之士，更必爲仙人無疑。合此二首以觀，遊仙詩的想像力大爲收斂，描摹刻畫均不出人間範疇，仙意日趨淡薄；而山水遊覽之作卻金碧輝煌，飄飄凌雲，極具仙家氣象，遊仙詩自曹植仙境人間化、神仙凡人化的手法以來，至此而有具體的與山水詩合流的現象產生。〔註36〕與張協〈遊仙詩〉同樣題名爲「遊仙」，而實具人間山水意味的，還有張華的〈遊仙詩四首之三〉；與潘尼〈遊西岳詩〉同樣以登臨山水而寫作遊仙之語的，還有棗據的〈遊覽〉，前者以遊仙詩而作「乘雲去中夏，隨風濟江湘。矗矗陟高陵，遂升玉巒陽」等山林賞遊之語；後者卻於遊覽之作中夾雜「何以濟不朽，噓吸漱朝霞」的仙意。證諸前引何劭〈遊仙詩〉以「青青陵上松，亭亭高山柏。光色多夏茂，根柢無凋落」的山林景色發句，均可見遊仙詩由於仙境人間化而日益與山水詩合流，是當時普遍的現象。是爲西晉遊仙詩的另一特色。

遊仙詩日益趨向人間，除了表現在與人間山水詩合流之外，也有與人間公讌詩合一的現象。這應是和太康詩人侈靡華麗的生活型態、及競務艷藻的文學風氣密切相關的。在太康詩人的代表人物張華、陸機詩集中，就有此現象：

> 遊仙聚靈族，高會層城阿。長風萬里舉，慶雲鬱嵯峨。
> 宓妃興洛浦，王韓起太華。北徵瑤臺女，南要湘川娥。
> 肅肅宵駕動，翩翩翠蓋羅。羽旗棲瓊鸞，玉衡吐鳴和。
> 太容揮高絃，洪崖發清歌。獻酬既已周，輕舉乘紫霞。
> 揔轡扶桑枝，濯足湯谷波。清輝溢天門，垂慶惠皇家。
> （陸機〈前緩聲歌〉）
> 仁風導和氣，勾芒御昊春。姑洗應時月，元巳啓良辰。

〔註36〕這部份可參林文月老師〈從遊仙詩到山水詩〉一文，收於純文學出版社「山水與古典」1 頁至 22 頁。

　　　　密雲陰朝日，零雨灑微塵。飛軒遊九野，置酒會眾賓。
　　　　臨川懸廣幕，夾水布長茵。徘徊存往古，慷慨慕先真。
　　　　朋從自遠至，童冠八九人。追好舞雩庭，擬跡洙泗濱。
　　　　伶人理新樂，膳夫烹時珍。八音硼礚奏，肴俎從橫陳。
　　　　妙舞起齊趙，悲歌出三秦。春醴踰九醞，冬清過十旬。
　　　　盛時不努力，歲暮將何因。勉哉眾君子，茂德景日新。
　　　　高飛撫鳳翼，輕舉攀龍鱗。（張華〈上巳篇〉）

陸機〈前緩聲歌〉寫仙人聚會，以排比駢儷的句法，鋪敘眾仙邀集過
程、車駕場面、及絃歌酬酢，而以流惠皇家的頌禱作結，其間無任何
作者情感參與，也和一般遊仙詩由遊仙動機、遠遊過程、仙境描述等
組成的結構形式不同。如果從中抽去仙人的名號和典故，幾乎可作一
般賓客酬酢的公讌詩來看。而張華的〈上巳篇〉，本為一般宴會場面，
卻又有「徘徊存往古，慷慨慕先真」、「高飛撫鳳翼，輕舉攀龍鱗」等
羨仙之語。於是遊仙詩又和宴遊之作產生融合現象。這中間除顯示整
個時代富貴優游的社會風氣、和鋪陳排比而缺乏興寄的文學風尚之
外，也反映了詩人自身養尊處優的生活方式，以及普遍缺乏熾烈的祈
求遊仙的動機。太康時期的時代、及文學特色，也成了其時遊仙詩的
特色之一。

　　上引張華〈上巳篇〉雖有羨仙之語，基本上仍是富麗堂皇的公讌
詩，張華另有〈遊仙詩四首〉，也都各具特色：

　　　　雲霓垂藻霄，羽袿揚輕裾。飄登清雲間，論道神皇廬。
　　　　簫史登鳳音，王后吹鳴竽。守精味玄妙，逍遙無為墟。
　　　　玉珮連浮星，輕冠結朝霞。列坐王母堂，艷體飡瑤華。
　　　　湘妃詠涉江，漢女奏陽阿。

　　　　乘雲去中夏，隨風濟江湘。壘壘陟高陵，遂升玉巒陽。
　　　　雲娥薦瓊石，神妃侍衣裳。

　　　　遊仙迫西極，弱水隔流沙。雲榜鼓霧枻，飄忽陵飛波。

第一首將仙境仙人與遊仙情況排比而出，層次井然，獨缺遊仙動機，
正是晉世遊仙詩純粹述仙羨仙，而不重詠懷興寄的表現。而修辭細膩

華麗，不改其「巧用文字，務爲妍冶」、「兒女情多，風雲氣少」（《詩品》卷中）的行文風格。第二首承「羽裓揚輕裾」的筆法，詳細刻畫仙人的佩飾衣冠，連篇只寫仙女，特寫與全景交錯運用，不但其筆下仙女「艷體浪瑤華」，抑且全篇均是「其體華艷」（《詩品》）之作，當是後來齊梁宮體詩之先聲。第三首除前已言及的遊仙與山水合流情況外，末二句描繪仙女薦石侍衣，儼然宮女侍婢之舉止，人的地位大幅提高。而第四首通篇是遊仙經過，一變西晉重「仙」不重「遊」的作風。這四首詩篇幅短小，語意不全，應是闕文，然各篇重點均不相同，《詩品》載謝康樂評張華之語：「張公雖復千篇，猶一體耳。」應非確評。陳祚明說得好：「張司空範古爲趨，聲情秀逸，蓋步趨繩墨之內者，未可以千篇一體少之。」就遊仙詩來看，張華在西晉詩人中作品數量最多，然亦皆「步趨繩墨之內者」，雖未可以千篇一體概之，成就仍然有限。

　　提到西晉詩人遊仙作品的數量，張華最多，也不過五首，餘則陸機三首，何劭兩首，其他傅玄、成公綏、棗據、潘尼、張協等各一首，單就個人表現而言，自非二曹、嵇阮等人之比，然而分配平均，各家均有作品傳世，若非遺闕，數量可能更甚於此。由此可知遊仙詩在當時乃盛行的題材，詩人或有意爲之，而題名「遊仙」；更或原本另有他旨，而寫作時不覺與遊仙之什合流，這在文人間成了普遍的創作型態。再看這一首民間的舞曲歌辭：

> 翩翩白鳩，載飛載鳴。懷我君德，來集君庭。白雀呈瑞，素羽明鮮。翔庭舞翼，以應仁乾。交交鳴鳩，或丹或黃。樂我君惠，振羽來翔。東壁餘光，魚在江湖。惠而不費，敬我微軀。策我良駟，習我驅馳。與君周旋，樂道亡餘。我心虛靜，我志霅濡。彈琴鼓瑟，聊以自娛。凌雲登臺，浮游太清。扳龍附鳳，目望身輕。（無名氏〈拂舞歌詩三首·白鳩篇〉）

《宋書·樂志》載楊泓〈拂舞序〉曰：「自到江南，見白符舞，或言

鳧鳩舞，云有此來數十年矣。察其題旨，乃是吳人患孫皓虐政，思屬晉也。」這樣一首反映民心向背，作者都已不可考的民歌，卻在帶有政治色彩的隱喻性詩句之後，以「凌雲登臺，浮游太清」等遊仙語句作結，遊仙詩的普遍深入民心，以及它所面臨的與其他題材合流的命運，也就可以想見了。

　　然而即使在如此一片朝野盛行的遊仙風氣之中，也仍然有著反神仙的呼聲：

> 駕言出北闕，躑躅遵山陵。長松何鬱鬱，丘墓互相承。念昔徂歿子，悠悠不可勝。安寢重冥廬，天壤莫能興。人生何所促，忽如朝露凝。辛苦百年間，戚戚如履冰。仁智亦何補，遷化有明徵。求仙鮮克仙，太虛不可凌。良會罄美服，對酒宴同聲。（陸機〈駕言出北闕行〉）

王夫之評陸機曾云：「平原擬古，步趨如一。」陳祚明亦曰：「士衡詩一束身奉古，亦步亦趨，在法必安，選言亦雅，思無越畔，語無溢幅。」均以陸機善為摹擬。觀此首「駕言出北闕行」，無論措辭謀篇，均似極〈古詩十九首〉中〈驅車上東門〉一首，確實是「束身奉古」之作。劉漢初便因此以為此詩「不能機杼獨出，對遊仙詩的發展可謂毫無貢獻。」也許對遊仙詩的發展貢獻不大，但對於當時那片綺靡尚虛的文學風潮而言，能保留一點「求仙鮮克仙，太虛不可凌」的清醒認知，正如同漢詩中有〈古詩十九首〉、三曹中有曹丕的反遊仙主力存在一樣，對遊仙詩超脫現實不務實際的「浮淺之弊」，未嘗不是一種制衡力量。只可惜陸機雖言「太虛不可凌」，卻仍有〈前緩聲歌〉對仙人的夸飾鋪陳，及〈東武吟行〉所謂：「投跡短世間，高步長生闥。濯髮冒雲冠，浣身被羽衣。飢從韓眾餐，寒就佚女棲。」的羨仙羨壽之思。他反對神仙家言的決心，是不如曹丕堅定的。這當也和他寫作仙詩時出諸模擬，非為詠懷言志的創作態度有關，因此而缺乏一貫立場。

　　總之西晉的遊仙篇什，在內容上已不復嵇阮舊觀，葉慶炳先生

「正始詩至太康而斷」的論點〔註37〕，在遊仙詩亦然。內容貧弱的原因，主要在於遊仙動機的交待不明，不願走上二曹、嵇阮等人不滿現實的發句方式，而以輕描淡寫望見松柏引發奇想的興起手法（何劭〈遊仙詩〉）、甚或以仙人下來明意，即欲隨往的幻設語句（傅玄〈雲中白子高行〉），便作爲羨仙、遠遊的心理依據，自然易使詩作缺乏藝術張力。至於陸機、張華等人，更於動機所在不涉一語，連遠遊行動及目的也經常省略，專就「仙」意入手，致使遊仙詩日與山水景物、公讌應詔、享樂宮體等題材合流，此便成爲西晉一代遊仙詩的特徵。合流之端一開，遊仙詩便踏上以郭璞等人爲主的高峰轉型期的發展階段了。太康時期的遊仙詩也正是從正始嵇阮到永嘉郭庾之間的過渡時期。

然而就另一方面言，遊仙詩本以「詩雜仙心」爲其本色，詠懷層面的拓展固可提高詩歌的藝術張力和文學價值，然而過於注重言志功用也易生喧賓奪主之弊，使遊仙詩日益消融於詠懷主旨之內，而不再能成爲一個獨立文類。阮籍的遊仙詩句饒富哲思，興寄無端，固是登峰造極之作，然作品統名之曰「詠懷詩」，根本不見遊仙名目；又極少見通篇述仙之作，大抵以短句片言穿插於詠懷主題之中，遊仙詩的消融現象，是顯而易見的。南北朝以後，遊仙詩不能再於中國詩歌史中佔一席之地，只能偶而作曇花一現的綻放〔註38〕，便是由於消弭於言志詠懷的主流之中。故而西晉諸詩人的遊仙之作，雖然「仙心」瀰漫，缺少作者主觀情志，然於保存遊仙本色、確立詩歌典型，卻是厥功至偉。尤其何劭〈遊仙詩〉、及傅玄〈雲中白子高行〉二首，通篇遊仙，結構嚴整，完全符合形式母型，又表現了從漢魏重「遊」，轉至兩晉重「仙」的遊仙詩轉變現象，可說是西晉遊仙詩的代表作。傅

〔註37〕見葉著《中國文學史》128 頁。
〔註38〕例如唐代詩人曹唐曾有九十八首〈小遊仙〉詩，清代屬鶚有三百首遊仙詩，是南北朝以後寫作遊仙詩規模較大者。其他以遊仙題材形諸詩歌者，亦代有其人，不待贅言。

玄作品爲樂府形式，何劭之作則爲五言詩歌，且題名「遊仙」，循名責實，何焯所謂「何敬祖『遊仙詩』，遊仙正體。」良有以也。

　　嵇阮二人的遊仙篇什，言志詠懷，意旨幽深，使遊仙詩的文學價值大幅提升，而能標立於百代以下。阮籍的〈詠懷詩〉第七十首：「有悲則有情，無悲亦無思。苟非嬰網罟，何必萬里畿。翔風拂重霄，慶雲招所晞。灰心寄枯宅，曷顧人間姿。始得忘我難，焉知嘿自遺。」正可用以淋漓盡致地表達他自己與嵇康的遊仙心態。「苟非嬰網罟，何必萬里畿」，時代造成他們無限的悲思，而欲「灰心寄枯宅，曷顧人間姿」，然而有悲則有情，雖欲遠蹈，何嘗眞正忘我？他們所有遺俗棄累的遊仙之作，其實都囊括在「始得忘我難，焉知嘿自遺」的範疇之內，可說是「有我之境」的遊仙詩；而西晉一代諸詩人的遊仙詩，純粹列仙之趣，不涉絲毫主觀感情語，可說是「無我之境」的遊仙詩，他們的貢獻，是遊仙詩體例典型的確立，和形式結構的保存。二者交相配合，遊仙詩內容形式大備，且得與於「境界」屏障，各方面來說，都是長足的拓展！

第四章　遊仙詩的成熟與轉化──
郭璞與東晉詩人

　　上章討論了嵇、阮以至西晉的遊仙詩，在文學史上，西晉本來是個特殊的階段，《文心雕龍・明詩》:「晉世群才，稍入輕綺，張潘左陸，比肩詩衢，采縟於正始，力柔於建安，或析文以爲妙，或流靡以自妍。」沈約《宋書・卷六七・謝靈運傳論》亦曰:「降及元康，潘、陸特秀。律異班、賈，體變曹、王，縟旨星稠，繁文綺合。綴平臺之逸響，採南皮之高韻，遺風餘烈，事極江右。」自建安以來對文學技巧的體認，至此達到高峰，奠下南北朝及隋唐唯美文學的基礎。鍾嶸《詩品・序》曰:「太康中，三張二陸，兩潘一左，勃爾俱興，踵武前王，風流未沫，亦文章之中興也。」對於太康文學的華麗氣象，是給予肯定評價的。然而過於追求縟旨繁文，忽略興寄懷抱，也終究偏離「詩言志，歌永言」(《尚書・舜典》語)的文學主流。葉慶炳先生《中國文學史》便明言:「太康詩人競騁文辭，以藻艷相高，而於興寄意境則往往未能兼顧。正始詩歌所含蘊之深奧哲理及玄遠清峻之風格遂告中斷……作詩講究運用辭藻，表示對文學技巧之體認，本屬可喜現象;但徒具形式美而罔顧興寄意境，則不免爲後世所議。」〔註1〕因此永嘉之後，乃至東晉的文壇，便「玄風獨振，爲學窮於柱下，博

〔註 1〕見葉著《中國文學史》，頁 126～127。

物止乎七篇，馳騁文辭，義殫乎此。自建武暨乎義熙，歷載將百，雖綴響聯辭，波屬雲委，莫不寄言上德，託意玄珠，遒麗之辭，無聞焉爾。」（沈約〈謝靈運傳論〉）所謂遒麗之辭無聞焉，可見永嘉玄風正是針對太康時期華麗綺靡的文風而產生的文學反動現象。

　　遊仙題材置身文學整體的流變之中，其斷續起伏之跡，亦顯而易見。如本文上章所言，正始時期的嵇康阮籍，藉遊仙以言志詠懷，他們清峻遙深的風格與意境，至太康時期消失無蹤。太康詩人寫仙人、繪仙景、敘仙心，產生了所謂遊仙正體之作，卻絕不以遊仙題材言情達意。正始與太康的遊仙詩，不論創作態度，或作品風格，均無啻南轅北轍。遊仙詩自兩漢發展至此，呈現言志詠懷與列仙之趣，二者分道而馳，壁壘分明的現象。如何泯其鴻溝，融會於一爐，並進而推陳出新，使遊仙詩獲得更進一步的推展，正有待於永嘉，乃至東晉的詩人們。

第一節　郭　璞

一、郭璞遊仙詩的成就

　　沈約評永嘉至東晉的文壇是「為學窮於柱下，博物止乎七篇」，《詩品‧序》更曰：「永嘉時，貴黃老，稍尚虛談。於時篇什，理過其辭，淡乎寡味。爰及江左，微波尚傳，孫綽、許詢、桓、庾諸公，詩皆平典似道德論，建安風力盡矣。」在這一片理過其辭，淡乎寡味的名理玄談聲中，唯有「郭景純用俊上之才，變創其體。」鍾嶸此語，一語道出郭璞的文學地位。《文心雕龍‧明詩》：「江左篇製，溺乎玄風，嗤笑徇務之志，崇盛忘機之談，袁孫已下，雖各有雕采，而辭趣一揆，莫與爭雄，所以景純仙篇，挺拔而為俊矣。」所謂「景純仙篇」，正指郭璞的〈遊仙詩十四首〉。〔註2〕

〔註2〕郭璞的遊仙詩，《昭明文選》收錄七首，《全晉詩》錄十四首，其中四首殘闕，實得十首。逯欽立《先秦漢魏晉南北朝詩》作〈遊仙詩

　　自六朝以下，詩家評郭璞〈遊仙詩〉均著意於十四首中非盡列仙
之趣的事實，而以之爲遊仙變體。持此論者最早爲鍾嶸《詩品》：

> 晉宏農太守郭璞詩，憲章潘岳，文體相輝，彪炳可翫。始
> 變永嘉平淡之體，故稱中興第一，翰林以爲詩首。但遊仙
> 之作詞多慷慨，乖遠玄宗，其云「奈何虎豹姿」，又云「戢
> 翼棲榛梗」，乃是坎壈詠懷，非列仙之趣也。（《詩品》卷中）

李善注《文選》亦云：

> 凡遊仙之篇，皆所以滓穢塵網，錙銖纓紱，餐霞倒景，餌
> 玉玄都，而璞之制，文多自敘，雖志狹中區，而辭無俗累，
> 見非前識，良有以哉。（《文選》卷二十一注）

二家均因郭璞詩題名「遊仙」，而雜以詠懷，故以爲體例不純。入清之
後，爲郭璞辯論者輩出，何焯《義門讀書記》：「景純遊仙，當與屈子
遠遊同旨。蓋自傷坎壈，不成匡濟，寓旨懷生，用以寫鬱。鍾嶸《詩
品》譏其無列仙之趣，此以辭害意也。」陳祚明《采菽堂古詩選》卷
十二亦曰：「景純本以仙姿遊於方內，其超越恆情，乃在造語奇傑，非
關命意。遊仙之作，明屬寄託之詞，如以列仙求之，非其本旨矣。」
二人均以爲郭璞之作本爲寫鬱抒懷，不當以仙趣範限之。沈德潛《古
詩源》卷三則曰：「遊仙詩本有託而言，坎壈詠懷，其本旨也，鍾嶸貶
其少列仙之趣，謬矣。」更進一步認爲遊仙詩本是詠懷詩，坎壈詠懷
方爲其寫作本旨。至於古直，則以釜底抽薪之法，從鍾嶸之評語下手：
「『乖遠玄宗』、『非列仙之趣』，言其名雖遊仙實則詠懷，非貶辭也。
乃李善不寤，而有『見非前識』之言。」眾說紛紜，要之皆欲爲景純
翻案辯駁。劉漢初則作持平之論，以爲此類爭論俱屬無須，其論點有
二：一爲郭璞詩中仍有多首所謂「正體」之作，讀來飄飄凌雲 [註3]

十九首〉，自十首以下亦皆闕文，編次與《晉詩》稍異，又據《書鈔》、
《韻補》、《御覽》、《文選》等輯補四首，而《詩品》所引「奈何虎
豹姿」、「戢翼棲榛梗」二句仍不在其列，是知總數尚不止此。今依
慣稱，作十四首。

〔註3〕《文心・才略》：「景純艷逸，足冠中興，郊賦既穆穆以大觀，仙詩
亦飄飄而凌雲矣。」即針對此類正體遊仙詩而言，詳見葉慶炳《中

非關詠懷，鍾嶸說其「乖遠玄宗」（按，劉氏原文誤爲李善語）不確。
其二則祖述沈德潛意，以詠懷爲遊仙傳統，不必深究。〔註4〕其說可取，
然所列舉第三、六、七、八、十各首爲正體之作，無身世之感，則仍
有可議處，如其第七首云：

> 晦朔如循環，月盈已復魄。蓐收清西陸，朱羲將由白。
> 寒露拂陵苕，女蘿辭松柏。蕣榮不終朝，蜉蝣豈見夕。
> 圓丘有奇草，鍾山出靈液。王孫列八珍，安期鍊五石。
> 長揖當途人，去來山林客。

前八句累敘自然界各種代謝現象，及動植物的榮枯無常，堆砌出強烈
的人生匆匆之感，從而嚮往圓丘鍾山的奇草靈液，食之可壽。王孫句
感歎世人保養過度反傷生，與安期鍊石以延壽相較，憂劣勢殊，立意
接近阮籍之諷夸毗子（〈詠懷詩〉第五十三首）。末以勸人歸隱作結。
全詩感慨深刻，合併敘述、評論、規勸等口吻以出之，何來列仙之趣？
大抵郭璞遊仙詩乃總集長時期之創作，冠以「遊仙」之名，性質類似
阮籍詠懷詩〔註5〕，故內容囊括其生平各樣感慨與認知，情緒錯綜複
雜，再加上其已破除遊仙與詠懷之藩籬（此意下文有論），更能隨興
揮灑，無所掛礙，所謂「坎壈詠懷」，與「列仙之趣」，正所以交織成
其詩作之整體風貌，必欲強行分割何者詠懷何者述仙，均易誤陷機
坎，橫生抵觸，非僅劉先生一人之誤。

其實正如前文所言，遊仙詩至太康之後，其體制內涵盛則盛矣，
備則備矣，卻呈現言志詠懷與仙心仙趣二者判然劃分，壁壘分明的現
象。郭璞身當永嘉玄風復熾，名理益精之時代，本身又「妙於陰陽算
曆」、「洞五行、天文、卜筮之術」（《晉書・本傳》），他的服膺道家與
神仙靈異之說，較嵇康更爲徹底而詭異，《南齊書・文學傳論》說他：
「江左風味，盛道家之言，郭璞舉其靈變。」時會所趨，郭璞實爲最

　　　國文學史》第十講。
〔註4〕劉著《六朝詩發展述論》頁63。
〔註5〕參李豐楙論文頁497。

理想的集遊仙詩之大成者。正如同在眞實生活中，他攘災轉禍，法術
無邊〔註6〕，在詩作中他也呼風喚雨，揮灑自如，時而羨仙，時而欲
隱；時而想像描繪，時而議論批判；哀年邁歎往昔、諷世人勵己德，
遊仙詩到了他手下可說無所不包，無物不寫，內容上打破了以往狹小
的傳統，使詠懷與仙趣混爲一體；而形式上，郭璞善用色彩字〔註7〕，
意象之繁富、描寫之細膩，均冠絕前人，並開啓其後「巧構形似」的
六朝文學風貌。《詩品》說他「文體相輝，彪炳可翫」，《文心·才略》
則曰：「景純艷逸，足冠中興」彪炳與艷逸，均強調其在形式技巧上
的特殊成就。他駕御文字的能力，也如同他的占卜之術，以及他詩中
與仙人的交遊情形一樣，是已經「出神入化」了。不僅對於當時那個
理過其辭的詩壇，就是對整個遊仙詩的流變來說，郭璞都是「始變平
淡之體」、「故稱古今第一」！

　　對於這樣內容形式兩全的作品，《詩品》所謂「坎壈詠懷，非列
仙之趣」、《文心》所謂「飄飄而凌雲」，當然俱屬以偏概全，未能得
郭璞遊仙詩的全貌。其實郭璞之作，有飄飄凌雲者，表現他心性行爲
中「陰陽怪氣」的一面；也有坎壈詠懷者，直接呈現其內心世界各種
錯綜的情緒與矛盾。同樣是總集其長時間的創作，阮籍名之曰〈詠懷
詩〉，而郭璞卻題名〈遊仙〉，是頗具深心的，他似乎有意要擴大遊仙
詩的範圍，使其囊括正始與太康二時期的不同風格，否則他大可以循
阮籍之跡，題名詠懷，使之成爲含有列仙之趣的詠懷作品即可。因此，
正如阮籍八十二首「詠懷詩」雖富含遊仙語句，而旨在詠懷一樣，郭
璞的十四首「遊仙詩」，雖然常常「坎壈詠懷」，卻旨在遊仙。劉勰以
「飄飄而凌雲」目之，自是褒揚無當；而鍾嶸以「詞多慷慨，乖遠玄

〔註6〕參林文月老師〈陰陽怪氣說郭璞〉一文，《山水與古典》頁185～196。
〔註7〕劉漢初將郭璞遊仙詩用字設色之法歸納爲三類：第一類是以顏色修
　　　飾語與名詞結合，使物象因修飾而更具體；第二類是一些動植物和
　　　礦物的名詞，色彩可經由聯想產生者；第三類是拼湊一些帶有顏色
　　　字眼的專名，使讀者在錯覺中造成色彩繽紛的印象，所論甚詳，見
　　　其所著論文頁70～78。

宗」爲其瑕疵，則是不明其用心。其實郭璞正是以「詞多懷慨」而「不
離玄宗」的方式，來溝通遊仙詩在正始與太康之間所形成的深渠鴻
溝，削減其差異；匯合其旨趣，從而使遊仙詩獲得嶄新的面貌，與廣
義的蘊含。有清以來諸學者，均感《詩品》之語未確，而欲爲郭璞辯
護，或強調遊仙詩的詠懷價值，以明鍾嶸貶抑的理由難以成立，如上
錄清代諸公；或列析十四首中亦具列仙之趣，從而使鍾嶸、李善之批
評不攻自破，如葉慶炳先生《中國文學史》。劉漢初則兼採二說。二
說均是，然皆專就《詩品》之貶詞而發，未能從郭璞「遊仙詩」本身
集仙趣與詠懷之大成的用心與成就直接入手，殊爲可惜，本文爲之補
充如上。

二、郭璞遊仙詩的特色及其轉化現象

　　遊仙詩自兩漢醞釀產生、曹氏父子奠基建立、嵇康阮籍與西晉詩
人分途拓展，直到這位「沈研鳥冊，洞曉龜枚」（《晉書傳贊》），以卜
筮方術聞於當世的詩人郭璞出現，才殊流歸宗，而臻於成熟之境。郭
璞實爲遊仙詩集大成者。今觀其詩，因其坎壈詠懷，而使敘事觀點從
主觀遊歷轉爲客觀敘述，並從而有使遊仙詩轉型爲山水詩與玄言詩的
趨勢；唯其善敘列仙，筆下的仙凡距離大爲縮短，而產生遊仙詩趨向
山水、隱逸、與宴樂之作的轉化現象。這不僅是郭璞個人的詩歌風格，
也是遊仙詩始終存在的整體走向，曹植開其端，嵇阮及太康詩人共揚
其波，至郭璞時，轉型已成爲遊仙詩必然的發展趨勢。關於郭璞〈遊
仙詩十四首〉內容形式各方面的成就，前賢多已闡明，不待贅述，本
書以郭璞〈遊仙詩〉的特色，及其所帶來的遊仙詩轉型現象爲討論重
點。

（一）敘事觀點轉變

　　在西晉何劭、陸機等人筆下，遊仙詩已自二曹時期以「遊」爲重
心的寫作方式，轉而重「仙」，因此敘事觀點從主觀的遊歷，轉爲客
觀的敘述描繪。這現象到郭璞更爲變本加厲，在他現存完整的十首遊

仙詩中，只有少數有遠遊行動，多半爲客觀的敘事觀點之發揮。這現象基本上是回歸漢樂府時期遊仙詩的原始表現功能，只是郭璞在其間注入了高度的文學技巧，因此不但沒有造成詩歌退化回歸，反而使遊仙詩發展至成熟階段。例如最能代表他「艷逸」風格的仙境描述，便明顯是站在第三者立場，作細膩工整的描摹刻劃。如：

> 青溪千餘仞，中有一道士。雲生梁棟間，風出窗戶裡。
> 借問此何誰，云是鬼谷子。翹跡企潁陽，臨河思洗耳。
> 閶闔西南來，潛波渙鱗起。靈妃顧我笑，粲然啓玉齒。
> 蹇修時不存，要之將誰使。（其二）

> 翡翠戲蘭苕，容色更相鮮。綠蘿結高林，蒙籠蓋一山。
> 中有冥寂士，靜嘯撫清絃。放情凌霄外，嚼蕊挹飛泉。
> 赤松臨上游，駕鴻乘紫煙。左把浮丘袖，右拍洪崖肩。
> 借問蜉蝣輩，寧知龜鶴年。（其三）

這兩首堪稱郭璞遊仙詩的代表作。他一反以往遊仙詩的遊歷筆法，不再以第一人稱敘述主觀的遠遊經驗，而在描寫仙境時以第三人稱敘述法的敘事觀點，對仙境景物作掃瞄式的冷靜介紹，自己退居幕後，而驅使鬼谷子、冥寂士爲假稱。這樣的敘述手法使詩作的觀照層面得以擴大，不再局限於作者一己的情緒反射，是遊仙詩表現技巧上的一大突破。再看這一首：

> 璇臺冠崑嶺，西海濱招搖。瓊林籠藻映，碧樹疏英翹。
> 丹泉漂朱沫，黑水鼓玄濤。尋仙萬餘日，今乃見子喬。
> 振髮晞翠霞，解褐禮絳霄。總轡臨少廣，盤虬舞雲軺。
> 永偕帝鄉侶，千齡共逍遙。（其十）

這一首形式上和傳統遊仙詩同屬主觀遊歷，但不做任何動機交待，直接自仙境描繪下筆，謀篇類似曹植〈苦思行〉，而篇幅大爲增加，幾已與下文的遊仙部份相等。觀其筆法，璇臺崑嶺、瓊林碧樹、丹泉黑水，整個仙境儼然一幅金碧山水，而作者便是那位工筆畫家，纖毫不遺地在爲讀者呈現其想像世界的景物。在這段呈現過程中，作者是置身事外的，只負責描述此一客觀景象，不參與主觀意見或行動，直到

「尋仙萬餘日」，讀者才明白他對上述仙境的嚮往，而「今乃見子喬」後，便展開了遊仙活動。從此我們發現了遊仙詩在仙境刻劃上的演變情形：在以「遊」爲重點的遊仙詩中，仙境是此遠遊過程中途經的驛站，或屬陪襯性質，以一連串點到爲止的地名組合成遊仙的旅程，如漢樂府〈王子喬〉：「結仙宮過謁三台，東遊四海五嶽上，過蓬萊紫雲臺」，及曹操〈秋胡行〉之二：「經歷崑崙山，到蓬萊，飄颻八極，與神人俱。」、〈氣出倡〉之一：「行四海外路，下之八邦，歷登高山，臨谿谷，乘雲而行，行四海外，東到泰山……」這些詩中的諸仙境都只是過程。另外一些仙境的描繪則屬於見聞性質，是作者遠遊行程中耳聞目睹的景象，而含有主觀情緒，甚至個性情志的表現：情緒以快樂忘憂爲主，充份顯示遊仙詩人們逃避現實的初衷；性格則因人而異，或洋溢富貴氣息，或著重清虛幻妙，留待第六章論仙境時詳細分析。總之這些詩人筆下的仙境仙景是自身遊歷的一部份，因此無處不有自己的影子，是謂主觀的敘述。郭璞的描寫方法卻不以遊歷爲起點，他著重的是「仙」——仙人與仙境。因此他的仙境，一來從交待遠遊過程的附屬性質，躍居重要地位，他習慣以一大段仙境描述作爲全詩開端，而後才引出「遊」仙的情形；二來也因爲不再是遊歷見聞，而能將仙境當作一純粹客體，置身事外地去掃瞄、去鳥瞰。他設色用字極鮮艷熱情，但情緒卻冷靜客觀。這是從前引三首〈遊仙詩〉中對仙界景物的描繪手法，我們看出郭璞寫作時敘事觀點的轉移。

不僅仙界景物，郭璞在描繪自然景色時，手法亦同：

> 暘谷吐靈曜，扶桑森千丈。朱霞升東山，朝日何晃朗。
> 迴風流曲櫺，幽室發逸響。悠然心永懷，眇爾自遐想。
> 仰思舉雲翼，延首矯玉掌。嘯傲遺世羅，縱情在獨往。
> 明道雖若昧，其中有妙象。希賢宜勵德，羨魚當結網。

(其八)

這首詩從朝日迴風等自然景象落筆，引發出作者歸隱山林的渴望，嚴格說來是一首隱逸詩。然而和前引第十首的遊仙之作相同的，本詩在

前六句描寫自然景物時，也絲毫不帶主觀情感，只是一筆一畫地冷靜描繪，如果單看這六句，雖然文字雕琢華麗，卻意旨不明，因爲作者並未從其中表現主觀情緒。直到「悠然心永懷，眇爾自遐想」二句，才看見作者在觀賞這些朝霞旭日等景象時，也產生了感懷和遐想，而後「嘯傲遺世羅」之句出現，讀者才恍然明白全詩宗旨所在。

因此從仙界到自然界，郭璞對景物描述所採用的手法，都是客觀的描摹、和華麗雕琢的遣詞〔註 8〕，這和南朝山水詩人「情必極貌以寫物，辭必窮力而追新」（《文心·明詩》）的寫作態度，是有相通之處的。林文月教授〈從遊仙詩到山水詩〉一文中便曾留意此現象：「郭璞『遊仙詩』中這些模山範水的詩句，若非配以仙人仙語，幾乎已可視爲山水佳句，而即使與後之大小謝的作品相較也毫無遜色了。」〔註 9〕郭璞寫仙境而以客觀角度模山範水，不但使自己詩作成爲山水佳句，也是促使南朝山水詩產生的途徑之一。

但山水詩能在元嘉以後取代老、莊哲理及遊仙詩的地位，成爲詩歌主流，除此承自遊仙詩客觀描繪仙境仙景的文學本身演變的原因之外，魏晉名士嗜好登山臨水尋幽訪勝，也是重要因素之一。而求仙與採藥，又是詩人們深入名山的主要原因〔註 10〕。入山採藥在魏晉間發展和流行的情形，在遊仙詩中顯示出清晰的軌跡，有助於吾人了解從遊仙詩到山水詩的文學演變過程：

曹氏父子以前的遊仙詩，多授藥之說，如漢樂府〈善哉行〉第二解：「經歷名山，芝草翩翩，仙人王喬，奉藥一丸。」曹植〈飛龍篇〉：「晨遊泰山，雲霧窈窕。忽逢二童，顏色鮮好。乘彼白鹿，手翳芝草。我知眞人，長跪問道。西登玉臺，金樓複道。授我仙藥，神皇所

〔註 8〕關於這些詩作中遣詞用字的雕琢刻劃，因林文月老師〈從遊仙詩到山水詩〉一文，及劉漢初等人已詳細論述，故本文從略，僅就敘事觀點之改變闡釋。

〔註 9〕純文學出版社《山水與古典》頁 11。

〔註 10〕參王國瓔著《中國山水詩研究》中，〈求仙與山水〉一章，聯經出版社，頁 81～100。

造……」都記入山遇仙，獲賜神藥。但遇仙終須仰賴機緣，正始以後，漸多親自採藥的想法，這也許是承自漢樂府〈董逃行〉中「採取神藥若木端」的影響。例如最相信服食養生的嵇康，在〈遊仙詩〉中便有「採藥鍾山隅，服食改姿容」之語；阮籍〈詠懷詩〉第四十一首：「採藥無旋返，神仙志不符。」更以採藥與神仙對舉，採藥成了求仙的代名詞。到了郭璞〈遊仙詩〉第九首：

> 採藥遊名山，將以救年頹。呼吸玉滋液，妙氣盈胸懷。
> 登仙撫龍駒，迅駕乘奔雷。鱗裳逐電曜，雲蓋隨風迴。
> 手頓羲和轡，足蹈閶闔開。東海猶蹄涔，崑崙螻蟻堆。
> 遐邈冥茫中，俯視令人哀。

這是郭璞遊仙十四首中最符合「遊仙正體」之作，也是少數描述主觀之遠遊經歷的作品〔註11〕。在遠遊過程中，作者快意鋒發，控御自如，手頓足蹈，乘雷逐電，讀來氣勢非凡，結句承《離騷》臨睨舊鄉之意，餘味不盡。更特殊的是詩中遊仙的動機：爲了救年頹而「採藥遊名山」，從而呼吸妙氣而登仙。這是所有遊仙詩中第一次將採藥和遊覽名山二事結合爲一。後來盧諶的〈詩〉（《全晉詩》題曰〈失題〉）有「遐舉遊名山，松喬共相追」，遊仙與遊名山已混然一體，可以互相代換。而庾闡〈採藥詩〉「採藥靈山嶠，結駕登九嶷」更是因採藥而全篇描寫所見之景，整首詩仙意淡薄，已是山水小品之作。南北朝以後此類因採藥而寫景物的作品更多，吳均有〈采藥大布山〉，劉刪有〈採藥遊名山〉，王褒的〈和從弟祐山家詩二首之一〉也以「採藥名山頂，時節無春多」發句，而展開下文的山水描寫。因此可知，詩歌內容從遊仙詩的入山求仙、獲賜神藥，到山水詩的周遊流覽、吟詠自然，魏晉人士採藥的習性和以之入詩的寫作法，爲促成演變的關鍵。

〔註11〕另僅遊仙詩第十首後半「振髮晞翠霞」等句，所述亦爲主觀遊仙經歷。至於郭璞最爲人稱道的神人交遊情形：「左挹浮丘袖，右拍洪崖肩」（其三）、「靈妃顧我笑，粲然啓玉齒」（其二）等，雖也有主觀參與，但因詩作整體以第三人稱筆法爲之，與此類傳統遠遊行動者體例不同，不在此列。

郭璞〈遊仙詩之九〉的「採藥遊名山」，透露了重大訊息。

於是，南朝山水詩產生的眾多因素中，關於詩歌本身的演變因素，郭璞〈遊仙詩〉中描寫仙境的客觀敘事、及鋪采摛文手法，直接影響山水詩人的創作態度；而關於因遊山玩水的雅興而促使文人寫作模山範水之作，郭璞「採藥遊名山」的遊仙動機也成爲溝通遊仙詩與山水詩的重要橋樑。而所謂「正始明道，詩雜仙心」玄言詩與遊仙詩，原本有疊合的傾向，從這個立場而言，郭璞的〈遊仙詩〉，亦可說正反映了劉勰〈明詩篇〉中「宋初文詠，體有因革，莊老告退，而山水方滋」的文學演進過程，並且這個從遊仙到山水的轉化現象，也成了郭璞個人的詩歌特色。《世說新語・文學》第七十六條錄郭璞〈幽思篇〉二句：「林無靜樹，川無停流。」阮孚讀之而云：「泓崢蕭瑟，實不可言。每讀此文，輒覺神超形越。」可見郭璞除以〈遊仙詩〉名世之外，自己也能撰寫山水佳篇。他確實是魏晉南北朝文學從遊仙詩到山水詩此一發展史上的重要人物。

郭璞的客觀敘事手法，除了表現在仙境的描繪上，對於仙人，他也同樣以旁觀者的態度來形容，且看這一首：

> 雜縣寓魯門，風暖將爲災。吞舟涌海底，高浪駕蓬萊。
> 神仙排雲出，但見金銀臺。陵陽挹丹溜，容成揮玉杯。
> 姮娥揚妙音，洪崖領其頤。升降隨長煙，飄飄戲九垓。
> 奇齡邁五龍，千歲方嬰孩。燕昭無靈氣，漢武非仙才。
>
> （其六）

這裡記神仙的出現與活動，寫來如在目前。陵陽以下四句仙人的動作，正是朱光潛先生論郭璞〈遊仙詩〉時所謂：「其中頗有戲劇性底動作，不似已往底偏於描寫靜態。」〔註12〕更特別的是，這裡的戲劇化動作寫來雖然栩栩如生，而作者卻絕未參與其間，只以畫家寫生，或攝影師拍紀錄片的方式，作細膩生動的描述而已。這和第三首「左挹浮丘袖，右拍洪崖肩」的情趣，截然不同。第三首寫作者與仙人交

〔註12〕《詩論新編》頁119。

遊，一團融洽，故有挹袖拍肩等親暱舉動（說詳下），同樣是動作的
形容詞，挹袖拍肩是作者對仙人的動作；而此處挹丹溜揮玉杯、揚音
頷頤等，則是旁觀描繪仙人的表情。主觀參與和客觀描繪，恰相對照。
四句細膩的動作表情之後，再統述仙人升降飄飄之樂，奇齡千歲二
句，甚至已有概述與評論之意。這首詩但述仙人，而全都出之客觀敘
述。

從客觀的描述再進一步，便以客觀議論出之：

> 京華游俠窟，山林隱遯棲。朱門何足榮，未若託蓬萊。
> 臨源挹清波，陵崗掇丹荑。靈谿可潛盤，安事登雲梯。
> 漆園有傲吏，萊氏有逸妻。進則保龍見，退爲觸藩羝。
> 高蹈風塵外，長揖謝夷齊。（其一）

這是郭璞遊仙詩中隱逸思想最明顯的一首，而皆以議論性口吻論述京
華未足與遊，山林乃可安棲之理。將之對照第八首「暘谷吐靈曜」，
同樣是意欲離世遠遯，第八首的處理方式，是在流覽大自然旭日流水
之際，「仰思舉雲翼，延首矯玉掌。嘯傲遺世羅，縱情在獨往。」是
發之於內在省思的嚮往之情；而此第一首中卻從直陳「朱門何足榮，
未若託蓬萊。」入手，並列舉莊周與萊氏妻爲例證，論述「進則保龍
見，退爲觸藩羝。」之理，其評論說理的敘事手法是顯而易見的。郭
璞詩中類似這種評斷的口氣，尚有多處，如前引第六首在「奇齡邁五
龍，千歲方嬰孩」論述仙人長壽的特性後，便以「燕昭無靈氣，漢武
非仙才」之月且古人作結，口氣決斷；而第七首在言仙道可羨之語「王
孫列八珍，安期鍊五石」之後，結句更云：「長揖當塗人，去來山林
客。」則不僅議論，甚且諷勸，似乎作者在通篇敘述議論之後仍覺不
足，忍不住出面說教一番。凡此客觀說理之觀點，應皆爲當時「玄風
獨振」、「稍尚虛談」的文學風氣下的產物，《世說新語・文學》註引
《續晉陽秋》：「正始中，王弼、何晏好老莊玄勝之談，而世遂貴焉。
至過江，佛理尤盛，故郭璞五言始會合道家之言而韻之。」繼嵇康因
言志過於峻切，而使遊仙詩常與玄言詩混然不分之後，郭璞也因時風

所趨，多作客觀說理之語，而使遊仙詩與玄言詩一重「仙」一重「理」的微妙界線〔註13〕，愈形淡薄。

敘事觀點由主觀的遊歷感懷，轉爲客觀的描述說理，是郭璞〈遊仙詩〉的第一個特傲。描述手法以旁觀態度出之，使得仙界景物染上寫實刻劃之色彩，和後來山水詩人模山範水巧構形似的創作態度同一機杼，我國詩歌史上從遊仙詩演進至山水詩的文學進展現象，在郭璞已顯露契機。而客觀說理的表達方式，更易使遊仙詩仙意消退，走上玄談名理的路徑。遊仙詩始終潛伏的轉化趨勢，因郭璞這一客觀敘述的特徵，而明朗化。

（二）人神距離縮短

另外，〈遊仙詩十四首〉還有一更爲明顯的特傲，是神與人距離的縮短，這可分爲仙人凡人化、和仙境人間化兩方面來說明：

葛洪《抱朴子・論仙》：「《仙經》云：上士舉形昇虛，謂之天仙；中士遊於名山，謂之地仙；下士先死後蛻，謂之尸解仙。」《神仙傳》亦載：「夫仙道有昇天蹻雲者，有遊行五岳者，有服食不死者，有尸解而仙者。」李豐楙據此研究，謂神仙類型之衍變，由天仙、飛仙而地仙；由天界、紫虛而名山〔註14〕。神仙思想之嬗變自然影響遊仙詩：早期遊仙詩的仙境多是天門瑤台、崑崙蓬萊，至曹操而巧妙地以二重仙境將紫虛天界和人間名山相提並論，曹植〈飛龍篇〉、嵇康〈代秋胡歌末章〉承之，名山地位益形重要，嵇康〈遊仙詩〉：「遙望山上松，隆谷鬱青蔥」的「山上」，及詩中屢次出現的「靈岳」（〈五言詩〉三首之三、〈答二郭詩〉三首之二）雖未明言場所，然已實在人間。至西晉成公綏，便曰：「西入華陰山，求得神芝草」明顯將名山勝地做

〔註13〕洪順隆《玄言詩論》：「遊仙和玄言具有本質上的相同因素，以及思想上的共同祖宗，那是研究六朝詩的人都明白的事。只是遊仙詩的本色，在乎仙藥、仙人的描述；玄言詩的看家在乎玄理、虛素的模繪，那是兩者間的微妙界線所在。」

〔註14〕見李豐楙論文第五章三、四節，頁 405～441。

爲神仙所在。另外，早期遊仙詩的仙人多是赤松王喬，乘雲駕霧，倏忽來往。曹操〈秋胡行〉之一的三老公負挶被裘，談吐親切，但仍舊神秘莫測。曹植的〈苦思行〉是仙人與仙境演變的代表：言仙境則「綠蘿緣玉樹，光曜粲相輝」、「鬱鬱西岳顛，石室青蔥與天連」，人間意味濃厚；言仙人則「中有耆年一隱士，鬚髮皆皓然」，接近地仙一流。但只是偶然間異軍突起的表現，尚未有穩定型態。入晉以後招隱詩漸多，潘尼〈遊西岳詩〉也以「神秀士」代稱仙人，從天仙而地仙的演變之跡，是顯而易見的。

　　這一切演變的跡象，至郭璞而齊集一身，發揚光大，不但是個人一貫的風格，也成了以後遊仙詩人遵循的方向。以下分述之，先說仙人凡人化：

1. 神仙凡人化

　　前引郭璞〈遊仙詩〉第六首的「陵陽挹丹溜，容成揮玉杯。妲娥揚妙音，洪崖頷其頤。」是最好的例證，說明仙人在郭璞筆下，神秘性已十分淡薄，祂們和常人一樣地進食（挹丹溜）、唱遊（揚妙音），這和早期遊仙詩中諸仙高高在上的情況，已大有分別。而進食之時揮動玉杯以盛觴；唱遊之時頷首支頤以聆賞，從挹酌揮杯可以想見其杯觥交籌；從揚音頷頤可以想見其擊節唱和，這些字句如果不是配以仙人的名號，簡直就是一幅生動的宴樂圖。這樣充滿人性的仙人形貌和生活型態，與漢樂府中「公將與予生毛羽兮」（〈八公操〉）、「仙人騎白鹿，髮短耳何長」（〈長歌行〉）的描述相對照，恰可顯示隨著遊仙詩的演進過程，仙人已不再被當作「異類」，祂們的長相、嗜好、與生活方式，至郭璞都漸由特異而變得與常人無異。於是凡人和仙人交遊時，也就不再懷畏懼之心，而能「左挹浮丘袖，右拍洪崖肩」（十四首之三）完全不分彼此了，這樣的仙凡關係，和早期遊仙詩中，仙人出門來「教敕凡吏受言」（樂府〈董逃行〉）、凡人謁仙而「來賜神之藥，跪受之，敬神齊。」（曹操〈氣出倡〉之一）相較，也是從階級差異到完全平等，距離已縮短至最大限度，而融洽一片。這也是我

們認為郭璞〈遊仙詩〉是遊仙詩發展至極的成熟作品的原因之一。在敘事觀點上，郭璞有逆向的回歸至漢〈郊祀歌〉及早期樂府的客觀敘事之趨勢；而在仙凡關係上，郭璞卻順勢發展，將人們對神仙的敬拜畏懼之心抹拭一淨，而能與仙人平起平坐，到達「仙人合一」的境界。

　　從這神仙會集、或人神交遊的場面看來，遊仙詩和公讌詩的距離也僅一線之隔。自建安七子喜愛在燕饗、遊獵之作中作遊仙語（如曹植〈元會詩〉「初歲元祚，吉日惟良」、王粲詩「吉日簡清時，從君出西園」等）以來，太康詩人已有遊仙與宴遊合流的現象，（如陸機〈前緩聲歌〉、張華〈上巳篇〉，說見上章第三節）至郭璞的姮娥妙歌靈妃巧笑、陵陽酌觴洪崖節賞、左挹浮丘右拍洪崖，無論是仙人會集的側面描寫，或仙凡共樂的親身體驗，都較太康時期進步許多。郭璞另有一首佚名的作品：「青陽暢和氣，谷風穆以溫。英莖曄林薈，昆蟲咸啟門。高臺臨迅流，四坐列王孫。羽蓋停雲陰，翠鬱映玉樽。」便是王孫貴族會聚的公讌詩，雖然語意未完，似為闕文，仍可見郭璞亦擅長遊宴之作。由於他對仙凡關係的處理手法，而使遊仙詩與遊宴詩更有轉化合流之現象。

　　〈遊仙詩十四首〉中仙人的凡人化，還表現在從天仙到地仙的演變過程中。第二首言「中有一道士」、第三首言「中有冥寂士」，朱光潛先生認為所謂道士、冥寂士，「與其說是一個仙人，無寧說是一個隱士。」〔註15〕郭璞在這裡將人間隱士與天上神仙二者的形象重疊，使之揉合混同，正反映了魏晉地仙觀念普遍流行的情況，這是促成隱逸思想盛行的因素之一。上文所言「陵陽挹丹溜」等句是將神仙凡人化；而此處以道士、冥寂士為描寫對象，則是人間隱士的神仙化，兩方面交相作用，神與人的距離乃大為縮短。

2. 仙境人間化

　　郭璞筆下的仙境，除了前述客觀描繪的特徵外，更明顯的還是

〔註15〕同註12。

人間化的傾向。在郭璞以前，仙境的趨向人間雖然一直是遊仙詩演
進的大致方向，演進的過程卻很緩慢，曹植〈苦思行〉雖有靈光乍
現的突出表現，但在曹植其他的詩篇中，仙境的景色是金碧輝煌、
富貴華麗的，如言：「閶闔正嵯峨，雙闕萬丈餘。玉樹扶道生，白虎
夾門樞。」（〈仙人篇〉）巍峨的豪門氣象令人輒生不可追攀之感；而
嵇康、何劭筆下的「高山」、「靈岳」雖已趨向人間，但形容過略，
仍然難以捉摸。到郭璞筆下，卻以青溪白雲、瓊林碧樹等人間山水
般的景緻，細細勾勒出此仙山靈岳的形貌，其中所充滿的，也不再
是金樓複道、玉臺朱闕等高不可攀的裝飾，而是蘭苕綠蘿，微風泉
水。如此「蒙籠蓋一山」（其三，全詩已見前）的清幽山水，自然使
人樂於親近。而這樣的表現並非如曹植偶一為之，乃是他詩中一貫
的風格，從前引第二、三、十首中，可以清楚體會這仙境與人境不
分的獨特風格。林文月教授〈從遊仙詩到山水詩〉一文中便說：「郭
璞與前代的遊仙詩人所不同的在：他所模描的背景已不再是純然的
幻想仙界，卻是將理想中的神仙異人安置在吾人肉眼所能看見的原
始大自然裡了。從曹植的金碧輝煌；而嵇康、何劭的籠統白描；而
郭璞的雕琢刻畫，可以看出遊仙詩的仙界，一方面從虛無縹渺的純
粹理想的世界逐漸移向人間大自然；同時另一方面又由貧乏單調變
為豐富多彩起來。」〔註16〕所論郭璞營構仙境的特色、及仙境描寫
在遊仙詩中的演變情形，見解精闢。這樣將仙境人間化的結果，既
然是把幻想仙界安插到肉眼能見的大自然景色中，郭璞對仙界的形
容鋪設，一定也影響及那些專以大自然為描繪對象的山水詩人，從
遊仙詩到山水詩的文學發展路線，於敘事觀點的轉移、採藥遊名山
的習性二者之外，至此又添一佐證。而郭璞在遊仙詩轉化過程中所

〔註16〕同註9。這裡所言「由貧乏單調變為豐富多彩」指的是郭璞在描模仙
境時用字設色的技巧，基於註8中所言的理由，本文論仙境描繪的
演變情形，僅著重「從虛無縹緲的純粹理想世界逐漸移向人間大自
然」這一部份。

扮演的角色，也就益形重要了。

　　但仙境的人間化，除了影響山水詩的產生外，更重要的是結合了隱遁與遊仙爲一。如在前引〈遊仙詩之一〉「京華游俠窟」中，傳統的仙境「蓬萊」是與「山林」並列的，此正足以說明仙境人間化的特色；至於其用意，正如同下文將「高蹈風塵外」的遊仙，與「長揖謝夷齊」的隱逸並列一樣，都是在把退隱山林與高蹈遠遊合爲一談，嵇阮詩中遊仙與隱遁合流的現象，至此更爲明顯。前文已言郭璞將隱士神仙化，成爲接近地仙一流者，是在「仙人凡人化」的趨勢下產生的現象；而這裡，因爲「仙境人間化」，又造成了遊仙與隱逸並舉，如此一來，遊仙詩因爲神人距離縮短而開始轉化爲隱逸詩的發展情況，便十分明顯了。因此前引〈遊仙詩〉第八首，儼然便是一首「嘯傲遺世羅」的隱逸詩。其實遊仙思想與隱遁思想間的密切關係，在《楚辭》中〈漁父〉、〈招隱士〉兩篇就已略見端倪，〔註17〕魏晉以來遊仙詩擅場，隱逸思想也隨著竹林人物的猖狂行跡而日漸興盛，終於在郭璞〈遊仙詩〉中呈現緊密結合的現象。郭璞以後，遊仙詩漸衰，隱逸之風卻隨著文士對山水的愛好而更熾，永嘉之後的文壇，陶淵明歌詠歸隱田園的生活；謝靈運描摹名山勝水的風景，山水詩與隱逸、田園詩取代了遊仙，成爲詩歌主流。而郭璞正是促成此轉化的關鍵人物。

　　綜合上文，郭璞〈遊仙詩〉有兩個最大特色：敘事觀點轉移；與神人距離縮短。由於敘事採客觀角度，使詩歌走上模山範水、議論說理之途，從而產生遊仙詩轉化爲山水詩、玄言詩的現象。而神人距離的縮短，表現在神仙凡人化、與仙境人間化二者，這個特色的影響，除了加速「莊老告退，而山水方滋」的山水詩興起過程之外，並促使隱逸詩取代遊仙，以及遊仙之樂與遊宴之樂不分的現象。遊仙詩發展至郭璞時期，內容上集詠懷與仙趣之大成；形式技巧上更無人能出其右，但是，在這臻於成熟的巔峰狀態中，卻也孕育了

――――――――――――
〔註17〕參朱先潛〈遊仙詩〉。朱先生曾曰：「本來遊仙與隱逸的動機同是憤世嫉俗，方法同是逃避現實」一語道出遊仙與隱逸之間的密切關係。

向其他多種詩歌題材轉化的現象。其中原委，大概正如朱光潛先生論遊仙詩的整體表現時所謂：「局格層次較為整潔，而氣象規模則較為狹小。」〔註18〕

因此，郭璞的〈遊仙詩十四首〉，是遊仙詩成熟時期的巔峰之作，卻也是遊仙詩邁向轉化與消弭階段的催化劑，也正因為此，朱光潛先生才說：「在一般人心目中，郭璞的遊仙詩是遊仙詩之始，其實它是遊仙詩之終。」〔註19〕

第二節　東晉遊仙詩的特色

遊仙詩至郭璞已達極致，其他的東晉詩人已無能再有創新，無論內容風格均不出既有的範疇。今分三點言之：

一、轉化現象的加深

郭璞將遊仙詩的發展帶入最高潮，同時也產生了向其他各種題材轉化的現象，說已見上。其後的詩人們已無法超越其規模，所作俱皆出諸模擬，不能使遊仙詩再有更大發展，只加深了它的轉化現象。

郭璞〈遊仙詩〉的轉化方向包括山水、隱逸、宴遊、和玄言。其中山水詩是新興詩體，其時正在醞釀發展；而玄言詩本是永嘉詩風的特徵所在，東晉詩人便在這兩類題材上發揮。前者以庾闡為大家，後者以陶淵明為代表。

《全晉詩》錄庾闡遊仙詩十首、採藥詩一首、逸本又據「韻補」增錄佚詩二首。這些詩都有一個共同特徵：篇幅短小，結構上偏重仙境與仙人的描寫。如：

　　邛疏鍊石髓，赤松漱水玉。憑煙眇封子，流浪揮玄俗。
　　崆峒臨北戶，昆吾眇南陸。層霄映紫芝，潛澗汎丹菊。
　　崑崙涌五河，八流縈地軸。（其三）

〔註18〕《詩論新編》頁118。
〔註19〕同上，頁121。

　　三山羅如粟，巨鼇不容刀。白龍騰子明，朱鱗運琴高。
　　輕舉觀滄海，眇邈去瀛洲。玉泉出靈麂，瓊草被神丘。
　　（其四）

這兩首是庾闡〈遊仙詩十首〉中最長的作品，餘皆僅有四句。第三首
前四句寫仙人，後六句仙境仙景，沒有遠遊經過，遊仙詩從重「遊」
至重「仙」的現象，表現無遺。第四首雖有輕舉二句為遠遊行動，其
餘六句仍是仙境與仙人。庾闡所有遊仙作品都符合此特徵：重仙不重
遊；重仙境甚於重仙人。至於其他四句式的作品，不論五言六言，其
組合模式均為以二句仙境景色，配合二句在仙境中的遊賞動作。現在
列之於後，以見庾闡〈遊仙詩〉的結構特色：

　　其一：
　　　　神岳竦丹霄，玉堂臨雪嶺。──仙景
　　　　上採瓊樹葉，下挹瑤泉井。──遊賞
　　其二：
　　　　南海納朱濤，玄波灑北溟。──仙景
　　　　仰眄燭龍曜，俯步朝廣庭。──遊賞
　　其五：
　　　　熒熒丹桂紫芝，結根雲山九疑。──仙景
　　　　鮮榮夏馥冬熙，誰與薄採松期。──仙景、遊賞
　　其八：
　　　　朝嗽雲英玉藥，夕挹玉膏石髓。──遊賞
　　　　瑤臺藻構霞綺，鱗裳羽蓋級纏。──仙景
　　其十：
　　　　玉房石榆磊砢，燭龍銜輝吐火。──仙景
　　　　朝採石英澗左，夕翳瓊葩巖下。──遊賞

連逸氏輯補的〈詩〉二首中亦有相同現象：

　　〈詩〉之二：
　　　　崢嶸激清崖，蒙籠陰巖岫。──仙景
　　　　咀嚼延六氣，俛仰以九周。──遊賞

輯補〈詩〉二首之一則以仙景與遠遊行動配合：

　　〈詩〉之一：

　　　煉形去人俗，飄忽乘雲遊。——遠遊

　　　暫想扶桑陰，忽見東岳魚。——仙景

更進一步，還有四句全是仙景描述者

　　其九：

　　　玉樹標雲翠蔚，靈崖獨拔奇卉。——仙景

　　　芳津蘭塋珠隧，碧葉灌清鱗萃。——仙景

以上各詩均只有四句，或疑有闕，然形式整齊至此，也不得不令人懷疑乃有心之作。不論如何，就現有資料看，庾闡四句的遊仙詩共十首，除第六首「赤松遊霞乘煙，封子鍊骨凌仙。晨漱水玉心玄，故能靈化自然。」記述仙人服食修鍊以得道、第七首「乘彼六氣渺芒，輈駕赤水崑陽。遙望至人玄堂，心與罔象俱忘。」為遠遊行動與感懷之外，其餘均是以仙境仙景配合詩人置身仙境中的遊賞情形，作為全篇結構模式。更或全篇皆是仙界景物。可見庾闡真是對景物描寫情有獨鍾的遊仙詩人。而這樣的謀篇典型，和元嘉以後大小謝等人山水詩的記遊寫景的結構特質〔註20〕，是極為相近的，差別僅在：山水詩人所記之遊，是「行源逕轉遠，距陸情未畢」（謝靈運〈登永嘉綠嶂山〉）的登山涉水，而庾闡筆下是「仰盼燭龍曜，俯步朝廣庭」的仙界遊覽；山水詩人所寫之景，是「巖下雲方合，花上露猶泫」（謝靈運〈從斤竹澗越嶺溪行〉）的目睹之景，而庾闡刻劃的是「南海納朱濤，玄波灑北溟」的想像世界。庾闡的這些詩句，若從中抽去燭龍巨魚、南海北溟、紫芝石髓等仙地仙物，則無論描寫方式，或用字設色，均與山水詩無大異。觀其第九首的玉樹靈崖、芳津碧葉；〈詩〉之二的清崖巖岫等處，仙景實與人間山水混合不分。再看其遣詞之工巧雕琢：「崢

〔註20〕據林文月老師的研究，宋齊時期山水詩的特質，是以「記遊寫景」
　　　　配合「興情悟理」作為布局詰構的典型，而記遊寫景部份尤佔重要
　　　　篇幅。見《中國山水詩的特質》一文，《山水與古典》頁23～61。

嶸激清崖，蒙籠陰巖岫」、「朝採石英澗左，夕翳瓊葩巖下」，精整的對仗；「瑤臺藻構霞綺，鱗裳羽蓋級纚」，形容詞與名詞連續堆砌；「南海納朱濤，玄波灑北溟」，鮮艷強烈的色彩和準確的使用動詞，這些形式技巧，恐怕連「儷采百字之偶，爭價一句之奇」的山水詩人都要大爲驚奇。庾闡這些遊仙篇什，無論在篇章結構、或描寫方式上，都比郭璞更接近山水詩。

上節曾言郭璞的一句「採藥遊名山」是首度將神仙家的採藥之舉，和名山之遊合爲一事，但郭璞的遊名山，實際是展開快意翱翔的遠遊行動。而庾闡的〈採藥詩〉：

採藥靈山嶺，結駕登九嶷。懸巖溜石髓，芳谷挺丹芝。

泠泠雲珠落，灘灘石蜜滋。鮮景染冰顏，妙氣翼冥期。

霞光煥藿靡，虹景照參差。椿壽自有極，槿花何用疑。

卻是一首典型的山水詩。首二句出遊，末二興情悟理，中間全是優美纖細的山水景物。庾闡踵武郭璞採藥之句，但郭璞以遊名山爲遊仙之墊腳石；庾闡卻以採藥作爲入山旅遊、觀覽山水的理由，二人創作方向各有偏重是顯而易見的。觀今逯本所輯庾闡詩，遊仙採藥之外，八首之中倒有六首是山水詩，他是中國詩歌史上第一位比較多量寫山水的詩人。〔註21〕

庾闡少郭璞十歲左右〔註22〕，二人一前一後站在從遊仙詩到山水詩的發展流程上，郭璞自遊仙詩範圍中跨出一步，遙望山水；庾闡則已來至山水殿堂之門戶，猶牽仙詩裙裾。庾闡加深了郭璞的遊仙詩轉化現象。經由他的敲磚，山水詩門戶大開，只等著宋齊詩人去登堂入室了。「宋初文詠，體有因革，莊老告退，而山水方滋。」從郭璞到庾闡，莊老是「告退」得更遠更淡了。

庾闡之後，葛洪有〈洗藥池詩〉四句：「洞陰泠泠，風佩清清。仙居永劫，花木長榮。」亦爲寫景之作，然短小無足觀，似是闕文，

〔註21〕參王國瓔著《中國山水詩研究》中《遊覽與山水》章，頁120～147。
〔註22〕據劉漢初考證，說見其論文第一章附註39，頁107。

且逯欽立以爲殆後人僞託。以仙詩寫山水，仍以庾闡爲大家。

　　至於遊仙詩向玄言詩轉化的現象，嵇康阮籍已有明顯表現，此除因詩歌詠懷言志的方式過於直接峻切，而流於議論說理之外；正始時期談玄辯理的風氣亦爲主因，《文心雕龍·時序》所說：「因談餘氣，流成文體，是以世極迍邅，而辭意夷泰。」玄言入詩，是在時代風氣下產生的文學現象。而東晉一代，「自建武暨於義熙，歷載將百，雖比響聯辭，波屬雲委，莫不寄言上德，託意玄珠。」（《宋書·謝靈運傳論》）更是玄言詩的全盛時期。郭璞的詩作，《續晉陽秋》稱：「始會合道家之言而韻之。」在他之後，遊仙詩轉化爲玄言的情況益盛。惟因所存資料不多，今自陶淵明、支遁二家以觀。

　　陶淵明向來擅長以哲理詩表現自己對生命的觀照，以及恬淡閒遠的境界。其〈讀《山海經》十三首〉，乃「陶公耕種之暇，觀賞《山海經》及《穆天子傳》以遣懷之作也。」〔註23〕而其內容，「首篇言興會所至，覽傳觀圖，後十二首之綱。以下七首，竟是遊仙詩。」〔註24〕今觀此七首，亦多藉遊仙以言哲理。如：

　　　玉臺凌霞秀，王母怡妙顏。天地共俱生，不知幾何年。
　　　靈化無窮已，館宇非一山。高酣發新謠，寧效俗中言。
　　　（其二）

　　　自古皆有沒，何人得靈長。不死復不老，萬歲如平常。
　　　赤泉給我飲，員丘足我糧。方與三辰遊，壽考豈渠央。
　　　（其八）

第二首因覽《山海經》而詠王母，並及仙境館宇，而以「高酣發新謠，寧效俗中言」爲結，語調頗似阮籍〈詠懷〉。第八首則自詠懷入於說理，「不死復不老，萬歲如平常」是勘破生死，參透神仙的徹悟之語，陶潛據此而有達觀的反遊仙觀念，說見下文。此處言盡壽考之理，然

〔註23〕王叔岷先生語，見《陶淵明詩箋證稿》頁475。
〔註24〕清蔣薰評《陶淵明詩集》卷四語，見《陶淵明詩文彙評》引，中華書局，頁289。

結云「方與三辰遊」，仍是遊仙。至於〈酬劉柴桑〉一首，則僅以欲遠遊爲結，玄言成份益濃：

　　窮居寡人用，時忘四運周。櫚庭多落葉，慨然知已秋。

　　新葵鬱北墉，嘉穟養南疇。今我不爲樂，知有來歲不？

　　命室攜童弱，良日登遠遊。

清吳瞻泰《陶詩彙註》卷二云：「此詩是靖節樂天之學。『寡人用』則與天爲徒矣。天之四運周舉，相忘於天也。」樂天之學而能以平淡之語出之，是陶詩高妙處。結語遠遊之意，吳云：「正見及時行樂也。」蓋指出遊。然證諸淵明〈飲酒詩〉之十：「在昔曾遠遊，直至東海隅。」則遠遊似亦有遐舉之意。王叔岷先生《箋證》引《楚辭·遠遊篇》，及曹操「神人共遠遊」、曹植「遠遊臨四海」、阮籍「遠遊可珍」等句，是重其遐舉之意，並解「良日登遠遊」曰：登猶速也，引〈詠懷〉：「可用登遨遊」爲證，嵇阮二曹之「遠遊」、「遨遊」自爲遊仙意。然《箋證》又引陸機〈赴洛道中作〉二首之二：「遠遊越山川」，則爲出遊。《箋證》似意可兩存之。前文言自阮籍以來遊仙詩有「神仙概念化」傾向，然則非僅神仙，連遊仙語句亦已概念化，而與旅遊山水無異，故淵明逕取用之。

　　淵明玄言之作，最著名的自屬〈形影神三首〉。三首之中，〈形贈影〉極言人生短暫，騰化無術，此正所有遊仙詩人共通的感慨，而淵明歸之飲酒行樂，頗有古詩「不如飲美酒」意。第二首〈影答形〉更明言「誠願游崑華，邈然茲道絕。」不如「立善有遺愛，胡可不自竭」，和曹丕〈折楊柳行〉一旨。而第三首〈神釋〉闡揚莊子外生死之理，最得玄言之妙，今錄之於此：

　　大鈞無私力，高物自森著。人爲三才中，豈不以我故。

　　與君雖異物，生而相依附。結託既喜同，安得不相語？

　　三皇大聖人，今復在何處？彭祖愛永年，欲留不得住。

　　老少同一死，賢愚無復數。日醉或能忘，將非促齡具？

　　立善常所欣，誰當爲汝譽？甚念傷吾生，正宜委運去。

　　縱浪大化中，不喜亦不懼。應盡便須盡，無復獨多慮。

此首言委運順化，無復多慮，深得莊子玄旨。日人近藤元粹評訂《陶淵明集》至謂：「達悟之言，蒙莊亦不及於此。」此〈形影神三首〉展現淵明人生觀之三種境界，辭理俱勝〔註25〕，自不待言。而觀其言「彭祖愛永年，欲留不得住」，與「誠願游崑華，邈然茲道絕」，淵明之達悟乃源自對遊仙之說的反省，可謂爲曹丕所謂「達人識眞僞，愚夫好妄傳」之「達人」也。然又言「三皇大聖人，今復在何處？」、「立善常所欣，誰當爲汝譽」，則曹丕「聖道我所觀」的安身立命之道，亦爲淵明所不取。從遊仙，至以聖道而反遊仙，再以外死生無終始之玄旨超脫一切，淵明此首不但言人生觀之三境界，似乎也提示了從遊仙詩到玄言詩的發展理路。可惜玄言詩在當時即有「理過其辭，淡乎寡味」之弊，如淵明此詩這般富理趣的作品太少，否則當更能促使遊仙詩的反省與轉化。

從〈讀《山海經》十三首〉中的通篇遊仙；到〈酬劉柴桑〉多言理趣僅結句遠遊；再到〈形影神〉的全篇以談玄爲宗旨，並兼及反遊仙之說，淵明詩中充份顯示了東晉遊仙詩轉化現象加深的特色。

二、「輕遊重仙」筆法的延續

自嵇阮以概念化的表達方式，將神仙典故穿插於言志詠懷的遊仙詩中〔註26〕，遊仙詩的創作方向和內容風格就起了變化。詩人們或寫仙境、或稱仙人，目的都只用來烘托一己羨慕嚮往之意；甚或完全將之作爲客觀描述對象，不見任何行動或情緒上的參與。以往曹氏父子以夸飾幻遊的筆法所鋪陳的曲折迂迴、多采多姿的遠遊過程，逐漸被這些形象籠統，而含意直接的神仙意象所取代，也就是說，遊仙詩的重點不再是「遊」，而是「仙」。今觀太康時期的諸詩人中，只有傅玄〈雲中白子高行〉一篇是仿自漢樂府的遠遊鋪設，其餘均屬仙人仙境

〔註25〕參張亨〈讀陶淵明的形影神詩〉《中國古典文學研究叢刊詩歌之部（一）》。
〔註26〕詳見本書第三章第二節。

之描寫。何劭尚云「長懷慕仙類」，慕仙爲其寫作仙詩之原因，其餘
諸人大抵皆作客觀描繪與典故堆砌，誠所謂「雖復千篇，猶一體耳。」
〔註27〕這現象到了永嘉時期更爲明顯，郭璞筆下的仙凡距離之所以能
有突破性的進展，也因爲他傾全力於營構一個人間化的仙境、塑造一
種與凡人相差無幾的神仙形貌。即便詩中有人的主觀參與，他的最大
成就也是在挹袖拍肩之類人與「仙」交遊的情形。他的重點仍是在
「仙」。在他之後的遊仙詩人，庾闡著力於仙境景物的想像鋪陳，因
而走向山水詩，已如上述；另外一些詩篇則偏重仙人事蹟、或神話傳
說的鋪敘，直似一首一首神話詩。這現象在郭璞的時期即已產生，如
王鑒的〈七夕觀織女詩〉：

> 牽牛悲殊館，織女悼離家。一稔期一宵，此期良可嘉。
> 赫奕玄門開，飛閣鬱嵯峨。隱隱驅千乘，闐闐越星河。
> 六龍奮瑤轡，文螭負瓊車。火丹秉瑰燭，素女執瓊華。
> 絳旗若吐電，朱蓋如振霞。雲韶何嘈噆，靈鼓鳴相和。
> 停軒紆高眄，眷予在炎娥。澤因芳露霑，恩附蘭風加。
> 明發相從遊，翩翩鷺鷩羅。同遊不同觀，念子憂怨多。
> 敬因三祝末，以爾屬皇娥。

本詩乍看像極遊仙詩：六龍奮轡、文螭負車的叱吒眾仙；絳旗朱蓋、
雲韶靈鼓的熱鬧場面，均脫胎於樂府及二曹，但細加玩味，詩意乃七
夕觀織女星有感，而對牛郎織女的神話傳說作一番添加枝葉的想像描
述，詩中的遠遊經歷非屬作者所有，僅爲敘述鵲橋相會的過程，劉漢
初以爲「只是借用遊仙詩的筆法，實無遊仙詩的精神。」〔註28〕就以
「遊」爲主的遊仙詩來說，此詩自然缺少主觀遊歷經驗，但牛郎織女
既是傳說中的仙界人物，本詩全篇述仙，正代表著晉世以來以客觀代
主觀、重「仙」輕「遊」的遊仙詩型態。只是這樣一來，遊仙詩內容
變化太大，故而劉氏以爲「與遊仙詩的旨趣不符」。

〔註27〕襲用謝康樂評張華語，《詩品》卷中。
〔註28〕劉著《六朝詩發展述論》，頁79。

　　說到遊仙詩內容型態變化太大，更明顯的例子是曹毗的〈黃帝贊詩〉(《詩紀》題作〈詠史〉)：

　　　　軒轅應玄期，幼能總百神。體鍊五靈妙，氣含雲露津。
　　　　摻石曾城岫，鑄鼎荊山濱。豁焉天扉開，飄然跨騰鱗。
　　　　儀巒灑長風，褰裳躡紫宸。

黃帝事蹟雖載於《易傳》、《史記》、《淮南子》諸書，終是上古人氏，且本詩非採正史之說，乃記其鍊氣跨鱗、登仙而去，明是神仙家言，故知本詩非爲「詠史」，乃轉託爲仙人事蹟之作。

　　述仙之作最著名的仍是陶淵明的〈讀《山海經》十三首〉。前文已言十三首之結構爲首篇言觀圖覽傳，爲其下十二篇之總綱，二至八篇爲遊仙詩，其後五章，則歷數夸父、精衛等《山海經》中神話人物，敘其事蹟，夾以感慨。今舉其中兩首：

　　　　夸父誕宏志，乃與日競走。俱至虞淵下，似若無勝負。
　　　　神力既殊妙，傾河焉足有。餘跡寄鄧林，功竟在身後。

　　　　（其九）

　　　　精衛銜微木，將以塡滄海。形天無干戚，猛志固常在。
　　　　同物既無慮，化去不復悔。徒設在昔心，良晨詎可待。

　　　　（其十）

這些詩由於題材特殊，歷來解者紛紜，皆以爲比附時事。今觀其「功竟在身後」、「猛志固常在」等語，自是掩卷長歎，感慨良深之作，然如〈東山草堂陶詩箋〉曰：「夸父窮力追日，與下精衛塡海、刑天猛志，皆陶公借以自況，欲誅討劉裕，恢復晉室，而不可得也。」〔註29〕則又未免於牽強之嫌。淵明的感慨應是在生命的觀照層面。關於〈夸父篇〉王叔岷先生曰：「夸父不量力，追日渴死，爲後世所議。陶公獨就棄杖化鄧林，稱其功成於身後，眞卓識也！」〔註30〕蓋此亦爲淵明所謂「千秋萬歲後，誰知榮與辱」(〈擬挽歌辭之一〉)之例。

〔註29〕清邱嘉穗語，見《陶淵明詩文彙評》頁301。
〔註30〕《陶淵明詩箋證稿》頁489。

〈精衛篇〉言猛志尚在，雖化亦無悔，可與〈形影神〉詩「應盡便須盡，無復獨多慮。」參看。總之此五首皆淵明讀書覽傳之際「俯仰終宇宙」的自我省視工夫，因列述其人事蹟，抒己感懷，頗類後人詠史詩，惟其所詠者為神話人物，又與前七首遊仙詩合為組詩形式，故可視為遊仙詩中純粹述仙不及遊歷者。

　　言此五首似詠史詩，第十三首最為明顯：

　　　嚴嚴顯朝市，帝者慎用才。何以廢共鯀，重華為之來。
　　　仲父獻誠言，姜公乃見猜。臨沒告飢渴，當復何及哉。
　　　　　（其十三）

此首言帝者須慎用人才，說理議事之意味益濃，共鯀重華猶為傳說人物，至引管仲桓公，則明為詠史之作也。此類以上古傳說人物為對象的述仙詩，與詠史向難劃分，上引曹毗〈黃帝贊詩〉詩記題曰「詠史」，已為明證。

　　東晉詩人寫作遊仙詩者，湛方生尚有一首〈廬山神仙詩〉，今只存四言四句：「吸風玄圃，飲露丹霄。室宅五岳，賓友松喬。」當是闕文。然觀其序曰：

　　　尋陽有廬山者，盤基彭蠡之西，其崇標峻極，辰光隔輝，
　　　幽澗澄深，積清百仞。若乃絕阻重險，非人跡之所遊。窈
　　　窕沖深，常含霞而貯氣。真可謂神明之區域，列真之苑圃
　　　矣。太元十一年，有樵採其陽者，于時鮮霞襄林，傾輝映
　　　岫。見一沙門，披法服獨在巖中，俄頃振裳揮錫，凌崖直
　　　上。排丹霄而輕舉，起九折而一指，既白雲之可乘，何帝
　　　鄉之足遠哉？窮目蒼蒼，翳然滅跡。

則此亦為述仙詩。

三、反遊仙觀念的融合

　　遊仙詩自兩漢醞釀產生，至魏晉而臻極盛，然不論在其建立、拓展、成熟轉化各時期，均仍有一股清醒的反對、懷疑之聲同時並存，以期能略矯遊仙詩中仙言仙語所帶來的虛無逃避之風。與漢樂

府遊仙詩並存的，有〈古詩十九首〉中的及時行樂與立功揚名觀；
與二曹的夸飾遠遊同時的，有曹丕的實用哲學觀；嵇康是最篤信仙
道之人，然而同時期的阮籍卻以其對宇宙人生的全盤觀照而肯定現
世，計校一時；郭璞是遊仙詩集大成的人，卻也自言：「淮海變微禽，
吾生獨不化。雖欲騰丹谿，雲螭非我駕。愧無魯陽德，迴日向三舍。」
（〈遊仙詩十四首〉之四）即使身通卜筮幻術，他對一己在天地間能
力的渺小，仍見洞察。蓋因遊仙之本質爲幻想，雖可藉之以寄託情
志宣洩苦悶，終究出於逃避現實之心理，不能解決生命中根本的疑
惑與悲愁，因而反對者代有其人。其中古詩之作者代表對神仙之說
的一般當下的反應，從根本懷疑神仙與永恆的存在性，寧可貪圖眼
前，及時行樂，此爲一種現世的快樂思想，曹丕亦時而流露此現世
實用觀；阮籍則代表知識階層對神仙之說的深思與反省，不僅懷疑
神仙家言的眞實性，並致力於生命存在的意義探求，是一種肯定現
實的圓融觀照。可見隨著遊仙詩的發展，其反對的理念也愈具哲思。
遊仙詩既在郭璞時到達極致，反遊仙理念也在東晉時期發展成熟。
其代表人物，便是陶淵明。

　　淵明對於神仙之說，與他的人生觀一樣，有數重境界。〈讀《山
海經》十三首〉之五曰：

　　　翩翩三青鳥，毛色奇可憐。朝爲王母使，暮歸三危山。
　　　我欲因此鳥，具向王母言。在世無所須，唯酒與長年。

此處淵明以最質樸的語言道出心中願望：「在世無所須，唯酒與長
年。」正顯其率眞無僞。長年爲人所共冀，酒則爲淵明性情所耽。
渴望長年是他對神仙長壽之說的第一重心態。而長年不可得，他便
以酒適性，聊求當下之樂：

　　　靡靡秋已夕，淒淒風露交。蔓草不復榮，園木空自凋。
　　　清氣澄餘滓，杳然天界高。哀蟬無留響，叢雁鳴雲霄。
　　　萬化相尋繹，人生豈不勞。從古皆有沒，念之中心焦。
　　　何以稱我情，濁酒且自陶。千載非所知，聊以永今朝。

（〈己酉歲九月九日詩〉）

前半道盡人生之短暫淒苦，念之令人中心焦，何以稱情？淵明濁酒自陶，明言「千載非所知，聊以永今朝。」以濁酒自陶爲稱性適性之良方。此即類似漢古詩作者的及時行樂思想，亦爲〈形贈影〉詩中「得酒莫苟辭」的人生第一重境界。〈遊斜川詩〉的「未知從今去，當復如此不？中觴縱遙情，忘彼千載憂。且極今朝樂，明日非所求。」更將此及時行樂之思宣洩淋漓。

　　隨著淵明人生觀的蛻變，他也曾擁有〈影答形〉中「立善有遺愛，胡可不自竭」的積極心態：「盛年不重來，一日難再晨。及時當勉勵，歲月不待人。」（〈雜詩〉之一）、「一生復能幾，倏如流電驚。鼎鼎百年內，持此欲何成？」（〈飲酒詩〉之三）但隨後他有了嶄新的體悟，即如前文析論〈形影神〉三首時言及的，藉著委運順化等通體達觀，他參悟生死大化，「應盡便須盡，無復獨多慮。」於是服食求仙之事對他而言誠屬無謂，〈讀《山海經》之八〉便云：「不死復不老，萬歲如平常。」因而獲致人生實無須求仙求壽之結論。淵明的反對神仙是綜合兩漢現世快樂思想，與阮籍的生之體悟，而達更高境界。再看這一首：

　　　　運生會歸盡，終古爲之然。世間有松喬，於今定何間。
　　　　故老贈余酒，乃言飲得仙。試酌百情遠，重觴忽忘天。
　　　　天豈去此哉，任眞無所先。雲鶴有奇翼，八表須臾還。
　　　　自我抱茲獨，僶俛四十年。形骸久已化，心在復何言。

　　　　（〈連雨獨飲〉）

「世間有松喬，於今定何間」已是反神仙思想，下文又續言故老贈酒，告之飲酒可得仙，此自淵明所樂聞，然而飲之而百情遠、而忘天任眞、而形化心在，此豈古詩所謂「不如飲美酒，被服紈與素」之嗜酒者所可比擬？他是融合著兩漢現世快樂思想與魏晉以來的達悟自適，兼以個人靈犀，所形成的現世的達觀。淵明之反神仙較諸前人，亦爲「形骸久已化」的臻於化境之說！

　　如上，東晉的遊仙詩特色爲延續了輕「遊」重「仙」的筆法、加

深了郭璞以來的轉化現象、並融合了兩漢以來的一切反遊仙觀念，而有更突出的成就。遊仙詩至此，已登峰造極，故不免於開始衰落了。

第五章　遊仙詩的沿襲與衰落——
　　　南北朝時期與隋代

　　陶淵明以其超邁曠達的人格精神，將兩漢以來的各種反遊仙之思融合爲其特有之現世達觀思想，東晉一代的遊仙詩，以他的反省思潮成就最大，其餘模擬之作，只造成詩作轉化現象加深，和山水、玄言詩愈發接近；或者延續西晉以來輕遊重仙的筆法，使得作品無異述仙詩。進入南北朝，沿襲之風益盛，東晉時期的一切特徵至此更爲明顯擴大：從遊仙詩中詠山水，進而成爲山水詩中帶仙意；從玄言勝談進而成爲道教教義；從述仙之作進而成爲典故排比和題詠酬答之作。遊仙詩由沿襲而產生消融的衰落現象，其間也脈絡井然。本章通觀劉宋之後至隋代近兩百年間的遊仙之作，不依作者及時代先後排列，但說其沿襲狀況，及遊仙詩的衰落。

一、南北朝遊仙詩的沿襲情形及其影響

　　沿襲舊作，雖易造成轉化消融諸現象，卻也可能造就出兼具數家之長的佳品。郭璞之後一片低迷的遊仙詩壇，在甫入南朝的劉宋時期，便出現了鮑照的〈代昇天行〉：

> 家世宅關輔，勝帶宜王城。備聞十帝事，委曲兩都情。倦
> 見物興衰，驟睹俗屯平。翩翻若回掌，恍惚似朝榮。窮途

悔短計，晚志重長生。從師入遠嶽，結友事仙靈。五圖發
金記，九篇隱丹經。風餐委松宿，雲臥恣天行。冠霞登綵
閣，解玉飲椒庭。暫遊越萬里，少別數千齡。鳳臺無還駕，
簫管有遺聲。何時與汝曹，啄腐共吞腥。

本詩前半自述身世，所謂「備聞十帝事，委曲兩都情」，鮑照身經劉
裕代晉、宋少帝被廢、文帝誅除朝士、太子劭之亂、乃至孝武帝誅
鋤宗室等大事，眼見世事變化迅如反掌，誠如當時民歌所謂：「遙望
建康城，小江逆流縈，前見子殺父，後見弟殺兄」(《魏書‧島夷劉
裕傳》)文人處此迍邅之際，寧不感慨良深？「倦見」二句寫盡一己
心力交瘁的厭世之情，朝榮夕替，語至警切。然而一句「晚志重長
生」，詩意大轉，從詠懷一變而入遊仙。從師結友四句寫求仙，風餐
雲臥四句述遨遊，再續以遠遊之快樂、棄世之決心，結語尤其慷慨
有力。這首詩結構嚴整，似曹植〈五遊詠〉；詠懷式的動機較之阮籍，
又更爲深刻，是兼具二家特長之作。而文字精鍊，除首尾外通篇對
句，已近唐人律體，這種現象當然與整個詩歌形式的發展有緊密的
關係，但就遊仙詩來說，尤爲前所未有的成就。另外，自嵇康講究
修鍊導養以來，至南北朝時期道教修行之術與鍊丹之說已蔚爲風
氣，各種經書靈藥廣爲學道求仙之人採納，「五圖」二句所詠即爲此
事，這是題材上受本身所處時代影響而言人之所未言。總之這首〈代
昇天行〉綜合遊仙詩極盛時期之大家曹植、嵇康、阮籍等人之長，
而成就又過之，是相當難得的情形。《昭明文選》錄此詩在卷二十八
樂府下，而不入遊仙一門，當即因其自抒懷抱之功能和當時一般徒
羨長生的遊仙詩大不相同之故。可惜明遠詩集中類此作品不多，否
則他將比郭璞更具備遊仙詩集大成者之資格。

　　和〈代昇天行〉一般以自抒身世落筆，具有明顯之求仙動機和遠
遊行動的作品，南北朝期間還有一首：

紅顏恃容色，青春矜盛年。自言曉書劍，不得學神仙。
風雲落時後，歲月度人前。鏡中不相識，捫心徒自憐。

　　願得金樓要，思逢玉鈐篇。九龍遊弱水，八鳳出飛煙。

　　朝遊采瓊實，夕宴酌膏泉。嶒嶸下無地，列缺上陵天。

　　舉世聊一息，中州安足旋。（北齊・顏之推〈神仙詩〉）

《北齊書・顏之推傳》載之推少時：「年十二，梁湘東王繹自講老莊，之推預門徒，虛談非其所好，還習《禮》、《傳》。」而顏氏家族又「世善《周官》、《左氏》」，可見詩中「自言曉書劍，不得學神仙」確有其事。及至紅顏已衰，青春不再之時，才在捫心自憐之餘，油然產生金樓、玉鈐之慕。此實即鮑照「晚志重長生」之意，是為遊仙之動機。下文列述遠遊之樂，結句「舉世聊一息，中州安足旋」，明顯脫胎自曹植「崑崙本吾宅，中州非我家」（〈遠遊篇〉）。此詩結構上起承轉合之整齊與鮑照〈代昇天行〉相仿，又均以詠懷式的自敘作為遊仙動機所在，是其長處。行文時排偶駢儷之講究，又較鮑照更上層樓，此當是時代文風之影響。之推時代晚鮑照百餘年，二人各居南北朝時期首尾兩端，而於遊仙之作皆有如此內容形式兩全的佳構，實為難得。但細味詩意，鮑照繫心時事，歎惜興衰，之推此作卻只在一己年華之老邁，關懷層面遠不及鮑照深廣。後半的遠遊行程則華麗精工，規範嚴謹，和鮑照「暫遊越萬里，少別數千齡」的氣魄萬千之語相較，二人風格似有剛柔之異；結句亦不如鮑照之憤慨有力。之推此篇沿襲遊仙詩的詠懷形式，通篇似鮑，而氣韻稍弱。至於王融的〈遊仙詩五首之一〉則格局更小：

　　桃李不奢年，桑榆多暮節。常恐秋蓬根，連翩因風雪。

　　習道遍槐岷，追仙度瑤碣。綠帙啟真詞，丹經流妙說。

　　長河且已縈，曾山方可礪。（齊・王融〈遊仙詩五首之一〉）

本篇遊仙之動機亦為憂年命之短促，而言習道追仙、啟帙頌經，更似道教神仙家言。以上三首皆自感懷下筆，雖不出前人規模，但其沿襲對象大抵皆越過兩晉，直接本之阮籍、曹植，在這一時期的詩人中堪稱獨具隻眼，但其沿襲成果卻也高下不一，其關懷之層面、感慨之深刻、以及遊仙之場面、氣度之恢宏，皆有遞減趨勢，如〈代昇天行〉

那樣興寄深厚結構嚴整的作品，在南北朝遊仙詩中畢竟難得一見。

上引三詩自詠懷發句，感慨良深，是嵇阮一脈言志詠懷之作的流裔。其餘南北朝時期的遊仙詩則多沿襲郭璞及東晉詩人，其特色為少見性情襟抱，而多有轉化消融。關於從遊仙詩到山水詩的轉化方面，上章已言郭璞〈遊仙詩之九〉的「採藥遊名山」之後，神仙家的採藥服食與名山勝水的遊覽已緊密結合，庾闡的〈採藥詩〉即藉採藥而寫山水，南北朝時期服食之風大盛〔註1〕而採藥為嗜好服食者之常舉，許多因採藥而遊山之作便繼郭璞庾闡之後推展開來，如：

> 我本北山北，緣澗採山麻。九莖日反照，三葉長生花。
> 可用蠲憂疾，聊持駐景斜。景斜不可駐，年來果如驅。
> 安得崑崙山，偃蹇三珠樹。三珠始結荄，絳葉凌朱臺。
> 玉壺白鳳肺，金鼎青龍胎。韓眾及王子，何世無仙才。
> 安期儻欲顧，相見在蓬萊。（梁・吳均〈采藥大布山〉）

> 採藥名山頂，時節無春冬。散雲非一色，連嶂異眾峰。
> 合沓似無徑，間關定有蹤。山窗臨絕頂，簷溜俯危松。
> 空林鳴暮雨，虛谷應朝鐘。仙童時可遇，羽客屢相逢。
> 若值韓眾藥，當御長房龍。（北周・王褒〈和從弟祐山家詩二首
> 之一〉）

吳均因採藥而引發「景斜不可駐」的歲月如馳之感慨，於是設想上崑崙，得仙藥，結尾並一再以「何世無仙才」，服食登仙為可能實現，來自我寬慰。此詩是因採藥以羨仙。王褒之作則旨在描寫山居景色，並無實際採藥之舉，仙童羽客只是山中鄰居之代稱，而結句「若值韓眾藥」可見其對於得藥與否乃隨緣而已，入山並非志在採藥，和吳均之作相較，明顯地詩中仙意淡薄，山居景色躍居全詩主題。這裡再次展現採藥遊山和山水詩的關係。事實上自劉宋詩人謝靈運之後，山水詩已臻極盛，如這首〈和從弟祐山家詩〉以山景為主，而將神仙之說作為典故附於詩中的現象，實為必然趨勢。吳均便常有這種以寫景為

〔註 1〕參李豐楙論文中〈採藥服食詩與仙道思想〉一節，頁 514〜516。

主，以仙思爲附屬的作品，如：

> 遠澗自傾曲，石激復㶁㶁。含珠岸恆翠，懷玉浪多圓。
> 疏峰時吐月，密樹不開天。瑤繩盡玄祕，金檢上奇篇。
> 是有琴高者，陵波去水仙。(〈登壽陽八公山詩〉)

史稱吳均詩體清拔，有古氣，時人效之，謂爲吳均體，從這首〈登壽陽八公山〉看來，誠爲風格清拔的山水之作，而結以神仙之思。另外，江淹詩中也常有此現象：

> 廣成愛神鼎，淮南好丹經。此山具鷥鶴，往來盡仙靈。
> 瑤草正翕葩，玉樹信蔥青。絳氣下縈薄，白雲上杳冥。
> 中坐瞰蜿虹，俛伏視流星。不尋暇怪極，則知耳目驚。
> 日落長沙渚，曾陰萬里生。藉蘭素多意，臨風默含情。
> 方學松柏隱，羞逐市井名。幸承光誦末，伏思託後旌。
>
> (〈從冠軍建平王登廬山香爐峰詩〉)
>
> 南國多異山，雜樹共冬榮。潺湲夕澗急，嘈嘈晨鵾鳴。
> 石林上參錯，流沫下縱橫。松氣鑑青藹，霞光鑠丹英。
> 望古一凝思，留滯桂枝情。結友愛遠岳，採藥好長生。
> 當畏佳人晚，秋蘭傷紫莖。海外果可學，歲暮誦仙經。
>
> (〈渡西塞望江上諸山詩〉)

此皆登山遊覽之作，卻在山水景色中夾雜些許神仙之思，咸以之作爲典故運用，或用來形容山景之清幽；或作爲感慨之引發。

　　總之，自郭璞以客觀描述手法寫仙景，並將想像世界之景色人間化之後，經庾闡加深其轉化現象，至南北朝時期山水詩已成爲詩壇主流，而神仙之思反而成爲山水詩之附庸。這是遊仙詩沿襲郭、庾的仙境人間化手法、及採藥詩等作品，所產生的消融於山水詩之現象。

　　另外，陳詩卷六尚錄有劉刪〈採藥遊名山〉一首：

> 名山本鬱盤，道士貴黃冠。獨馭千年鶴，來尋五色丸。
> 石床新溜乳，金竈欲成丹。定知無二價，非復在長安。

同是採藥之詩，卻和吳均等人之作品大異其趣，這裡的重點已不在

名山之遊，而在歌詠黃冠道士，充份顯示南北朝遊仙詩道教化的特色。〔註2〕

沿自郭璞〈遊仙詩之二〉：「青谿千餘仞，中有一道士」將仙人形象與道士合流的筆法，南北朝遊仙詩常有仙人與道士不分的情況：

> 漆水豈難變，桐刀乍可揮。青書長命籙，紫水芙蓉衣。
>
> 高翔五岳小，低望九河微。穿池聽龍長，叱石待羊歸。
>
> 酒闌時節久，桃生歲月稀。（梁·簡文帝蕭綱〈仙客詩〉）

此處所寫的仙客手持長命籙，身穿芙蓉衣，實為道士形象。而宋吳邁遠〈遊廬山觀道士石室詩〉中的道士，又飄飄似仙：

> 蒙茸眾山裡，往來行跡稀。尋嶺達仙居，道士披雲歸。
>
> 似著周時冠，狀披漢時衣。安知世代積，服古人不衰。
>
> 得我宿昔情，知我道無為。

這是沿襲郭璞神仙凡人化筆法，所產生的仙人與道士形象揉合之現象。

遊仙詩因客觀說理而轉化為玄言之現象，也成為南北朝詩沿襲的對象，如：

> 嘗稽真仙道，清淑祕眾煩。秦皇及漢武，焉得游其藩。
>
> 既欲先宇宙，仍規後乾坤。崇高與久遠，萬物莫能存。
>
> 刻乃恣所欲，荒淫伐靈根。安期反蓬萊，王母還崑崙。
>
> （吳均〈覽古詩〉）

全篇論仙道以清淑為貴，秦皇漢武之流自不能望其項背〔註3〕，議論批評，較郭璞及東晉詩人更接近玄言說理之作。而陶弘景的〈告遊篇〉更進一步，成為專說道教教義的玄理詩：

> 性靈昔既肇，緣業久相因。即化非冥滅，在理澹悲欣。
>
> 冠劍空衣影，鑣彎乃仙身。去此昭軒侶，結彼瀛臺賓。

〔註2〕關於南北朝遊仙詩的道教化，可參李豐楙〈六朝道教與遊仙詩的發展〉一文，中華學苑二十八期。及其論文《魏晉南北朝文士與道教之關係》第六章第四節，頁514～523。

〔註3〕秦皇漢武不得仙的原因，可參學生書局杜而未著《崑崙文化與不死觀念》一書頁95～96。

　　　儻能踵留轍，爲子道玄津。

詩言天賦異稟，修道亦久，故得道變化，此處空留衣冠，而將於彼處
結賓瀛臺，殆即道教尸解之說。遊仙詩至此，非但談玄說理，並已成
爲宗教詩。這現象是沿襲郭璞客觀說理之筆法所形成的。

　　自兩晉以來的遊仙詩輕遊重仙的筆法，至南北朝詩人筆下，更爲
變本加厲。如陶淵明〈讀《山海經》十三首〉後五首之類的通篇述仙
之作，南北朝期間屢見不鮮。如梁高允生的〈王子喬行〉：

　　　仙化非常道，其義出自然。王喬誕神氣，白日忽升天。
　　　晻曖御雲氣，飄飄乘長煙。寄想崆峒外，翱翔宇宙間。
　　　七月有佳期，控鶴崇崖巔。永與時人別，一去不復返。

全詩敘述王子喬得道升天，又駕鶴駐山，與時人揮手作別之傳說〔註4〕
此題材自漢樂府便一再歌詠，至此實已無任何新意。似乎《離騷》以
來的遠遊傳統，發展至南北朝及隋代，已不再能成爲人們寄託理想、
宣洩苦悶的方式，詩人們所以仍然寫作遊仙詩，只有藉之轉述神話傳
播仙思的目的。前引東晉王鑒的〈七夕觀織女詩〉述牛郎織女之傳說，
這首〈王子喬行〉則述王子晉仙去之經過。而更有甚者，通篇述仙，
但皆出之以引用典故之方式，一句一典，累積堆砌，讀來枯淡無味。
如梁戴暠〈神仙篇〉：

　　　徒聞石爲火，未見坂停丸。暫數盈虛月，長隨晝夜瀾。
　　　辭家試學道，逢師得信韓。閬山金靜室，蓬丘銀露壇。
　　　安平醞仙酒，渤海轉神丹。初飛喜退鳳，新學法乘鸞。
　　　十芒生月腦，六燄起星肝。流瓊播疑俗，信玉類陽官。
　　　玄都宴晚集，紫府事朝看。謝手今爲別，誰憐此俗難。

全篇臚列故實，堆砌辭藻，作者的思想情感已絲毫不見，更遑論性情
襟抱，其後陳張正見及隋代魯范、盧思道等人題名〈神仙篇〉的作品
均屬此類，雖詩雜仙心，實無仙趣。至於梁劉孝勝的〈升天行〉：

　　　堯攀已徒說，湯捫亦妄陳。欲訪青雲侶，正遇丹丘人。
　　　少翁俱仕漢，韓終苦入秦。汾陰觀化鼎，瀛洲宴羽人。

────────────
〔註4〕王子喬事蹟詳見本文第三章第二節。

> 廣成參日月，方朔問星辰。驚祠伐楚樹，射藥戰江神。
> 閭闔皆曾倚，太一豈難親。趙簡猶聞樂，周儲固上賓。
> 秦皇多忌害，元朔少寬仁。終無良有以，非關德不鄰。

則不但通篇用典，還兼說理。遊仙詩的幻想特色、快樂精神，在這些詩中已不可復見，難怪要走上衰落之途了。

二、遊仙詩的衰落

南北朝的遊仙詩雖有鮑照等人承接曹植與嵇阮一脈，寓遊仙於詠懷，而創下佳績，然絕大多數詩人均沿襲東晉以來的轉化特色，使得遊仙詩產生了種種消融現象。例如：1. 沿襲郭璞仙境人間化的筆法，及採藥遊山的發句方式，使得詩歌的題材自「遊仙詩的仙境描寫神似人間山水」，進而成為「山水詩的景色鋪陳略帶仙意」，於是遊仙詩乃於南北朝期間消融於新興的山水詩中；2. 沿襲了客觀說理的敘事觀點，除了使遊仙詩與玄言詩義界更難廓清之外，在南北朝期間更出現以遊仙闡釋道教教義的宗教詩，於是遊仙詩又成為道教的附庸；另外，3. 沿襲自西晉以來輕遊重仙的筆法，除產生通篇述仙類似神話敘事詩的作品外，更進而使遊仙詩成為神仙典故的排比堆砌，但有仙意，而無仙趣。基於以上三種理由，南北朝及隋代的遊仙詩，無論內容形式，均非曹氏父子的夸飾幻遊、嵇康阮籍的言志詠懷、郭璞的仙人合一時期之舊觀，是已經由興盛而至於衰落時期了。

最能說明遊仙詩衰落現象的，是當時詩人們已不再專力寫作遊仙詩，而多以之作為題詠道館、或奉和酬答的工具。題詠之作著名的有：

> 秦皇御宇宙，漢帝恢武功。歡娛人事近，情性猶未充。
> 銳意三山上，托慕九霄中。既表祈年觀，復立望仙宮。
> 寧為心好道，直由意無窮。曰余知止足，是願不須豐。
> 遇可淹留處，便欲息微躬。山嶂遠重疊，竹樹近蒙籠。
> 開襟濯寒水，解帶臨清風。所累非物外，為念在玄空。
> 朋來握石髓，賓至駕輕鴻。都令人徑絕，惟使雲路通。

一舉凌倒景，無事適華嵩。寄言賞心客，歲暮爾來同。

（梁・沈約〈遊沈道士館〉）

紫臺高不極，清谿千仞餘。壇邊逢藥銚，洞裡閱仙書。

庭舞經乘鶴，池遊被控魚。稍昏蕙葉歛，欲暝槿花疏。

徒教斧柯爛，會自不凌虛。（陳・陰鏗〈遊始興道館詩〉）

其他如梁庾肩吾有〈道館〉、〈石橋〉；陳周弘正有〈和庾肩吾入道館〉、張正見〈遊匡山簡寂館〉；北周庾信〈入道士館〉、蕭撝〈和梁武陵王遙望道館〉、王褒〈過藏矜道館〉等，均屬此類題詠詩。這類詩歌既然旨在題詠道士所居之福地，故而或以景物爲重點，如第一首沈約〈遊沈道士館〉；或著重敍述其靈異仙氣，如第二首陰鏗〈遊始興道館〉，要之均以一具體的道觀名勝爲描寫對象，而穿插許多神仙事蹟。神仙事蹟於此不但如上節所言，成爲典故的運用，並且帶有題詠的實用目的，已絕非遊仙詩原貌。

前已言及南北朝遊仙詩中仙人形象與道士揉合，此除沿襲郭璞以道士鬼谷子代稱仙人的原因之外，當時道教大行，文人崇敬道士的社會現象也是主因。這現象形之於詩歌者，爲文人與道士間的酬贈之作。如梁時著名的道士陶弘景，便常來往於士流之間，沈約、范雲均有與之唱和之作：

三清未可覿，一氣且空存。所願迴光景，拯難拔危魂。

若蒙丸丹贈，豈懼六龍奔。（沈約〈酬華陽陶先生〉）

終朝吐祥霧，薄晚孕奇煙。洞澗生芝草，重崖出醴泉。

中有懷眞士，被褐守沖玄。石戶棲千祕，金壇謁九仙。

乘鶂方履漢，彎鶴上騰天。（范雲〈答句曲陶先生〉）

沈約另有〈還園宅奉酬華陽先生〉、〈華陽先生登樓不復下贈呈〉、〈劉眞人東山還〉等，皆爲與道士唱酬之作。

除了和道士交往，有詩相和之外，文人之間也常以遊仙詩相酬贈，如沈約〈和竟陵王遊仙詩二首〉、〈和劉中書仙詩二首〉、江淹〈贈煉丹法和殷長史〉、周弘正〈和庾肩吾入道館〉、蕭撝〈和武陵王遙望

道館）、王褒〈和從弟祐山家詩二首〉、庾信〈奉和趙王遊仙〉、釋慧淨〈英才言聚賦得昇天行詩〉等均是。至於庾信〈至老子廟應詔〉、江總〈侍宴玄武觀〉等篇，更以遊仙詩為應詔之作。這些酬贈應詔之作品和純粹典故堆砌者比起來，雖稍顯靈活，亦間有佳句出現，然而作品的實用性濃厚，仍然有傷文學價值，也是遊仙詩之末流。

題詠道館之作，與奉和酬贈之作，基本上都是將神仙題材作為典故，以達其實用性之目的，和早期抒發性靈、寄託理想的幻遊作品相對照，遊仙詩的衰落情形是顯而易見的。

另外要說明的是，庾信有〈道士步虛詞十首〉，為擬樂府之作。據《樂府詩集‧雜曲歌辭》下引〈樂府解題〉曰：「步虛詞，道家曲也，備言眾仙縹緲輕舉之美」乃羽士誦經之曲調。今觀此十首，確實備言眾仙之縹緲輕舉，如：

> 東明九芝蓋，北燭五雲車。飄颻入倒景，出沒上煙霞。
> 春泉下玉霤，青鳥向金華。漢帝看桃核，齊侯問棗花。
> 上元應送酒，來向蔡經家。（其二）

> 歸心遊太極，迴向入無名。五香芬紫府，千燈照赤城。
> 鳳林採珠實，龍山種玉榮。夏簧三舌響，春鐘九乳鳴。
> 絳河應遠別，黃鵠來相迎。（其三）

「出沒上煙霞」、及「歸心遊太極」二句，「上」與「遊」是南北朝遊仙詩中難得一見的遠遊行動。而仙境之描述，則春泉青鳥、紫府赤城；車駕之鋪敘，則九芝蓋、五雲車；服食之採納，則桃核棗花、採珠種玉，凡此皆可見庾信〈步虛詞〉深受遊仙詩影響。然而〈步虛詞〉本為宗教齋儀之用，其遠遊情境乃屬道士設醮之時魂遊象外之宗教經驗，和文學上的想像作用完全不同，不可混為一談。庾信此十首擬作，雖較一般步虛之作富含文學性，且下開唐人擬作風氣〔註5〕然亦僅能視為遊仙詩偏格。其後隋煬帝楊廣亦有〈步虛詞〉二首，可與此同觀。

〔註5〕參李豐楙《魏晉南北朝文士與道教之關係》中〈步虛詞與道教音誦〉一節，頁529～533。

　　前已言及道士陶弘景以遊仙詩闡釋道教義理，而庾信又以遊仙詩擬作道教經唄之聲，其間一般文人更常以仙人仙語題詠道觀、酬贈道士，種種跡象顯示，南北朝以後道教盛行，日益侵入遊仙詩之領域，終使詩歌成為宣傳教義之工具，喪失了文學的獨立美感與價值。有趣的是，遊仙詩起源於宗教頌歌，本自祭典儀式間逐漸醞釀而來，不料從兩漢一路發展至南北朝，又回復到宗教頌歌的原始型態去了！本書所謂南北朝期間遊仙詩的衰落，正指此類遊仙題材在詩歌發展過程中，所呈現的回歸現象。然而就遊仙詩整體來說，從漢代祭祀歌到南北朝道教化的產品，在仙境仙人的描寫、神人距離的拉近、形式結構的嚴整、以及文字技巧的講求各方面，其進展豈可以道里計？因而所謂回歸，並非回歸起點；雖有退化，然而文學整體的走向，仍是向前邁進的。

第六章 六朝遊仙詩的綜合討論

　　以上本書一至五章，將遊仙詩從醞釀產生到消融衰落的發展情況，作了詳細的探討，乃屬縱向的省視釐析。本章將橫貫詩作，針對遊仙詩的特質和價值影響，作綜合分析。

第一節 遊仙詩的特質

一、形式特質

　　早期遊仙詩重「遊」，其後逐漸轉而重「仙」，本論文已多次提及。不論重遊或重仙，仙境與仙人為其共同要素。正如朱光潛先生所說：「遊仙詩描寫人世以外另一世界的經歷。」〔註1〕「另一世界」是仙境；而論到「經歷」，除了遠遊過程中的見聞外（案，此仍屬仙境範圍），便須憑藉巧遇仙人才得展開。缺少仙境、仙人，便不能算是遊仙詩，此即是遊仙詩在形式方面的特質所在。

1. 仙　境

　　在以「遊」為重點的漢樂府及三曹時期，遊仙詩中的仙境，只是詩人遠征過程中途徑的驛站，點到為止，不做深入描繪，只以一連串

〔註1〕《詩論新編》，頁105。

仙境名稱累積成翱遊的快感。例如：

> 王子喬，參駕白鹿雲中遨。參駕白鹿雲中遨。下遊來，王
> 子喬。參駕白鹿上至雲戲遊遨。上建逋陰廣里踐近高。結
> 仙宮過謁三台。東遊四海五嶽上，過蓬萊紫雲臺……
>
> （〈樂府吟歎曲〉王子喬）

> 駕六龍乘風而行。行四海外路，下之八邦。歷登高山，臨
> 谿谷，乘雲而行。行四海外，東到泰山……奉持行，東到
> 蓬萊山，上之天之門……東到海與天連……乘駕雲車，駙
> 駕白鹿，上到天之門……（曹操〈氣出倡〉之一）

> 駕虹蜺，乘赤雲，登彼九疑歷玉門。濟天漢，至崑崙……
> 絕人事，遊渾元。若疾風遊欻飄翩。景未移，行數千……
>
> （曹操〈陌上桑〉）

> 願登泰華山，神人共遠遊。願登泰華山，神人共遠遊。經
> 歷崑崙山，到蓬萊。飄颻八極，與神人俱……
>
> （曹操〈秋胡行之二〉）

> ……韓終與王喬，要我於天衢。萬里不足步，輕舉凌太虛。
> 飛騰踰景雲，高風吹我軀。迴駕觀紫薇，與帝和靈符……
> 驅風遊四海，東過王母廬……不見軒轅氏，乘龍出鼎湖。
> 徘徊九天上，與爾長相須。（曹植〈仙人篇〉）

這些詩作的共同特色是動詞特別多，遨、遊、上、下、結、過、行、
登、到、之、歷、濟、至、經歷、飄颻、徘徊、踰、凌、出……等等，
在一篇中重複出現，充份顯示其「遊」的特性。因此詩中的仙境如蓬
萊崑崙、天漢玉門、四海五嶽等，都只是一些概念性質的地名，沒有
清楚的形象和景色，詩人在這裡強調的是翱翔的範圍廣大——上至天
門、下之八荒，宇內區外，無所不包；以及行動的迅速——「若疾風
遊欻飄翩」、「景未移，行數千」，另曹植五遊詠亦曰：「曜靈未移景，
倏忽造昊蒼」，均強調其倏忽來住。這是在打破人類肉身所受的時間、
空間之限制，而獲得無上之快樂。此蓋因現實世界之出遊須賴車馬，
甚或徒步而行，在交通不發達的古代，更添勞乏，到了想像世界，便

天馬行空，不再受任何拘束。上引〈王子喬〉便是此類渴望突破肉身限制的代表作，其遠遊精神至爲素樸，旨在強調其旅程經歷的豐富，故純粹累積行程卻不加描繪。至曹操時遠遊場面更大，想像更繁富，不僅翺翔快樂，並有憩息動作，〈氣出倡之一〉中「駿駕六龍飲玉漿，河水盡不東流，解愁腹飲玉漿」明顯是人間打尖秣馬經驗的投射。再加上他「四面顧望，視正焜煌」，一旦顧望，仙境的地位便由旅程中的驛站記錄，進而帶有見聞性質，鋪排修飾之風，便由此而起。於是在〈氣出倡第三〉中，產生了「金階玉爲堂，芝草生殿傍。東西廂客滿堂，主人當行觴」的富貴宴樂景象，構成了他「在人世以外另一世界的經歷。」曹植的情況亦同，在前引〈仙人篇〉中，極言「輕舉凌太虛」、「飛騰踰景雲」的翺遊之樂，至「迴駕觀紫薇」之後，才寫所「觀」之仙景：「閶闔正嵯峨，雙闕萬丈餘。玉樹扶道生，白虎夾門樞。」另外，〈遠遊篇〉首曰：「遠遊臨四海，俯仰觀洪波」，在「遊」之後，因「觀」而有下文一切神嶽靈鼇的景物。此類例證在早期遊仙詩中俯拾即是，不勞贅述。

　　遊仙詩的仙境從旅次過程的記錄進展爲見聞經歷的鋪敘，作者便不可避免地會將己身在現實生活中的耳聞目睹，欽羨渴望等主觀情緒反映於其中，而產生了各人不同的描寫風格。於是曹操便金階芝草、賓客滿堂，顯示其人主身份的生活經驗，以及豪邁熱情的性格；曹植則閶闔丹扉、嵯峨萬丈，一副豪門氣象，置身其中的自己，也佩瓊瑤飲沆瀣，披丹霞襲霓裳，儼然尊貴公子〔註2〕。後來西晉傅玄的〈雲中白子高行〉中，仙境亦爲「紫宮崔嵬，高殿嵯峨」的景象，傅玄也

〔註 2〕此處所言曹植的仙境景象，主要根據〈五遊詠〉和〈仙人篇〉，曹植其他篇章亦多有金碧輝煌的仙境描繪，如〈飛龍篇〉：「西登玉臺，金樓複道。」〈升天行〉：「靈液飛素波，蘭桂上參天。玄豹遊其下，翔鵾戲其顛。」〈苦思行〉：「綠蘿緣玉樹，光曜粲相輝。」等等，均是其濃艷富麗之風格的表現。至於〈遠遊篇〉：「大魚若曲陵，承浪相經過，靈鼇戴方丈，神嶽儼嵯峨」專寫仙歌之奇詭龐大，以襯托仙境之靈異氣氛，是比較特殊的手法。

是一生顯赫的人，故於遊仙詩有此流露，可惜其遊仙之作僅有此一首行世，且為仿樂府之作，不知是否為其一貫風格。這是仙境景象表現富貴堂皇，金碧輝煌的一面。

　　嵇康與阮籍對仙境的描寫，和二曹有極大的差異。嵇康曰：「遙望山上松，隆谷鬱青蔥。」（〈遊仙詩〉）仙境給人的總體印象，是近在眼前、青蔥一片，和曹氏父子的妊紫嫣紅、巍峨難攀恰相對照。至於其中的景象，則又變二曹的濃麗具象而為沖穆清淡，阮籍〈詠懷三十八首〉：「炎光延萬里，洪川蕩湍瀨」、二十三首：「東南有射山，汾水出其陽，六龍服氣輿，雲蓋切天綱」可為代表。嵇康的名句：「目送歸鴻，手揮五絃。俯仰自得，遊心太玄」（〈四言贈兄秀才入軍之十四〉）更顯示一種排憂適性的仙居生涯。嵇阮二人終生畏患懼禍，故而作為其理想世界之寄託的仙境仙景，便呈現沖淡逍遙而不甚具體的特色。這是仙境景象表現逍遙忘憂、籠統概括的一面。

　　而到了郭璞，由於重點已在「仙」而不在「遊」，仙境不再是自身遊歷中的見聞，因此他所致力經營的是一個客觀冷靜的仙境景象，前文論其遊仙詩特色時已詳細分析，此處不再復述。而其所以能達此成就之原因，除詩歌本身的發展趨勢外，當也和他篤信仙術、禮敬道士有關，因此他但敘道士（仙人）之生涯，並不展開一己之遠遊。

　　以上從遊仙詩的發展路線探討各階段仙境景色的演變，及其中包含之意義。初期遊仙詩以「神仙之道，出窈入冥」（曹操〈氣出倡〉之一）故而重視突破時空限制的出入遨遊之樂，極力夸飾遊歷的廣泛和迅速，其時仙境之敘述以量取勝，而缺少細膩的景物描繪。曹氏父子於遊歷的範圍和速度之外，又加入了觀賞、休憩等情節，因此鋪陳途中景色，而使仙境帶有想像見聞的性質。而詩人想像的呈現，應當和自身的生活背景、在此背景下產生的審美觀點，及心中懷抱的理想願望等主觀因素有關，於是，出身富豪顯貴者側重金碧輝煌與富貴氣息的營造；渴望避禍遠害者偏向逍遙適性的追求；而修仙學道者刻劃其清幽宜居。仙境景象的轉變，實與作者的性情與好尚息息相關。

　　至於仙境之所在，在遊仙詩中的發展是和整個神仙思想的演進相合的，早期的仙境，自然非天界、或崑崙蓬萊等紫虛幻境莫屬，其後則漸入人間名山。葛洪《抱朴子・金丹》說明了此演變的原因：

> 今之醫家，每合好藥好膏皆不欲令雞犬小兒婦人見之，若被諸物犯之，用便無驗。又染綵者，惡惡目者見之，皆失美色，況神仙大藥乎！是以古之道士，合作神藥，必入名山，不止凡山之中，正爲此也。又按仙經，可以精思合作仙藥者，有華山、泰山、霍山、恆山、嵩山、少室山、長山、太白山、終南山、女几山、地肺山、王屋山、抱犢山、安岳、潛山、青城山、娥眉山、綏山、雲臺山、羅浮山、陽駕山、黃金山、祖山、大小天臺山、四望山、蓋竹山、括蒼山，此皆是正神在其山中，其中或有地仙之人。上皆生芝草，可以避大兵大難，不但於中以合藥也；若有道者登之，則此山神必助之爲福，藥必成。

由此可見道教思想中仙境之入於名山，乃爲煉藥之故。

　　而遊仙詩中的仙境所以能自天界發展向人間山水，必須歸功於曹操所採用的「二重仙境」筆法。在曹操的遊仙詩中，遠遊具有一定的程序，即必須先至一人間的名山，稍事休憩或遊覽後，再上至天之門。他筆下出現的名山，有泰山、華陰山、君山、九疑山、散關山、泰華山等等，和《抱朴子》所言亦可參看。是爲第一重仙境。詩人在這裡或是秣馬歇憩，或是等待仙人下來導引，然後方才進入第二重仙境的蓬萊山、天之門、海與天連、崑崙之山西王母側、王母臺、玉門、天漢等所在。這第一重仙境是遠遊途中的歇腳處，也是凡俗之人謁見東君王母等仙人的進身之階，總要在此經由玉女通報導引，方能登堂入室。這樣的安排不但增加了遠遊過程的迂迴性，使想像力可以有更多空間發揮；更重要的是，他把人間名山與飄渺仙境緊密結合，爲後來的仙境人間化鋪好了穩固的台階。其後曹植〈飛龍篇〉：「晨遊泰山，雲霧窈窕。忽逢二童，顏色鮮好……西登玉臺，金樓複道。」即此「二重仙境」之延伸。嵇康亦時而沿用此法，如〈代秋胡歌之七〉言：「徘

徊鍾山，息駕於層城。徘徊鍾山，息駕於層城。上蔭華蓋，下采若英。受道王母，遂升紫庭。逍遙天衢，千載長生。」遊仙的過程便和曹操如出一轍。而經由這樣將名山與仙界結合的過程，嵇康觀念中的仙境便大幅度地趨向人間，他以「靈岳」稱之，如言「長寄靈岳，怡志養神」（〈四言贈兄秀才入軍之十七〉）「乘風高逝，遠登靈丘」（同上之十六）、「徘徊戲靈岳，彈琴詠泰眞」（〈五言詩三首之三〉）、「結友集靈嶽，彈琴登清歌」（〈答二郭三首之二〉）等等，此「靈岳」乃一混合性的人間仙境之概念，和他〈遊仙詩〉中「遙望山上松」的所謂「山上」，同屬意象模糊的混合性籠統仙境。至西晉成公綏〈仙詩〉言：「那得赤松子，從學度世道。西入華陰山，求得神芝草。」更正式將一形象明確的人間名山作爲學仙求藥之所在。其後郭璞集其大成，構建完善的人間山水化的仙境景色。神仙家由天界而紫虛，而人間名山的仙境演變路線，在遊仙詩中於焉發展完成。庾闡再爲之推波助瀾，遊仙詩乃日益趨向山水詩。這是仙境地點在遊仙詩中的變化。

　　仙境的景緻在各時期的遊仙詩人筆下，呈現不同的風貌，這和作者的品味嗜好及理想願望有關，而前者牽涉到生活環境家庭背景；後者則關係整個時代的憂患。也就是說，這不僅是遊仙詩此一詩歌題材的特色表現而已，其實已牽涉到整個審美意識的美學範圍；而仙境地點在遊仙詩中自天界而至人間的變化，則和道家神仙思想的演變有關。然則美學與道家思想在六朝期間的發展，其間有無關連可尋？這是綜合整理六朝遊仙詩中的仙境時呈現的相關問題，請諸來者。

2. 仙　人

　　遊仙詩中仙境的發展，是從遠遊過程中途徑的驛站，而後描繪漸多，後期甚至反客爲主，成爲以寫景爲主的山水詩。也就是說，從概略到詳細。而仙人描寫的進展卻恰恰相反，是由詳細，而概略。

　　在漢樂府中，仙人有著鮮明的形貌：「仙人騎白鹿，髮短耳何長。」（平調曲〈長歌行〉）髮短耳長的相貌、騎乘白鹿的行徑，都讓人一

望即知爲「異類」。另如王子喬亦「參駕白鹿雲中遨」（吟歎曲〈王子喬〉）淮南八公不但「參駕六龍」（瑟調曲〈善哉行〉）並且可能生有毛羽（〈八公操〉）這些特殊形相都能使人留下深刻印象。

曹操筆下的仙人，怪異性減少，但也很少直接描述仙人的形貌，他採用的是側寫的襯托方式：寫仙人欲來時，以「出隨風列之雨」的景象襯托其威嚴；寫玉女相聚歡樂，卻只言「起舞移數時，鼓吹一何嘈嘈」的歌舞場面，以襯托其嬌美可愛；寫群仙畢集，只言「從西北來時，仙道多駕煙，乘雲駕龍，鬱何蓩蓩」（以上〈氣出倡〉之二）以其車駕繁盛襯托爲數之眾；就連來到王母臺參與盛會時，也只以「主人當行觴」（〈氣出倡〉之三）襯托仙人的地位，仍不著力形容其面貌。這側寫的手法頗有文學性，但也令人苦於無法捕捉仙人的面目。曹操唯一一次對仙人深入描寫，是在他以戲劇化手法鋪敘一段仙凡邂逅經過的作品〈秋胡行〉裡，那兒的仙人三老公，「負掩被裘」尋常裝扮，然而望之又「似非恆人」，乃在疑似之間。這和兩漢被視爲異類的仙人形相大不相同，可說是仙人向凡人化的途徑邁進了一步。從此可以推知，他對於玉女王母等人不加刻劃的原因，大概也和祂們形貌並無特異之處有關，因此他只寫周圍的景象，來烘托其特性。這是頗高明的手法。

曹丕筆下的仙僮，是「不飲亦不食」的離世典型，和人距離遙遠，這是以他反遊仙的態度所發的論調。至於曹植筆下的仙人，則有多樣化的面貌：或爲姣美的童子，〈飛龍篇〉：「晨遊泰山，雲霧窈窕，忽逢二童，顏色鮮好；乘彼白鹿，手翳芝草。」；或爲神祕的術士，〈升天行〉：「乘蹻追術士」；或爲上帝群后，〈五遊詠〉：「上帝休西櫺，群后集東廂」；或奇幻而有翅，〈苦思行〉：「下有兩眞人，舉翅翻高飛」；或平實而僅爲一白髮策杖之隱士，〈苦思行〉：「鬱鬱西岳巓，石室青蔥與天邊。中有耆年一隱士，鬚髮皆皓然。策杖從吾遊，教我要忘言。」可謂千變萬化。對於仙人的活動又都拿捏得細膩生動，讀來彷彿在目前，如仙童是乘白鹿而「手翳芝草」，活潑俏皮；術士則蹤影藐藐，

神秘莫測；上帝正「休西櫺」（案，逯本原註：本集「休」作「伏」，更佳）而群后「集東廂」；眞人舉翅翻飛，隱士策杖從遊，凡此皆不惟栩栩如生，並且恰合身份。尤其難得的是〈仙人篇〉：

> 仙人攬六著，對博太山隅。湘娥拊琴瑟，秦女吹笙竽。
> 玉樽盈桂酒，河伯獻神魚。四海一何局，九州安所如。
> 韓終與王喬，要我於天衢。……

這裡的仙人會攬棋對弈，一旁又有湘娥撫琴、秦女吹笙、河伯獻魚，這些情形幾可與後來郭璞的「陵陽挹丹溜，容成揮玉杯，垣娥揚妙音，洪崖頷其頤」等量齊觀，以旁敘者的姿態對仙人舉止詳細刻劃。下文又接言韓終王喬相邀於天衢，是連接前面一大段客觀描繪的文字，與下文各種夸飾盛言的遠遊行動之間的關鍵字句，其中所反映的仙凡關係，又如良友，當亦具備下啓郭璞「左挹浮丘袖，右拍洪崖肩」的契機。這首詩題名〈仙人篇〉，確實在仙人的刻劃上，成就斐然。

然而這些仙人的形容，都是在夸飾幻遊的遠遊之作中發展出來的，遊仙詩到了嵇阮時期，言志詠懷成了詩作主旨，神仙意象只是用來烘托主旨，故皆剔除不必要之描述，直陳其人其事，以代表長生、逍遙、或脫俗的意象。此時的重點在仙人所代表的含意，用在詩歌中以襯托全詩主旨，而不以形容其形貌舉止爲重心。例如：嵇康〈四言詩〉：「凌陽讚路，王子奉轺。婉孌名山，眞人是要。齊物養生，與道逍遙。」列述眾仙人只是爲了要襯托其「逍遙」的主旨，雖有讚路奉轺等動作，而未見容貌。至〈述志詩〉「逝將離群侶，杖策追洪崖」更將洪崖與張儀、寧越等歷史人物並列，顯示「脫俗」的含意。而阮籍言：「自非王子晉，誰能常美好。」則以仙人代表長生意象。過去曹植詩中直稱仙人名諱的情形不多，常以童子、仙人等稱謂顯示其身份，而著重其舉止動作，充份顯示其乃遠遊中之所見；而嵇阮卻多直稱其名，不作形貌敘述，蓋因其非爲遠遊見聞之作，只以其名諱事蹟代表意象。故知在仙人描繪手法的變化上，也仍是隨著遊仙詩整體從「遊」到「仙」、從列仙之趣到坎壇詠懷的發展路線，而有所不同。

　　但其間亦有例外，阮籍〈詠懷詩〉第六十五首「王子十五年」中，形容王子晉「朱顏茂春華，辯慧懷清眞」是此時期很少出現的形貌描述，並兼及性情才具。然此爲王子晉得道前之形象。至於其得道成仙之後，阮籍僅想像其心情：「飛飛鳴且翔，揮翼且酸辛。」眞正形容仙人形貌的，是在第二十三「東南有射山」中，其曰：「仙者四五人，逍遙晏蘭房。寢息一純和，呼吸成露霜。沐浴丹淵中，炤燿日月光。豈安通靈台，游瀁去高翔。」是以客觀筆法寫仙人，而有具體之形象，是嵇阮時期以詠懷爲主旨的遊仙詩之特例。

　　郭璞在仙人描述上則集客觀描寫與主動參與二種筆法之大成，而均有突破。客觀描述方面，其「凌陽挹丹溜」四句，比阮籍更栩栩如生；主觀參與方面，「左挹浮丘袖」二句，也比曹植更融合入仙。另外，郭璞常用漸進法描寫仙人，即先以長鏡頭綜觀仙境全景，而後逐漸拉近，再將焦距凝聚在處於仙境之中的一位凡人化的仙人身上，「青谿千餘仞」及「翡翠戲蘭苕」二首，都是採用此類似運鏡的筆法。此手法，因其佈局綜觀全景，需費較多工夫，對於置身其間的仙人，卻以「中有一道士」、「中有冥寂士」一語帶過，在篇章安排上容易予人「重仙境，輕仙人」的感覺。郭璞對仙人又能設身處地著想，其〈遊仙詩之六〉的「神仙排雲出，但見金銀臺」二句，《文選》張銑註曰：「此中神仙爲之不安，而排雲上出，但見其金銀臺闕而已。」然則郭璞幾已將自己與仙人溶爲一體，仙人之所見，亦己之所見；己因所見而得之「不安」的感受，亦即仙人之感受。張銑注其第二首「中有一道士」、「云是鬼谷子」等語，認爲其爲郭璞假稱，則在那兒郭璞是以第三人稱筆法寫自己；而此處又反過來以自己所見託仙人，仙與己儼然混同不分。郭璞眞是以現代小說的設擬手法描寫仙人，非只客觀描繪一項而已。

　　郭璞傾力寫作遊仙詩，故於仙人之描繪頗多創建，其後的遊仙詩人多承襲他的客觀手法，以及「重仙境輕仙人」的構篇方式，使遊仙詩的仙境仙景不斷擴張，進而成爲山水詩產生的因素之一。相形之

下，仙人描繪所佔的比例較輕，仙人形貌日益萎縮、模糊。再加上遊仙詩趨勢為日益「重仙輕遊」，寫仙人不從見聞著手，只描述一般常識中的仙人概念，形象遂日漸單調，甚且成為典故的堆砌，曹植筆下那些生動而多樣化的仙人形貌，乃不復可見。

遊仙詩的仙境描繪，從概念化的一些地名累積，逐漸繁富細膩；而仙人造型，卻自豐富生動逐漸收斂為概念化的人名堆砌，此二項形式特質的發展方向正好相反，而大致與遊仙詩整體從重遊到重仙、從天界而人間的發展方向相合。而仙境景象日益繁富，仙人形象日益收縮，當也是遊仙詩走向山水詩的因素之一。

二、精神特質

仙境與仙人是構成遊仙詩的外在必備條件，至於遊仙詩的精神內涵上，也有著與其他詩歌題材迥然不同之處，試析如下：

1. 逃避性質

遊仙詩基本上是脫離現實，描述另一世界之經歷，帶有濃厚的消極避世傾向。人對於現實狀況不滿，或是遭遇生命中無法解答的疑難，不思積極應變，反而以消極放任的態度想要遠遊逃避，就會產生遊仙詩。也就是說，遊仙詩人對於生命、生活中的疑惑與不滿，不從問題本身著手，而以自我放逐的方式將自己與該問題劃開，向精神上的想像世界去尋求暫時的遺忘。這種嚴格說來欠缺責任感的逃避心理，是遊仙詩的基本特質，也是遊仙詩在中國詩歌史上流行片時，不能持久發展的原因。中國人的民族性是講求實際的，這種麻醉式的暫時處理方式不能滿足實事求是的中國性格，因此即使是遊仙詩最發達的時期，也始終有著反對的力量：漢樂府時期有〈古詩十九首〉；曹氏父子時期有曹丕；正始時期有阮籍；郭璞之後有陶淵明。而遊仙詩人本身，也經常徘徊在信仙與疑仙的矛盾中，如曹操、如阮籍，就連郭璞，也有感歎「吾生獨不化」的時刻。遊仙詩的這個逃避特質，使得它不能在中國文學主流中紮根。

2. 功利性質

專就遊仙詩人來說，他們逃避現實進入想像世界，是帶有相當功利色彩的。他們的目的，一在求長生；一在尋快樂。但他們的長生不是精神或靈魂的永生，只是肉體的不死或超升。因此求長生之途徑落實於導引服食這些物質與方術，看不出精神上的修養和掙扎焠鍊之迹。而他們的快樂，也只是完全針對肉體之需求而言，住金樓玉闕，食靈芝玉漿，披霓裳霞衣、觀歌舞妙音，便足夠他們洋洋自得，高唱「為樂甚獨殊」了。別說經世濟民、一匡天下這些「名教」之思了，就連所謂「人之異於禽獸者幾希」的那一點價值追求；或者生命本身所要求的那一點點自我綻放、自我實現，這些精神層面的「樂」，在遊仙詩人的遠遊之樂中是見不到的。因此他們的求長生使詩歌走向虛無；尋快樂則使詩歌流於膚淺。詩人本身對仙境的理想不高，因而限制了遊仙詩的境界，使它始終脫離不了濃厚的物質主義色彩，缺乏精神價值，以及品格美德、智慧理想這些真正可以永恆不朽的生命特質。嵇康阮籍雖然很少專力寫作遊仙詩，他們以一些遊仙語句穿插於詩作中，卻仍在遊仙詩的發展史上贏得極高的評價，其原因就在於他們的功利成份較少，而詠懷言志的性質更多。也是從他們之後，遊仙詩終將被詠懷主流消融的必然命運，更形確定。

3. 幻想性質

遊仙詩乃立足於神話傳說，而發揮以想像幻覺，其語句之間本無邏輯可尋，非可以理性深究。如樂府〈步出夏門行〉：「卒得神仙道，上與天相扶。過謁王父母，乃在太山隅。離天四五里，道逢赤松俱。」陳祚明評曰：「『卒得』，字妙，……極言其易。『與天相扶』，語奇。東父西母，乃在太山，荒唐可笑。天何可里計，乃言四五里，見得其近。最荒唐語，寫若最真切，故佳。」所謂荒唐語而寫若真切，即此不合邏輯的幻想性質。故讀遊仙詩不必一一求其確實，妄言之妄聽

之，斯爲得之。蕭滌非謂漢樂府詩具詼諧性〔註3〕，所指亦當即此荒唐而又眞切的特性。明乎此，則即使是神話素材，也不可據遊仙詩深考之。阮籍〈詠懷詩〉之五十四「西北登不周，東南望鄧林」二句，黃節注曰：「案《山海經‧海外北經》曰：夸父渴欲得飲，飲於河渭，河渭不足，北飲大澤，未至，道渴而死，棄其杖，化爲鄧林。則鄧林在北海外，此云東南者，蓋嗣宗誤以史記所言之鄧林爲《山海經》之鄧林也。《史記‧禮書》曰：汝穎以爲險，江漢以爲池，阻之以鄧林，緣之以方城。此楚之鄧林，與《山海經》所言者異。」〔註4〕然而詩句以鄧林與不周山對舉，自然應是神話中夸父之杖化成的鄧林，並非誤爲楚之鄧林。之所以言「東南」、乃爲與「西北」對稱，並不實指其方向。在遊仙詩人腦海中早無所謂「方向」、「距離」這些現實時空下的觀念。若此處須解爲楚之鄧林，則漢樂府中「離天四五里」之語又該如何解釋？要之，遊仙詩雖本於神話，卻更進一步以幻想出之，惝恍迷離，各資料間舛錯抵牾之處所在多有，不可將之視爲考證神話傳說的依據，否則必將導致許多不必要的枝節和錯誤。

　　然則遊仙詩既屬逃避現實之行爲，缺少承擔；又滿富功利色彩，境界不高；而本身盡屬幻設語，又不可作爲考證神話傳說的依據，似乎毫無存在的價值？下文便探討遊仙詩的價值。

第二節　遊仙詩的影響與價值

　　遊仙詩是最早出現於六朝文壇，並發展成熟的詩歌類型，其所以能夠在數百年間備受文人青睞，自有它在當時情境中存在的價值。首先，自漢末天下分崩離析，人民流離散亂，民生苦不堪言，遊仙詩的幻想和逃避本質，提供了一片想像的空間、一個樂園的意象。樂府〈善哉行〉說得明白：「來日大難，口燥脣乾，今日相樂，

〔註3〕見《漢魏六朝樂府文學史》頁71。長安出版社。民國70年（1981年）11月台二版。
〔註4〕見黃節《阮步兵詠懷詩註》頁97。

皆當歡喜。經歷名山，芝草翻翻。仙人王喬，奉藥一丸。」在那心靈上乾渴日甚的苦難歲月中，遊仙詩的快樂本質給予人們一絲慰藉。不論這因逃避、因幻想而得來的快樂能維持多久、能解決多少問題，這一絲絕望中的慰藉爲人們飄泊的心靈找到了棲息之所，心中的苦悶得到暫時的宣洩。這是從社會學上定其價值。

　　至於遊仙詩在文學上的價值，本書一至五章已分別提出，現在再歸納爲兩方面：第一、因遊仙詩描寫另一世界的經歷，這想像世界總是比詩人生活的現實世界要美好快樂，因此詩人率都鋪陳辭藻，經營華美的仙境；描寫鮮明的仙人形象，對文字技巧的講究，開後世唯美文學之先聲。即使在漢樂府的樸拙詩風中，都有如〈步出夏門行〉中「天上何所有，歷歷種白榆。桂樹夾道生，青龍對伏趺。」的華艷辭句，後來在曹植、郭璞的刻意經營下，辭采更趨艷逸。這是形式上對文學之美的促進。第二、在詩歌類型上，本書一再說明遊仙詩促進了山水、隱逸、玄言各種詩類的發展，尤其山水詩，受遊仙詩的仙境描寫自主觀轉向客觀、自天界趨向人間之衣被，關係最深。而南朝齊梁詠物詩與宮體，又是山水詩客觀描模巧構形似之寫實精神的延續〔註 5〕，然則遊仙詩對六朝時期的各種詩歌類型，均有啓迪之功。另外，遊仙詩是中國各類詩歌中，唯一運用神話題材，而具有超現實之浪漫精神的。中國文學向來著重現實，著重詠懷諷諭、經世治民之功用，遊仙詩雖然受其本身的逃避性質、功利思想所限，無法成就眞正偉大不朽的作品，但它的幻想本質，提供了詩人一片破除時空拘限，拋開現實包袱的創作自由，得以放手揮毫，恣意馳騁於無邊的時空。在中國詩歌整體的寫實風貌中，保留了一脈超現實的表現手法，並由此超現實的象徵與暗示，帶領讀者深入詩人的心靈世界，完成藝術上的淨化作用（catharsis），這也是值得注意的一點。

〔註 5〕參林文月老師《宮體詩人的寫實精神》一文，《山水與古典》頁 125
　　　～150。

結　論

　　遊仙之作，本神仙思想下之產物，在詩歌內容與精神素質上，有其先天的限制；然而因其立足於幻想，人生在世的諸多不如意於此遐想世界間均可暫獲解脫，故深得文人喜愛《離騷》開其端，〈遠遊〉揚其波，降至六朝，詩人在玄學與儒學、佛教與道教諸般思潮的激盪；以及社會不安、政治黑暗等客觀因素的驅使下，對長生不死益發憧憬不止，對幻覺之快樂也更為陶醉不休，遊仙詩因而在諸般詩歌類型中，首先盛行於六朝文壇。

　　遊仙詩源自漢代祭祀之歌，在民間經由長期醞釀，得以自服務於宗教祭典漸次獨立，而成為最自由的幻想夸飾之作，其間又加入詩人言志詠懷的情志成份，增加了內容藝術上的張力，成為具有獨特價值的文學作品。然而整個遊仙詩的發展方向，卻始終走著回頭路：在與仙人交遊方面，遊仙詩本從樂府民歌的〈茅山父老歌〉、〈王子喬吟歎曲〉等描述仙人的旁觀角度發展而來，好不容易汲取了《離騷》的浪漫特質，而發展成壯瀾瑰奇的主觀的遠遊經歷，而在郭璞之後又成為客觀的述仙人說仙事之作；在詩歌的思想內容方面，遊仙詩本因祈福長生的功利思想而發，好不容易經由文人的反覆省思，而成為可以藉以言志詠懷，抒發襟抱的文學藝術，至南北朝以

後又再度成爲奉和題詠的帶有實用目的之社交工具；在詩歌體類的傳承方面，遊仙詩本從〈四皓歌〉、〈採薇歌〉等隱士之頌演變而來，好不容易或高蹈遐舉，或言志抒懷，儼然發展成一獨特詩類，而自嵇阮以後便又開始有著與隱逸詩玄言詩山水詩合流現象。今將六朝遊仙詩的回歸發展現象，以圖表列之於下：

一、遊仙的方式

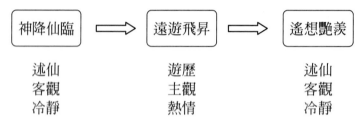

神降仙臨	遠遊飛昇	遙想艷羨
述仙	遊歷	述仙
客觀	主觀	客觀
冷靜	熱情	冷靜

二、遊仙詩的內容

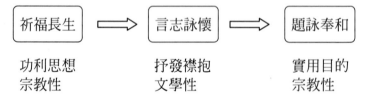

祈福長生	言志詠懷	題詠奉和
功利思想	抒發襟抱	實用目的
宗教性	文學性	宗教性

三、遊仙詩的傳承

從主觀遠遊回復漢詩的客觀述仙；從文學性的言志詠懷回歸宗教性的實用功利，遊仙詩的衰落不振，正表現在它的無能創新擴大，反而退化萎縮上。南北朝之後，遊仙詩逐漸消融轉化，隨著「莊老告退，

而山水方滋」的文學整體走向，也一起向中國詩歌主流揮別「告退」了，讓位給新興的山水詩體；更讓位給寫實抒憤吟詠性靈的文學功能。僅在六朝華麗繽紛的詩壇上，留下上述這些耐人尋味的軌跡，供後人憑弔論述，至今不絕。

參考書目

1. 《尚書正義》，唐孔穎達，藝文印書館《十三經注疏》。
2. 《毛詩正義》，唐孔穎達，藝文印書館《十三經注疏》。
3. 《禮記正義》，唐孔穎達，藝文印書館《十三經注疏》。
4. 《論語注疏》，宋邢昺，藝文印書館《十三經注疏》。
5. 《四書集註》，宋朱熹，學海出版社。
6. 《說文解字注》，清段玉裁，蘭臺書局。
7. 《經傳釋詞補、再補》，清王引之撰，孫經世補，漢京文化事業公司。
8. 《史記》，漢司馬遷，鼎文書局標點本。
9. 《漢書》，漢班固，鼎文書局標點本。
10. 《後漢書》，劉宋范曄，鼎文書局標點本。
11. 《三國志》，晉陳壽，鼎文書局標點本。
12. 《晉書》，唐房玄齡，鼎文書局標點本。
13. 《宋書》，梁沈約，鼎文書局標點本。
14. 《南齊書》，梁蕭子顯，鼎文書局標點本。
15. 《梁書》，唐姚思廉，鼎文書局標點本。
16. 《陳書》，唐姚思廉，鼎文書局標點本。
17. 《魏書》，齊魏收，鼎文書局標點本。
18. 《北齊書》，隋李百藥，鼎文書局標點本。
19. 《周書》，唐令狐德棻，鼎文書局標點本。

20. 《隋書》，唐長孫無忌，鼎文書局標點本。

21. 《南史》，唐李延壽，鼎文書局標點本。

22. 《北史》，唐李延壽，鼎文書局標點本。

23. 《逸周書集訓校釋》，清朱右曾，藝文印書館。

24. 《史記會注考證》，日瀧川龜太郎，洪氏出版社。

25. 《老子王弼注》，魏王弼，新興書局。

26. 《莊子集釋》，清郭慶藩，中華書局。

27. 《淮南鴻烈解》，漢高誘，河洛圖書出版社。

28. 《列子集釋》，楊伯駿，明倫出版社。

29. 《抱朴子》，晉葛洪，世界書局《諸子集成》第二冊。

30. 《山海經箋疏》，清郝懿行，藝文印書館。

31. 《列仙傳》，漢劉向，商務印書館。

32. 《列仙全傳》，明王世貞輯，國風出版社。

33. 《藝概》，清劉熙載，漢京文化事業公司。

34. 《先秦漢魏晉南北朝詩》，逯欽立，木鐸出版社。

35. 《全漢三國晉南北朝詩》，丁福保，藝文印書館。

36. 《樂府詩集》，宋郭茂倩，里仁書局。

37. 《漢魏六朝百三家集》，明張溥，文津出版社。

38. 《漢魏六朝百三家集題辭注》，殷孟倫，世界書局。

39. 《全上古三代秦漢三國六朝文》，清嚴可均校輯，中文出版社。

40. 《增補六臣註文選》，梁蕭統，唐李善等註，華正書局。

41. 《楚辭補註》，宋洪興祖，漢京文化事業公司。

42. 《魏文武明帝詩註》，黃節，藝文印書館。

43. 《曹子建詩註》，黃節，藝文印書館。

44. 《曹植集校註》，趙幼文，明文書局。

45. 《阮步兵詠懷詩註》，黃節，藝文印書館。

46. 《嵇康集校註》，戴明揚，河洛圖書出版社。

47. 《陸士衡詩註》，郝立權，藝文印書館。

48. 《謝康樂詩註》，黃節，藝文印書館。

49. 《鮑參軍詩註》，黃節，藝文印書館。

50. 《謝宣城詩註》，郝立權，藝文印書館。

51. 《陶淵明詩文彙評》，中華書局。

52. 《陶淵明詩箋證稿》，王叔岷，藝文印書館。

53. 《庾子山集註》，倪璠，源流出版社。

54. 《玉谿生詩集箋註》，馮浩，里仁書局。

55. 《唐詩三百首鑑賞》，黃永武、張高評，尚友出版社。

56. 《陸機文賦校釋》，晉陸機，楊牧校釋，洪範書局。

57. 《詩品注》，齊鍾嶸，汪中選注，正中書局。

58. 《文心雕龍註》，梁劉勰，清黃叔琳註，明倫出版社。

59. 《世說新語箋疏》，宋劉義慶，余嘉錫箋疏，仁愛書局。

60. 《顏氏家訓注》，北齊顏之推，趙曦明注，藝文印書館。

61. 《中國文學批評史》，郭紹虞，明倫出版社。

62. 《中國文學批評史》，羅根澤，學海出版社。

63. 《中國文學批評史》，陳鍾凡，龍泉書屋。

64. 《中國文學批評史》劉大杰等，出版社未註。

65. 《西洋文學批評史》，顏元叔譯，志文出版社。

66. 《中國文學批評小史》，周勛初，崧高書社。

67. 《中國歷代文學論著精選》，華正書局。

68. 《兩漢魏晉南北朝文學批評資料彙編》，曾永義、柯慶明編，成文出版社。

69. 《中國文學發展史》，劉大杰，華正書局。

70. 《中國文學史》，葉慶炳，學生書局。

71. 《新編中國文學史》，游國恩，復文書局。

72. 《中國文學史》（繪圖本），鄭振鐸。

73. 《中國文學史》（校訂本），李曰剛，白雲書屋。

74. 《現代中國文學史》，錢基博，文學出版社。

75. 《新著中國文學史》，胡雲翼，漢京文化事業有限公司。

76. 《中國文學史話》，馮明芝，香港宏業書局。

77. 《中國中古文學史》，劉師培，鼎文書局。

78. 《中國文藝思潮史略》，朱維之，合作出版社。

79. 《中國文學史》，連秀華、何寄澎合譯，長安出版社。

80. 《中國文學史概說》，青木正兒，盤庚出版社。

81. 《漢魏六朝樂府文學史》，蕭滌非，長安出版社。

82. 《中國詩學‧思想篇》，黃永武，巨流圖書公司。

83. 《魏晉南北朝文學史參考資料》，游國恩編，漢京文化事業有限公司。

84. 《中國哲學史》，勞思光，三民書局。

85. 《中國中古思想史》，郭湛波，龍門書店。

86. 《中國道教史》，傅勤家，商務印書館。

87. 《魏晉玄學》，牟宗三，私立東海大學出版。

88. 《才性與玄理》，牟宗三，學生書局。

89. 《道家與神仙》，周紹賢，中華書局。

90. 《魏晉南北朝史》，勞榦，中國文化大學出版社。

91. 《魏晉南北朝史》，王仲犖，仲信出版社。

92. 《魏晉南北朝史研究論文書目引得》，鄺利安，中華書局。

93. 《魏晉南北朝史論拾遺》，唐長孺。

94. 《魏晉南北朝隋唐經濟史稿》，李劍農，華世出版社。

95. 《魏晉風氣與六朝文學》，朱義雲，文史哲出版社。

96. 《從世說新語探討魏晉文人思想與生活》，吳友蘭，文史哲出版社。

97. 《兩漢魏晉之道家思想》，陶建國，文津出版社。

98. 《兩晉南北朝士族政治之研究》，毛漢光，中國學術著作獎助委員會。

99. 《竹林七賢研究》，何啓民，學生書局。

100. 《漢晉學術編年》，劉汝霖，長安出版社。

101. 《東晉南北朝學術編年》，劉汝霖，長安出版社。

102. 《詩論新編》，朱光潛，洪範書店。

103. 《山水與古典》，林文月，純文學出版社。

104. 《澄輝集》，林文月，洪範書店。

105. 《中國山水詩研究》，王國瓔，聯經出版事業公司。

106. 《兩漢樂府研究》，亓婷婷，學海出版社。

107. 《六朝唯美文學》，張仁青，文史哲出版社。

108. 《六朝詩論》，洪順隆，文津出版社。

109. 《六朝文論》，廖蔚卿，聯經出版事業公司。

110. 《南朝詩研究》，王次澄，私立東吳大學中國學術著作獎助委員會。

111. 《陶淵明評論》，李辰冬，東大圖書公司。

112. 《陶淵明》，方祖燊，河洛圖書出版社。

113. 《謝靈運》，林文月，河洛圖書出版社。

114. 《神話論文集》，袁珂，漢京文化事業公司。

115. 《中國古代神話甲編三種》，聞一多，里仁書局。

116. 《神話與詩》，聞一多，里仁書局。

117. 《崑崙文化與不死觀念》，杜而未，學生書局。

118. 《山海經神話系統》，杜而未，學生書局。

119. 《古神話選譯》，長安出版社。

120. 《中國的神話與傳說》，王孝廉，聯經出版事業公司。

121. 《中國古代神話研究》，森安太郎著，王孝廉譯，地平線出版社。

122. 《漢魏六朝詩論叢》，余冠英，河洛圖書出版社。

123. 《中國古典文學比較研究》，葉維廉、楊牧等著，黎明文化事業公司。

124. 《中國古典文學研究叢刊——散文與評論之部》，柯慶明、林明德主編，巨流圖書公司。

125. 《中國古典文學研究叢刊——詩歌之部》，鄭騫等著，巨流圖書公司。

126. 《王國維及其文學批評》，葉嘉瑩，源流出版社。

127. 《古典文學第一集》中國古典文學研究會，學生書局。

128. 《古典文學第三集》中國古典文學研究會，學生書局。

129. 《古典文學第四集》中國古典文學研究會，學生書局。

130. 《古典文學第六集》中國古典文學研究會，學生書局。

131. 《中國文學史論文選集》（二），羅聯添編，學生書局。

132. 《論魏晉名士之政治生涯》，馮承基，《國立編譯館館刊》二卷二期。

133. 《魏晉南北朝文士與道教之關係》，李豐楙，政大中研所博士論文。

134. 《魏晉清談主題之研究》，林麗真，台大中研所博士論文。

135. 《六朝詩發展述論》，劉漢初，台大中研所博士論文。

136. 《魏晉遊仙詩研究》，康萍，輔大碩士論文。

137. 《六朝宮體詩研究》，黃婷婷，師大碩士論文。

138. 《六朝詠懷組詩研究》，李正治，政大碩士論文。

139. 《兩晉五言詩研究》，王次澄，東吳碩士論文。

140. 《南北朝山水詩研究》，宮菊芳，輔大碩士論文。

141. 《六朝隱逸思想研究》，陳玲娜，輔大碩士論文。

142. 《阮籍研究》，徐麗霞，師大碩士論文。

143. 《嵇康研究》，蕭登福，政大碩士論文。

144. 《大小謝詩研究》，林嵩山，政大碩士論文。

145. 《陶淵明的政治立場與政治思想》，齊益壽，台大碩士論文。

146. 《陶淵明之地位與影響研究》，高大鵬，東吳碩士論文。

147. 《自然與名教——漢晉思想的轉折》，丘爲君，東吳碩士論文。

148. 《南北朝降人研究》，蔡幸娟，台大歷史所碩士論文。

149. 《梁末羈北文士研究》，沈冬青，台大中文所碩士論文。

150. 《魏晉飲酒詩探析》，金南喜，台大中文所碩士論文。

151. 〈阮籍詠懷詩析論〉，呂興昌，《中外文學》六卷七期。

152. 〈「莊老告退，而山水方滋」解〉，王文進，《中外文學》七卷三期。

153. 〈玄言詩論〉，洪順隆，《華學月刊》九十四期。

154. 〈六朝道教與遊仙詩的發展〉，李豐楙，《中華學苑》二十八期。

155. 〈十洲傳說的形成及其衍變〉，李豐楙，《中國古典小說研究專刊》六。

156. 《中世人的苦悶與遊仙的文學》，滕固，《中國文學研究》。

157. 《六朝精神史研究》，吉川忠夫，《東洋史研究叢刊》之卅六。

158. 《中國の仙人——抱朴子の思想》，村上嘉實，平樂寺書店。